눈 깜짝할 사이
서 른 셋

눈 깜짝할 사이
서 른 셋

하유지 장편소설

다산
책방

내 친구,
추성숙에게

차례

1.

종소리는 서른세 번

새해가 되는 순간, 영오는 회사에 있었다. 회의실이었다. 휴대폰 속 실시간 영상에서 제야의 종소리가 들려왔다. 종이 다섯 번 울렸을 때, 야식집 오토바이가 왔다. 마지막 종소리가 남긴 여운은 보쌈과 무김치 냄새에 눌려서 꼬리를 감추었다. 영오가 영상을 꺼버린 참이기도 했고.

"으아, 어떡해. 길바닥에서 새해를 맞다니."

배달원의 새해 첫 순간이 못내 안타까운 준미, 야식집 쿠폰을 냉장고에 붙인다. 회의실 구석에 자리 잡은 냉장고에는 피자, 치킨, 중국집, 돈가스, 떡볶이 등등 온갖 쿠폰이 따개비처럼 다닥다닥했다.

"12월 31일 밤 11시 34분에 보쌈 대짜 주문한 거, 당신이거든."

탁자 위에 나무젓가락을 놓으며, 세화의 대꾸.

"선배, 중짜 시킬걸 그랬나? 오늘 좀 많네."

"남는 건 뱃살로 가겠지."

영오가 세화 대신 대답하고서 새우젓이 든 플라스틱 용기의 뚜껑을 벗겼다. 새우젓을 먹지 않는 영오지만 준미와 세화를 위해서다. 이들 셋은 야근과 특근 동지다. 영오는 서른셋, 국어과 편집자. 준미는 서른넷, 영어과 편집자. 세화는 서른일곱, 조판자. 나이는 5분 전쯤 보쌈과 거의 동시에 배달된 새해 기준이다. 이곳은 중고생용 참고서를 만드는 출판사다. 크지도 않고 유명하지도 않고, 동네에서 아파트 단지 하나쯤 책임지는 아무개 마트급의 규모와 수준이다.

"영오, 제일 말라깽이가 무슨 뱃살 얘기를 하고 그래. 있는 자의 엄살이야?"

"선배, 그건 있는 자가 아니라 없는 자의 엄살이지."

두 사람이 합동 공격을 해오자 영오는 배를 두드리며 말했다.

"엄살이 아니라 뱃살인데. 배가 두툼하거든요."

아닌 게 아니라 영오의 배는 사무실 전용 카디건을 들추면 볼록했다. 밤샘을 하면 얼굴 살만 빠지고 많이 먹으면 배부터 늘어졌다. 아랫배 형편은 준미와 세화도 다르지 않은 바 일동은 조용해졌다. 오늘따라 양이 많다던 보쌈 대짜가

빠른 속도로 축난다. 중짜를 향해간다.

"난 진짜, 올해는 마이 스위트 홈에서 종소리 들을 줄 알았다니까."

후우, 준미가 새우젓 냄새 나는 한숨을 쉬었다. 이 생활을 몇 년쯤 더 한 세화가 쯧쯧, 어른스럽게 혀를 찼다. 이렇게 살다가는 365일 뒤에 내년이 되어도 다를 바 없으리라는 예언이었다. 야근 삼인방은 매사를 귀찮아하는 편이었다. 저 높은 산으로 가고 싶어도 사공이 부족해 앞바다나 돌아다니는 통통배에서 탈출하기에는, 아랫배뿐만 아니라 엉덩이도 무거웠다. 열 개에 근접한 쿠폰이 여러 종류이기도 했고.

"영오 씨, 마감 맞출 수 있어?"

준미의 질문에, 영오는 고개를 저으려다가 말고 끄덕였다.

"안 되면 되게 하라, 그게 여기 사훈 아니었어?"

그리고 그것은 사장의 좌우명이자 선전포고였고, 경영 방침(이라니 구멍가게 주제에 픽이나, 흥!)이었다. 외계인이 죽창 들고 지구 침공해도 응, 요 책만큼은 다음 달 시작하자마자 서점에 쫙 깔려야 돼! 사장은 새 학기를 앞둔 여름과 겨울만 되면 핏대를 세웠다.

이번에도 외계인의 죽창을 무찌를 '요 책'의 책임 편집자로 당첨된 영오.

"하는 데까지 하다가 안 되면 되는 데까지만 해서 내는 거지, 뭐."

"우리 깐깐이 또 말만 그런다."

세화가 영오의 등을 도닥였다. 치켜세우면서도 다조진다. 고맙기도 하고 답답하기도 한 선배 노릇이다. 배달 떡볶이의 캡사이신과 배달 탕수육의 누린내에 함께 감응하며 지내온 이들의 결속력은 상한 달걀흰자만큼이나 끈끈한 법.

"우리 내일, 아니지, 이따가 아침에 또 나와야 하는 거겠죠?"

아니라고 말해줘요, 준미는 간절한 눈빛으로 세화를 본다. 세화는 일어나서 탁자를 정리하는 중이다. 야식 펼치고 뭉개봤자 콜택시 부르는 시간만 늦어질 뿐. 명색이 새해인데 잠은 집에 가서 자야 하지 않겠나. 회의실 옆, 창고 구석에 놓인 접이식 침대는 땀과 한숨에 절어 있다.

"에휴 진짜, 우리만 이러고 산다니까."

남은 고기 몇 점을 비닐로 둘둘 말아 냉장고에 넣으며 준미가 투덜거렸다.

우리만 이런다고?

영오는 아버지를 떠올렸다. 소름인지 추위인지 모를 가벼운 경련이 몸을 훑고 지나갔다. 상처가 쑤신다. 이마와 머리의 경계에 붙인 넓적한 반창고를 만지작거렸다.

"상처가 좀 가네?"

세화가 걱정해준다.

"뾰족했거든요, 모서리가."

며칠 전, 영오는 일을 마치고 회사 근처에 있는 원룸이 아니라 인천으로 갔다. 아버지가 일하던 곳, 살던 곳이다. 지하철로 한 시간이 걸렸다. 도착하자마자 이게 무슨 청승인가, 후회했다. 역사를 빠져나와 큰길을 걷다가 으앗, 큰 소리를 내버렸다. 낡고 기우뚱한 건물 옆구리에 혹처럼 튀어나온 철제함, 그 모서리에 이마를 찧은 것이다. 전기인지 수도인지 계량기를 씌운 상자였다. 욱신거리고 지끈거리는 상처에서 피가 배어 나왔다. 휴대폰 손전등을 켜서 살펴보니 상자 모서리에 엉킨 기다란 머리카락 두 가닥. 그 주인은 영오다. 머리카락을 잡아당겨 끊었다. 이튿날이 되자 다친 자리에 멍이 들었다.

준미와 세화는 양치를 하러 가고, 영오는 회의실 창문의 블라인드를 올렸다. 창밖은 건물 뒤편, 엉뚱하게도 잔디밭이었다.

아버지.

어두운 잔디밭을 내다보며 아버지를 생각한다. 이제 작년이 된 지난가을, 아버지는 죽었다.

영오의 아버지 호석은 추석 이틀 전, 오후에 죽었다. 친절하여라, 시골에 내려가야 한다고 둘러대고 두어 시간 조퇴하기에 알맞았다. 휴가를 더 낼 필요도 없었다. 그다음 날부터 사흘간 연휴였으니. 오호석의 여식 오영오, 무남독녀 혼자 장례를 치렀다. 삼일장을 치르고도 휴일이 하루 남았다.

아무도 부르지 않았다. 온 사람도 올 사람도 없는 빈소, 영오 한 사람만 상복을 입고 앉아 지켰다. 친구도, 가족도, 친척도 없다. 엄마를 간호하는 동안 몇 안 되는 친구들과도 멀어졌다. 엄마는 사 년 전에 죽었다. 외가든 친가든 숫자도 친분도 부실했지만 양쪽 집안의 조부모가 세상을 뜬 다음부터는 드문드문하던 왕래마저 끊겼다. 영오는 준미와 세화에게도 소식을 알리지 않았다. 직장인에게, 더구나 좋잖은 회사에 다니는 이들에게 명절 연휴란 소중하다. 얼음 사이에 고인 커피를 마지막 한 방울까지 빨대로 빨아들이듯 알뜰하게 누려야 한다.

"진짜 출근할 거야? 새해 첫날인데?"

준미가 회의실 안으로 얼굴만 들이밀고 물었다. 세화가 쯧쯧, 다정하게 혀를 차며 지나갔다. 영오는 어깨를 으쓱했다.

"어쩌겠어. 나중엔 될 대로 되더라도 일단은 하는 데까지 해야지."

쳇, 준미가 토라진 척하며 책상으로 돌아간다. 영오는 다시 창밖으로 시선을 돌렸다.

아버지라면 새해 첫날에도 근무했을 것이다. 살아 있었다면 말이다. 엄마의 상을 치른 뒤 영오는 집을 나왔고, 아버지는 인천으로 이사했다. 단칸방과 원룸이라고 이름 붙인 곳에서 부녀는 각자도생했다. 그래도 통하는 구석이라면 둘 다 월세라는 점. 아버지는 삼십짜리고 영오는 사십짜리였다.

엄마가 폐암으로 죽고부터 아버지가 심근경색으로 죽기까지 사 년 동안, 영오는 아버지를 예닐곱 번쯤 만나러 갔다. 그중 반은 추석 무렵이었는데, 갈 때마다 아버지는 경비실에서 근무 중이었다. 생긴 지 반백 년은 됐다는 중학교였다. 사과나 몇 알 사서 들여다볼 때마다 그놈의 경비실이 싸구려관 같았다. 일 년에 한두 번 볼까 말까 한 외동딸이 왔는데도 왔냐, 소리도 제대로 않는 아버지. 내가 여길 또 오느니 콱 죽고 말지 다짐하고 또 다짐했다.

창턱에 걸터앉아 카디건 주머니에서 휴대폰을 꺼냈다. 방금 전에 시간의 흐름 속으로 사라진 제야의 종소리를 재생했다. 하나, 둘, 셋, 넷, 다섯…… 종소리를 음미했다. 서른하나, 서른둘, 서른셋. 종은 서른세 번 울린다.

내 나이랑 같네.

유리창에 머리를 기댔다.

오늘은 미지에게 전화가 오지 않았다.

2.
개나리아파트 2동 702호,
튼튼국어 78쪽 3번

오늘은 오쌤에게 전화하지 않았다.

그럴 정신이 없었다. 쫓겨나느라 바빴으니까. 신 여사는 딸과 남편을 집에서 쫓아냈다. 예전에 살던 집, 개나리아파트 2동 702호로 말이다.

"저기 있잖아, 아빠?"

미지는 잘못 해동한 꼴뚜기처럼 식탁 앞에 축 늘어진 아빠에게 말했다. 목을 빼고 코를 킁킁거리면 꼴뚜기 냄새를 맡을 수 있을지도 모른다. 고독이나 비애, 그런 거창한 단어가 아빠에게 오면 군내나 고린내처럼 현실적이고 사실적인 냄새가 된다. 미지는 몸을 뒤척여 부엌을 바라보는 방향으로 누웠다. 미지의 현 위치는 미닫이문이 달린 거실 겸 큰방이다. 옆에는 작은방이, 유리문을 지나 뒤쪽으로는 발코니가 있다. 발코니는 작은방 앞쪽까지 이어진다.

"어쩐지 재밌는 일이 생길 것 같은 예감이 막 든다?"

그 말에 아빠는 한숨을 내쉬더니 집 안을 휘둘러보았다. 한 대 맞은 듯 한쪽 어깨가 주저앉은 싱크대 찬장, 웅웅 우는 냉장고, 옆면이 스티커로 뒤덮인 장식장(어린 미지의 소행이다), 커버 안쪽이 날벌레 떼의 무덤이 된 형광등. 큰방에는 배불뚝이 텔레비전이 한 대, 벽에 기댄 접이식 상. 미지가 쓰던 작은방에는 옷장과 책상이 있다. 이 집을 비운 지 햇수로 사 년이다. 차로 20분 거리의 신도시 아파트로 이사 갔을 때 미지는 초등학생이었는데, 이제 열여섯 살이다. 하루라기에는 짧은 대여섯 시간만 지나면 열일곱 살이 될 테고. 12월 31일 오후에 남편과 딸을 내쫓은 신 여사, 이 여인은 개나리아파트를 팔지도 않고 세를 놓지도 않았다. 언젠가 재건축에 들어가리라는 기대감으로 팔지 않았지만 전세나 월세로도 돌리지 않은 까닭은 무엇일까. 딴 사람을 못 믿는 거지, 미지는 분석한 바 있다. 엄마는 부동산이 왜 부동산인지를 모른다니까. 아니 불, 움직일 동, 재산 산! 아파트는 움직이지 않는 재산이건만 신 여사는 세 든 사람이 집을 이고 도망갈지도 모른다고 의심하는 모양이다.

"무슨 재밌는 일? 난 회사 잘리고 넌 고등학교 안 간다고 버티고……"

굵은소금 친 꼴뚜기 목소리로 아빠가 웅얼거린다.

"그건 과거이자 현재고. 내가 말한 건 미래잖아, 미래."

미지가 몸을 일으켰다. 앉은 채로도 길쭉한 몸이다. 올해 키가 8센티미터나 자랐는데 몸무게는 2.4킬로그램만 늘었다. 또 눈은 커다래서, 재가 걸을 때면 큰 점 두 개 찍힌 작대기가 휘청거리는 꼴이라고 신 여사는 평했다. 그러는 신여사는 피부가 팽팽하고 머릿결이 좋으며 살집이 두둑하다. 주먹을 휘둘러 허약한 아빠를 위협하고도 남을 만큼 건강하다. 아니, 건장하다. 주먹으로 공기를 가르거나 침대 매트리스를 후려치는 동작만으로도 위압감과 모욕감을 주기에 충분했다. 아빠는 점점 말라갔다.

"나, 진짜 안 가. 고등학교."

양반다리를 하고 팔짱을 낀 채로 턱을 내밀며 단언했다. 정수리에 동그랗게 말아 붙인 머리에서 먼지 뭉치가 대롱댄다. 부녀가 매년 초, 하루 날을 잡아 쓸고 닦는 빈집이라 연말의 끄트머리인 지금, 먼지 천지다. 새 냉장고에 새 소파에 새 텔레비전에 새 슬리퍼에, 모든 물건이 새새새새것인 신도시 집과는 달라도 한한한한참 달랐다.

"아빠도 회사 안 가잖아."

아빠가 땅이여 꺼져라 한숨을 내쉬며 고개를 식탁에 처박았다. 미지는 후회했다. 아빠는 안 가는 게 아니라 못 가는 건데. 생각이 짧고 혀는 길었다.

"아니, 무슨 회사가 12월 31일에 사람을 자르고 그러냐. 에이, 확 망해버려라."

이틀 참았다가 1월 2일에 잘랐다면 그것도 밉살스러웠겠지만 말이다. 엄마가 치킨집에서 벌어들이는 돈으로 세 식구 먹고살고도 넘쳤지만, 새 집에 새 가구에 새 가전제품에 문제없지만, 엄마는 백수 남편이든 백수 딸이든 안 된단다. 학생이 학교에 안 가면 그게 백수지 뭐냐면서. 둘 다 이 집에서 나가, 나가서 정신을 차리든가 속을 차리든가 뭐라도 해! 그렇게 해서 아빠와 딸은 쫓겨났다. 새 집에서 헌 집으로.

"엄마 가게로 출근하는 건 생각해봤어? 3호점으로 보내준다던데."

치킨의 여왕 신 여사는 미지가 태어나기 전부터 해온 치킨집이 성공을 거듭하여 몇 년 전부터는 분점을 내기 시작했다. 경기가 불황이라는데 신 여사네 치킨은 불난 듯 팔렸다. 엄마는 본점과 두 분점에 점장과 직원을 고용하고 관리자로 물러섰다. 그러나 여사님 소리를 듣는 요즘도 세 가게를 돌며 하루에 서너 시간은 닭을 튀긴다. 신 여사가 납시면 본점과 두 분점의 점장은 얼린 닭처럼 긴장했다.

"점장을 시켜준다거나, 그런 소리는 못 들었고? 아니면 혹시 부점장이라도."

아빠가 식탁에서 얼굴을 떼더니 말했다.

"아빠! 신 여사 성격 알면서."

남편이라는 작자가 털 뽑고 대가리 자르고 몸통만 남은 닭보다도 비리비리한데 어찌 믿고 가게를 맡기느냐! 그것이 공 과장에서 공 백수로 발령받은 남편을 향한 일갈이었다.

"닭부터 튀겨야 된대."

미지의 말에 아빠는 으으으으, 식탁에 이마를 문대며 괴로워했다. 식탁에서 먼지가 피어올라 형광등 불빛에 빨려들었다. 이 세상 모든 것은 먼지일 뿐이라고, 미지는 문득 생각했다.

"도―저히 안 돼. 그 기름 냄새, 도―저히 못 버텨."

아빠는 기름 냄새만 맡으면 울렁증이 생긴다고 했다. 몇 시간이라면 버텨보겠으나 종일은 곤란했다. 속이 느글대다 못해 내장이 목구멍으로 튀어나올지도 모른다는 위기감을 느낀다나. 닭 먹는 손님 앞에서 우욱, 토하지는 않을까 싶은 초조와 불안도 견디기 힘들었다. 신 여사는 생닭 비린내마저 고소하다며 입맛을 다시는 비위니, 남편을 도―저히 이해하기 어려웠다. 미지는 아빠가 치킨 여왕의 짝으로는 어울리지 않는다고 생각했다. 하이고, 못난 게 꼴값이야, 이런 엄마 말에는 동의 못 하지만 말이다. 그 말만큼은 언제까지라도 거절하고 싶다. 이십 년여 전에 아빠를 따라다닌 사람이 어디 옛이야기 속의 숙자나 말자가 아니라 신종희 씨라는 사실을 미지는 안다. 미지만 해도 신 여사가 삼 년 넘게 노력과 정성을 기울여서 낳은 딸이다. 엄마는 이상한 사람

20

이다. 뭐든 손에 넣으면 홀대한다. 남편도, 딸도, 문 네 개짜리 냉장고도, 똑똑하고 앙증맞은 로봇 청소기도. 엄마가 손 안에 쥐고도 소중히 여기는 대상은 닭뿐인가. 남편과 딸은 입에 부지런히 밥을 넣어줘야 하지만 닭은 튀김옷을 입고 기름에 뛰어들어 돈을 낳으니 말이다.

"점장도 기름 냄새는 맡을걸?"

"기름 솥 담당은 아니니까 그나마 좀 낫겠지. 에이, 집이나 고쳐야겠다."

아빠는 자리에서 일어났다. 현관 신발장 위쪽 칸에서 공구함을 꺼내어 펼치고서 연장부터 손질한다. 마른 헝겊으로 닦고, 기름칠하고, 나사를 조이고. 미지는 화장실 선반에서 얇고 낡은 수건을 집어 물에 적셨다. 비질을 하면 먼지가 날리니까 물걸레질부터 하자. 큰방과 부엌을 닦는 데만 수건을 서너 번은 빨았다. 작은방은 포기. 수건으로 행주를 하나 더 만들어서 식탁과 냉장고, 상도 닦았다. 새해 청소를 연말로 앞당긴 셈이다. 그동안 아빠는 헛도는 싱크대 수도꼭지를 고친 다음 화장실 세면대로 넘어갔다. 물이 새는 세면대였다. 미지는 찬장에서 그릇을 꺼내 설거지했다. 신 여사가 남편을 길바닥이 아니라 헌 집으로 내몬 데에는 현실적이고도 사실적인 배경이 있다. 고장 난 데를 고치는 재주가 있는 사람이니 이참에 낡은 집을 손보려는 속셈이겠다.

"그런데 진짜, 학교는 왜 안 간다는 거야?"

아빠가 세면대 배관을 살펴보다 말고 나와서 말했다.

미지는 뒤돌아보지 않았다.

"지금 방학이잖아. 겨울방학."

"고등학교 말이야. 고등학교."

"학교를 뭘 또 가? 구 년이나 다녔어. 유치원까지 합하면 십일 년, 어린이집까지 치면 십사 년!"

미지는 어린이집 종일반 선생님이 키우다시피 했다.

"중졸로 끝낸다고?"

"검정고시 볼 거야."

"대학은?"

"나중에 봐서. 가고 싶으면 가고."

얼씨구, 픽이나, 잘도! 고등학교도 안 간단 년이 대학엘 가? 신 여사는 악담을 퍼부었지만 아빠는 그러지 않았다. 딸은 성적이 좋았다. 교과서를 죽어라 파고드는 열성은 없었지만 노력한 만큼은 성적을 받았고 노력도 안 하는 편은 아니었다.

미지는 물이 떨어지는 그릇을 찬장 아래쪽에 매단 스테인리스 선반에 쌓았다. 수세미에 세제 거품이 부글거린다. 뭘 또 닦지.

"뭐 또 다른 이유가 있는 건 아니고?"

미지의 얼굴이 일그러졌다. 구긴 종이가 되고 흔들리는 땅이 되었다. 손이 떨린다. 이 거품으로 머릿속을 씻을 수 있다면! 수도꼭지에서 물이 쏟아진다. 미지는 세제 거품이 이는 분홍색 수세미를 손에 꼭 쥔 채 가만히, 가만히 서 있었다. 그날이 떠오르려 했다…… 그 얼굴이……. 머리를 저었다.

다른 생각을 하자, 다른 생각을 하자, 다른 생각을 하자.

주문처럼 되뇌자 오쌤이 떠올랐다. 아, 오쌤! 퇴근 시간이 지났으니 전화 걸기에는 늦었다. 물론 8시에도, 9시에도 오쌤은 사무실에 있을 것이다. 하지만 미지는 고달픈 직장인에게 예의를 지킬 줄 알았다. 오쌤을 생각하니 기분이 나아졌다. 수세미를 물에 헹궜다. 대답을 기다리던 아빠는 화장실로 돌아간 다음이다.

오쌤과는 만난 적이 없다. 서로 얼굴은 모르고 목소리만 안다. 오쌤의 이름은 오영오, 직급은 대리. 국어 문제집을 만든다. 삼학년으로 올라간 지난봄, 미지는 국어 문제집에서 이런 문제를 보았다.

3. ㉠의 상황에서 이몽룡이 했을 법한 생각으로 알맞지 <u>않은</u> 것은?

① 저것들이 저러니 나라가 이 모양이지.

② 아, 당하고만 사는 백성들이 불쌍하구나.

③ 그만 좀 해 처먹어라, 이 탐관오리들아!

④ 하긴 요즘 세상에 깨끗한 관리가 어디 있겠나.

⑤ 곤장을 쳐서 저놈들의 버릇을 고쳐놓고 싶구나.

㉠이란 『춘향전』에서 변 사또가 호화로운 잔치를 벌이는 상황이었다. 미지는 문제 둘레에 형광펜으로 네모를 두르며 키득거렸다. 그만 좀 해 처먹으라고? 곤장을 치고 싶다고? 책 뒤쪽에 적힌 번호로 전화를 걸었다.

　"감사합니다, 국어과 오영옵니다."

　맥없는 목소리가 전화를 받았다.

　"저어, 튼튼국어 풀다가 전화했는데요."

　2초나 3초쯤, 침묵이 흘렀다. 긴장과 경계가 섞인 정적.

　"…… 오자나 오류가 있나요, 혹시?"

　"아뇨, 그건 아니구요. 78쪽 3번 문제 때문에 전화했어요."

　책장을 넘기는 소리가 났다. 78쪽 3번 문제를 찾는 모양이다.

　"문제가 재미있어서요. 이 문제 누가 쓴 거예요? 팬레터 보내고 싶은데."

　책 표지에는 저자 이름이 여럿이었다.

　"아, 이 문제는…….”

　망설이다가 나오는 대답.

　"사실은 제가 낸 문제예요. 원래 있던 문제가 좀 부적절해서."

　나중에 친해진 다음에 오쌤이 설명해주었다. 저자가 낸

문제를 고치고 빼는 것으로도 모자라 편집자가 아예 다시 쓰는 일이 흔하다고. 그러나 책 전체도 아니고 문제 하나를 콕 짚어 그 문제가 마음에 든다며 전화를 걸어오는 독자는 없었다고. 당황한 나머지 저자 뒤에 숨어 있어야 하는 편집자의 얼굴을 독자 앞에 드러내고 만 셈이었다.

"어머, 진짜요?"

미지가 반짝거리는 목소리로 물었다.

"그럼 저, 앞으로 또 전화해도 되죠?"

다시 2초나 3초쯤 침묵이 흐른 다음에, 국어과 오영오가 말했다.

"네, 그럼요. 궁금한 게 생기면 전화 주세요."

그래서 미지는 그 뒤로도 전화를 걸었다. 모르는 문제를 물어보기도 했고 마음에 드는 문제를 칭찬하기도 했다. 전화를 거는 횟수가 늘어났고, 그와 비례해 국어와는 상관없는 이야기도 많아졌다. 하굣길에 휴대폰으로 통화를 하면서 걸어가면 친구 없이 혼자 걷는 느낌이 나지 않았다. 미지는 영오를 오쌤이라고 부르게 되었다. 오쌤, 오쌤 이름은 앞으로 읽어도 오영오, 뒤로 읽어도 오영오네요? 영오가 익히 알고 있을 사실을 알려주기도 했다.

그리고 그날.

그날도 오쌤에게 전화를 걸었다. 추석 연휴가 시작되기 전날이었다. 오쌤은 자리에 없었다. 고향에 가느라고 좀 일찍 퇴근했다고, 다른 직원이 알려주었다. 고향이라고? 오쌤은 서울에서 태어났다고 했는데. 말할 기회를 놓치자, 말할 용기도 사라졌다.

그 얘기는 아무한테도 한 적 없지, 미지는 고무장갑을 벗으면서 생각했다.

아무도 모른다. 엄마도, 아빠도, 오쌤도.

3.
진창 속의 로맨스

"유품……이라고요?"

영오가 물었다.

"어, 돌아가신 양반 거야. 아가씨가 싱크대 아래는 안 봤더만. 나도 오늘 찾았어. 전화번호 물어봐두길 잘했네."

집주인이 말했다.

영오는 휴대폰을 손에 쥔 채 회의실 벽에 몸을 기대었다. 잔디밭이 하얗다. 어젯밤부터 흩날리기 시작한 눈발이 새벽 즈음 굵어지더니 조금 전에야 그쳤다. 1월 7일, 새해가 밝았는가 싶었는데 일주일이 지났다. 외계인은 지구를 침공하지 않았고 책은 인쇄에 들어가기 직전이다. 속에서 신물이 올라왔다. 세화의 컴퓨터로 책 파일을 점검하면서 몇 젓가락

건져 먹은 컵라면이 얹혔는지. 유리창에 비친 얼굴은 테두리부터 녹아가는 아이스크림처럼 생기가 없다.

그 유품이란 게 무엇인지 물어보려는데, 집주인이 먼저 말했다.

"그럼 방에다 놔둘 테니까 와서 가져가요, 응?"

전화가 끊긴다.

쓰러진 아버지를 발견해서 119에 신고한 사람이 집주인이다. 아버지의 방은 세 층짜리 다가구 주택의 반지하, 대문에서 멀고 쪽문에서 가까웠다. 영오는 상을 치르고 나서 그 낮고 어두컴컴한 방으로 가 살림살이를 처분했다. 처분이라고 해봤자 이부자리 두 채와 그릇 몇 개, 옷 몇 벌을 내다버리니 끝이었다. 비로 바닥을 쓸자 머리카락과 살비듬이 서로 엉겼다. 사람이란 결국 먼지인가, 싶었다. 담배 냄새가 먼지처럼 떠도는 방이었다.

집주인은 방 보증금이라면서 천만 원을 내줬다. 아버지의 유산이었다. 경비 일은 아버지에게 소일거리가 아니라 밥벌이였다. 생전 말도 없고 얌전한 양반이었어. 집주인은 영오가 불러주는 계좌번호를 받아 적으며 말했다.

까치 한 마리가 잔디밭 위를 스치듯 날았다. 풀에 맺힌 눈이 떨어진다.

"대리님, 궁금이 전화요!"

회의실 문이 열리더니 후배 직원이 말했다.

미지는 사무실 내에서 궁금이로 통했다.

걔는 맨날 뭐가 그렇게 궁금하대, 서울대 국문과 두 번은 가겠네. 준미는 일 년 가까이 비슷한 시간대에 전화를 거는 미지의 호기심과 끈기를 놀라워했다. 그 친구는 국어 공부만 하고 영어는 거들떠보지도 않느냐고 서운해하기도 했고.

영오는 자리로 돌아가서 수화기를 들었다.

"미지니?"

"오쌤!"

둘은 언제부터인가 말을 편하게 했다. 책만 제때 출간하면 근무 시간에 이어폰으로 귓구멍을 틀어막고 판소리를 들어도 통과, 회의실에서 족발을 뜯어도 오케이, 그런 회사였다. 고된 일 안에서 허용되는 자유가 유일한 복지라고나 할까. 편집자가 중학생 독자에게 말을 놓아도 탈이 없었다.

"고등학교 꼭 가야 되나요?"

미지가 물었다.

"안 갈 거야?"

"안 가고 싶은데."

"안 가도 국어 공부는 할 거고?"

"그렇겠죠? 재밌잖아요, 한국어."

"그럼 안 가도 되지 않나."

미지가 키득거렸다.

"역시 우리 오쌤! 시간 있으시면 제 졸업식에 오실래요?

다음 달 14일인데."

"다음 달 14일?"

영오는 탁상 달력을 한 장 넘겼다.

미지는 새별중학교에 다녔다. 아버지가 경비 일을 하던 곳이었다. 처음 그 사실을 알았을 때, 영오는 미지의 전화를 받기 싫어졌었다. 자기는 한 해에 한두 번 보는 아버지를 이 얼굴도 모르는 아이는 날마다 본다. 표현하기 힘든 감정이 배 속을 긁었다. 며칠 지나자 꼬인 심사가 마음자리 외곽으로 빠져나갔다. 그렇게 며칠이면 해결될 일이었다. 영오는 아버지와 원수도, 적도 아니었다. 사이가 멀 뿐이었다. 수평선과 바다는 맞닿은 듯 보여도 그 사이에 드넓은 허공이 있다. 오영오는 오호석에게서 갈라져 나왔지만 둘 사이에도 허공이, 공백이 있었다. 그 여백 어디쯤에 궁금한 것 많은 여자애 하나 끼어든다고 해서 대수일까. 나이 서른이 넘으면 어쩔 도리 없이 어른이 되어야 하고, 어른이라면 어른답게 굴어야 한다. 너희 학교 경비 아저씨는 어떤 사람이니 무심결에라도 묻지 않기, 그 역시 어른 노릇이었다.

"밸런타인데이네?"

"오쌤, 혹시 그날 데이트?"

"무슨, 평일이라 그렇지. 회사 때문에."

"아아, 그렇죠. 제가 이래요. 백수 되니까 딴 사람도 다 나 같은 줄 안다니까요."

영오는 미지에게 왜 고등학교를 가지 않으려 하냐고 묻지 않았다. 영오도 열일곱 살 초봄에, 고등학교 따위 죽어도 가기 싫다고 이를 갈며 고뇌했다. 모의고사에, 야자에, 보충 수업에, 미친 지옥이겠지 싶었다. 죽지 않았는데 지옥에 떨어지기도 하는 법이어서, 고등학교 삼 년을 반쯤 정신 나간 채로 보냈다. 매점과 분식집에서 사 먹은 초콜릿과 떡볶이가 없었다면 나머지 정신 반쪽도 도망갔을 것이다. 신분이 학생인지라 공부를 다 내던지지는 못하고 반만 붙잡았다. 버린 쪽은 수학과 물리, 매달린 쪽은 국어와 사탐. 그 결과 국문학과에 갔고, 백수가 되리라는 기대감과 절망감을 오가다가 출판사에 취직했다. 인터넷으로 찾은 교정 부호를 컴퓨터 옆에 붙여놓고서 붉은 펜으로 교정지를 더듬거리던 신입 사원 시절이었다.

"그래도 오쌤, 오실 수 있으면 오세요. 내일 일은 모르는 거니까."

영오는 2월 14일에 마음으로만 동그라미를 쳤다. 내일 일은 모른다지만 2월 14일이 한 달여 만에 주말이 되는 일이란 일어나지 않는다. 그나저나 밸런타인데이, 누가 누구한테 초콜릿을 주는 날이더라. 여자가 남자에게? 남자가 여자에게? 항상 헷갈렸다. 미지에게 물어보려다가 말았다. 알면 무엇 하나 싶어서였다. 밸런타인데이는 영오에게 아무런 의미도 없는 날이었다. 언젠가부터 그렇게 되었다.

문제집 작업이 남은 준미와 세화에게 군것질거리를 안기고 사무실을 나섰다. 진창이었다. 눈이 녹아 바닥이 질척거렸다. 회의실 바깥 잔디밭에 쌓인 눈은 희디희건만 큰길은 잿빛이다. 부츠와 청바지에 눈 얼룩을 새기며 지하철역으로 걸어갔다. 걸음마다 발자국을 찍듯이 엄마와 아버지를 떠올렸다. 나 죽으면 누가 날 떠올릴까? 피식 웃으며 하늘을 올려다보았다. 끄무레한 날씨. 비 쏟아지는 날도 아니며 함박눈 그친 저녁인데 서른셋이나 먹고 웬 고아 행세에 소녀 감성이람. 지하철을 타고 몇 정거장 지나 1호선으로 환승했다. 복닥거리는 열차 안에서 한 자리 차지했다. 꿈까지 꿀 정도로 단잠을 잤으니 행운이라면 행운이었다.

졸음이 덜 깬 부스스한 얼굴로 찾아든 아버지의 방은 문이 열린 채였다. 문가에 놓인 압력솥. 아버지의 유품이었다. 도마도 국자도 없는 방에 압력솥이라니. 벽을 더듬어 형광등을 켰다. 바퀴벌레 몇 마리가 줄행랑을 쳤다. 문지방에 걸터앉아 솥을 무릎 위에 얹었다. 묵직하고 차갑다. 10인용은 될 듯하다. 잠금장치를 눌러서 뚜껑을 열었다. 안에 뭔가 또 있다. 얇은 수첩. 비닐 표지를 들추려다가 말고 수첩을 솥 안에 넣었다. 뚜껑을 닫고, 형광등을 끄고, 일어났다.

고물 압력솥을 옆구리에 끼고 골목길을 되돌아 나갔다. 피식피식, 실소가 입술로 빠져나와 바퀴벌레처럼 볼과 이마로 도망간다. 무쇠솥처럼 튼튼한 금고에 두둑한 돈다발이었다면 어땠을까. 아버지를 그리며 눈물 쏟는 비극이 됐을까? 아버지는 할 만큼 했다. 천만 원을 남기지 않았나. 그 돈으로 무엇을 할까. 무지갯빛 마카롱을 사 먹을까, 신문지 이불로 겨울을 나는 노숙자에게 키다리 아가씨가 되어줄까, 백야의 나라로 여행을 떠날까.

빚을 갚자. 가랑잎처럼 싸락눈처럼 쌓이는 빚을 갚자. 압력솥이 차가운 옆구리를 영오에게 붙이며 키득거렸다. 지금 이 순간, 희극이었다.

영오가 걸어간 곳은 역 앞이었다. 이마에 상처를 입힌 철제함이 있는 건물. 상처가 나을 만하면 덧나고 됐다 싶으면 진물이 나왔다. 휴대폰 손전등을 켜서 철제함을 살펴보았다. 모서리에 매달린 짧고 굵은 머리카락. 이럴 줄 알았다. 누구든 또 당할 줄 알았다. 얼굴도 이름도 모르는 머리카락 주인에게 동지애마저 느꼈다. 길거리에서 마주치면 어묵 한두 꼬치쯤은 사줄 텐데. 그때 목도리를 두른 남자가 눈길을 걷다가 자빠졌다. 에이, 씨발! 욕설을 내뱉는다. 영오는 후, 미지근한 입김을 낯선 남자에게 날려 보냈다. 밑창이 닳아 빠진 구두를 벗기고 새 구두를 사줄까. 천만 원으로, 아버지가 남긴 돈 그대로인 천만 원으로. 나머지는 빚을 갚자. 진창 속에서 피어난 로맨스였다. 흰 눈으로 태어난 우리, 잿빛 구정물이 된 우리. 딴에는 인생이 그렇다.

길 건너편 맥도날드로 갔다. 뜨거운 커피를 한 잔 사서 2층으로 올라가 창가에 앉았다. 저녁, 빗속, 커피. 이 삼박자는 불면으로 이어지겠지만 뭐 어때. 어차피 오늘 잠들기는 글렀는데. 통유리창 너머를 내다보았다. 사람, 사람 하나, 둘, 셋, 넷, 사람, 사람들. 몇몇은 철제함을 아슬아슬 스쳐 지나가고, 개중 한둘은 풍전등화에 일촉즉발이었다. 그 사람은 못 보지만, 영오는 본다. 젊은 여자가 철제함에 머리를 찧을 뻔했을 때, 영오의 엉덩이가 들썩들썩. 안 돼, 소리치면 들릴까. 여자는 무사했다. 영오는 미지근해진 커피를 마셨다.

학생 몇몇이 압력솥을 눈짓하더니 키득거렸다. 그래, 내가 너희라도 웃었겠다, 영오는 생각했다. 이 안에 든 걸 확인하고 나서 나도 웃을 수 있을까. 그러면 좋을 텐데.

열었다.

압력솥 뚜껑을, 수첩의 표지를.

수첩의 앞 두어 장은 백지였다. 세 번째 장, 크고 비뚜름한 글씨 네 줄. 첫 줄은 이렇다.

영오에게

영오는 자기 이름이 포함된 네 글자를 오랫동안 바라보다가, 시선을 내렸다.

홍강주

문옥봉

명보라

이름 셋, 그 옆에 연락처. 홍강주와 명보라는 휴대폰, 문옥봉은 유선 전화였다. 지역번호 032, 인천. 이 사람들은 누구일까.

장례를 마치고서 아버지의 휴대폰을 살펴보았지만 영오와 파견 업체, 학교 연락처만 있을 뿐 홍강주니 문옥봉이니 명보라니 하는 사람은 없었다. 명지애, 죽은 엄마는 있었다. 언제 적 이름을 아직까지. 영오는 주소록에서 엄마를 지웠다. 문자메시지함에는 스팸만 가득했다. 부산 납골당에서 올라오는 길, 속이 빈 휴대폰은 고속도로 휴게소의 쓰레기통에 버렸다.

빚쟁이들인가? 그럴 리가. 혹시나 싶어서 알아봤지만 아버지는 빚이 없었다. 천만 원짜리 흑자 인생이었다. 설마 사채를 쓰지는 않았겠지.

손가락으로 이름을 하나씩 짚었다. 볼펜으로 눌러 쓴 글자의 요철이 지문 틈새로 스며들었다. 명보라의 명, 밑에 손톱으로 밑줄을 그었다. 명씨는 흔한 성이 아니다. 엄마가 명씨 아닌가. 그 순간 영오는 압력솥의 정체를 깨달았다. 엄마 물건이었다.

병들기 전까지, 요리는 엄마 몫이었다. 엄마는 뭐든 이 솥에 넣기를 좋아했다. 삼계탕을 끓이고 고구마와 옥수수를 찌고 갈비찜과 수육을 했다. 팥과 수수와 현미로 잡곡밥을 짓고 밤과 대추를 넣어 영양밥을 지었다. 날것이, 생것이, 풋것이 압력솥에 들어가면 진한 냄새를 풍기는 음식이 되어 나왔다. 영오는 방에서 책을 읽거나 헛생각을 하다가 솥의 추가 쉭쉭대는 소리를 들었다. 내부 압력이 최대치로 올라갔다는 신호였다. 시끄러운 울음소리를 내며 추를 흔드는 압력솥 옆에 우두커니 서 있던 엄마. 압력솥의 소음과 증기 속으로 사라지기라도 할 것처럼 고요하던 엄마. 그 밥과 음식을 먹으며 영오는 자라나 마침내 어른이 되었다. 압력솥이 일하는 소리를 들으면 멀쩡하던 배도 꾀병을 부리듯 꼬르륵거렸다. 그러면서도 불안했다. 언제 잔가시가 씹힐지 모르는 생선을 우물거리는 기분이었다. 솥이 엄마의 목구멍 같았다. 솥에서 나는 소리가 엄마의 비명 같았다. 엄마가 폐암 선고를 받고부터 날짜 지난 연극 표가 되어버린 그 소리, 냄새, 열기.

영오는 압력솥으로 손가락을 옮겼다. 찌그러지고 파인 자리와 시커먼 밑바닥에는 엄마가 한 가정을 꾸리며 보낸 서른 해 인생이 배어 있다. 손가락을 혀끝에 댔다. 비릿한 쇠 맛. 아버지는 이 솥을 버리지 않았다.

엄마가 폐암에 걸리자 영오는 아버지를 몰아세웠다.

"내 이럴 줄 알았지! 담배 연기 나쁘다고 했잖아요!"

이렇게 될 줄 예견한 영오가 그간 자신과 엄마를 위해 한 일은, 주로 성질 부리기였다. 대상은 엄마였다.

"아으 진짜, 집에서 담배 좀 못 피우게 하라니까!"

담배 연기와 재떨이는 거실에서 안방으로, 안방에서 발코니로 후퇴했다. 영오가 초등학생에서 중학생으로, 중학생에서 고등학생으로 자라나는 궤적과 일치했다. 아버지는 담배를 끊지 못했다. 그래, 이제는 영오도 인정한다. 끊지 않은 것이 아니라 끊지 못한 것임을. 대학생이 되었을 때, 처음으로 아버지에게 직접 말했다.

"집에서 담배 좀 그만 피워요. 너무 이기적이라는 생각 안 들어요?"

아버지는 또 후퇴했다. 발코니에서 복도로. 빌라 입주민에게 항의를 받기 일쑤였고, 복도 벽에 담배를 피우지 말라는 경고문이 나붙었다. 공중도덕을 지킵시다, 이기적으로 굴지 맙시다! 영오는 창피하고 화가 나서 주먹을 쥐었다. 불행은 이기심이 맺은 열매였다.

"이게 다, 아버지 때문이에요. 아버지 때문에! 엄마가 죽는 거라구요!"

영오는 눈의 무게를 이기지 못해 분질러진 나뭇가지 같았다.

엄마는 삼 년을 더 살았다. 삶이라기보다는 투병이었고 사

람이라기보다는 병자였다. 치료와 재발, 전이와 항암제, 고통
과 구토. 최후의 몸무게는 33킬로그램. 영오는 3시 3분이나
3시 33분에 시계를 보게 되면 기분이 가라앉았다. 33번 버스
가 싫었고 텔레비전에서 33번 채널을 삭제했다. 잊었다고 생
각했는데 서른셋이라는 나이가 싫다. 잊지 못했나 보다.

"요즘은 담배 안 피우는 사람도 폐암에 많이 걸린다더라."

언제인가 아버지가 말했다.

"가스레인지, 그게 폐에 안 좋대. 또 공기도 많이 오염돼
서……."

그 순간, 부녀 사이의 골은 더 깊어졌다. 치명적인 균열.
영오는 두어 번 폐 검사를 받았다. 시커멓게 변한 폐 사진을
아버지 얼굴에 던지고 싶었다. 그때에도 가스레인지 핑계를
대는지, 대기오염 탓을 하는지 보리라. 검사할 때마다 영오
의 폐는 안전하고 잠잠했다.

차가워진 커피를 마신다. 쓰다.

엄마가 투병한 삼 년, 아버지와 영오의 갈등과 대립은 몇
번쯤 겉으로 드러났다. 엄마의 고통 앞에서 영오가 지른 악
다구니가 그 계기이자 증거였다. 엄마가 죽자 부녀는 예전
처럼 데면데면해졌다. 소나기도 아니고 눈보라도 아니지만
맑은 날은 당치도 않으며 흐린 날의 가랑비 같은 사이, 껄
끄럽고 지지부진한. 언제부터 그렇게 됐는지, 왜 그렇게 됐
는지, 모른다. 모르겠다. 두 사람은 엉킨 실타래도 아니었고,

매듭이 풀리지 않는 밧줄도 아니었다. 저만치 떨어져 따로 똬리를 튼 실타래고 밧줄이었다.

수첩을 넘긴다.

이름들 다음으로는 백지였다. 수첩을 가방에 넣고, 압력솥은 뚜껑을 닫았다.

휴대폰이 울렸다. 블로그 어플이 보낸 알림이었다.

어리둥절님의 블로그는 현재 휴면 상태입니다. 잠자는 블로그를 깨우는 포스팅, 어떠세요?

사장의 닦달을 견디다 못해 만든 블로그였다. 학생인 척하며 문제집 서평을 몇 편 올리고는 팽개쳐두었는데, 잊을 만하면 한 번씩 자기를 깨워달라고 보챘다. 올린 글이 있으니 없애지는 못하겠고, 알림 설정이라도 바꾸려고 블로그에 접속했다.

정말 오래만이에요, 어리둥절님! 오늘 기분이 어떤지 나눠보시겠어요?

'아니요'를 누른다는 것이 그 옆의 '네'로 손가락이 삐끗. 글쓰기 창이 떴다. 빈 화면을 바라보다가, 자기도 모르게 제목 칸에 '내 기분?'이라고 적었다. 그러자 그 뒤에 써야 할 말이 떠올랐다.

한마디로 개떡 같다. 시커먼 눈길에 떨어진 개떡.

아버지는 죽고 나서야 나를 호명했다. '영오에게'라면서. 아버지는 영오가 누구인지 알고나 불렀을까? 아버지, 저 아세요? 전 아버지가 누구인지 모르는데요? 너무 섭섭해하지는 마시고요. 자기가 누구인지도 모르는 사람, 그게 오영오니까요.

오영오. 난 너라는 문제집을 서른세 해째 풀고 있어. 넌 정말 개떡 같은 책이야. 문제는 많은데 답이 없어. 삶의 길목마다, 일상의 고비마다, 지뢰처럼 포진한 질문이 당장 답하라며 날 다그쳐.

엄마가 아플 때, 넌 나에게 물었어. 점점 나빠지기만 하는 엄마를 언제쯤 포기해야 할까? 그 시절 어떤 남자가 다가왔을 때, 넌 나에게 물었어. 지금 나에게 연애란 비싸기만 한 케이크처럼 불필요하다고 어떻게 설명하지? 엄마가 떠났을 때, 넌 나에게 물었어. 이제 엄마가 돌아올 리 없는 집에서 나가고 싶겠지. 그럼 아버지는 다시 한번 혼자가 될 텐데 상관없니? 아버지의 생일이 왔을 때, 넌 나에게 물었어. 영혼 없는 문자라도 보낼래, 아니면 가식은 집어치울래?

나는 더듬더듬 답하지. 내가 진땀을 흘리며 내놓은 답이 맞았는지 틀렸는지, 넌 알려주지 않아. 인생에는 답이 없다고만 변명하지. 그래, 너는 출제자가 아니야. 답도 없는 질문이 끝도 없이 이어지는 문제집일 뿐이야. 이해한다. 너도 오영오, 나도 오영오, 우리는 오영오니까.

영오는 글 올리기 탭을 잠시 바라보다가, 창을 꺼버렸다.

맥도날드를 나와 걷다 보니 역을 지나쳐 골목길로. 아버지가 일하던 학교로 가는 길이다. 머리는 싫다는데 다리가 이끈다. 학교는 야트막한 언덕 위에 있었다. 가로등 불빛이 바늘귀 찾는 노인의 눈처럼 침침했다. 교문 옆, 경비실로 다가갔다. 꾸벅꾸벅 조는 경비원. 죽은 옛 경비원보다 살아 있는 새 경비원이 더 늙고 낡았다. 운동장 지나 학교 건물 안쪽, 몇몇 불빛이 밝다. 밤마다 아버지는 누구를, 무엇을 지켰는지?

언덕을 내려와 골목길 어귀, 손수레를 끌고 가는 할머니와 마주쳤다. 할머니는 펴질 가망 없이 기역 자로 굽었다.

"그거, 버릴 거유?"

압력솥을 턱짓하는 할머니.

"아뇨, 안 버려요."

그 대신 가방에서 다 읽은 소설책을 꺼냈다. 손수레에 쌓인 종이 상자 위에 책을 얹었다. 다시 만날 일 없을 할머니에게 선물하듯, 몰래. 어둠 속에서 백발을 날리며 손수레를 끌고 가는 할머니의 뒷모습. 배가 고팠다. 분식집에 들어가 떡국을 시켰다. 사골 국물은 조미료 맛이 심했지만 떡만큼은 훌륭했다. 따뜻한 떡이 입 안을 채우더니 커피로 상한 속을 어루만졌다. 수첩에 적힌 이름과 연락처를 휴대폰에 저장했다. 그러니까 아버지의 유품은, 이 세 사람이다.

지하철역 앞의 이불 가게 가판대에 담요가 수북하다. 영오는 노란색 바탕에 연두색 무늬가 들어간 담요를 만졌다. 석유 찌꺼기에서 짜낸 가짜 털이 깃털처럼, 구름처럼 부드럽고 따뜻했다. 그 감촉을 샀다.

4.
버찌와 꺼비

미지는 무엇을 하는가.

큰방에 드러누워 저쪽 끝에서 이쪽 끝까지 오가며 등판으로 바닥을 닦는 중이다. 따뜻했다.

아빠는 무엇을 하는가.

몸살감기 기운이 있다며 식탁 앞에 침낭을 깔고 그 안에 들어갔다. 침낭에서 자면 캠핑 온 기분은 덤이라나. 현실은 패잔병이지만 말이다. 아빠는 몸을 웅크리고 끙끙 앓았다.

"아빠, 그렇게 아파?"

"그냥 이렇게 하면 좀 낫는 기분이 들어서 그래."

아빠가 변했을까, 엄마가 변했을까. 미지는 생각한다. 둘다 변했겠지. 아빠는 같은 방향으로, 엄마는 다른 방향으로.

왜 로맨스는 오래가지 못할까. 로맨스란 사랑이 아니라 사건이기 때문일 거야, 미지의 결론이었다.

"빨래…… 쉰내……."

아빠가 웅얼거렸다.

세탁기 안에 돌려놓은 빨래, 널지 않으면 쉰내 난다는 뜻이다. 잠꼬대로 심부름을 시키다니. 개나리아파트로 돌아와 산 지 일주일, 미지가 요리(라면 끓이기, 냉동 볶음밥 데우기), 청소(등으로 바닥 닦기), 장보기(라면 사 오기, 냉동 볶음밥 주문하기)를 맡았다. 아빠는? 집을 고쳤다. 싱크대와 세면대에 이어 삐걱거리는 미닫이문과 외시경이 빠지고 없는 현관문, 헐거운 전등 스위치까지. 지은 지 사십 년이 다 되어가는 아파트였다.

미지는 일어나 앉아 엉덩이로 방바닥을 문질러 방 닦기의 화룡점정에 도달한 다음, 큰방과 부엌 사이에 있는 조그마한 세탁실로 갔다. 통돌이 세탁기는 얼마나 열정적으로 탈수를 했는지 반 뼘이나 튀어나와 있었다. 빨래가 많기는 많았다. 집으로 돌아갈 일은 없다는 듯 한짐 싸서 나온 데다가 작은방 옷장에서도 옷가지를 발굴했다. 세탁기 뚜껑을 열었다. 손잡고 팔짱 끼고 다리 꼰 세탁물을 덩어리째 건져 바구니에 넣었다.

발코니는 횡했다. 가운데에 자리 잡은 빨래 건조대와 오른쪽의 경량 칸막이 앞에 놓인 세 칸짜리 철제 수납장, 뭉쳐다니는 먼지, 그게 다였다. 미지는 빨래 뭉치를 해체하기 시작했다. 오후 3시, 발코니로 햇살이 가장 깊숙이 치고 들어오는 때였다. 먼지와 새똥이 말라붙은 창문을 햇볕이 어깨로 밀친다. 그래도 추웠다. 젖은 천에 닿을 때마다 손이 시렸다. 스테인리스 봉에 먼지가 뽀얗다. 건조대에 빨래도 널고 빨래로 건조대도 닦고, 꿩 먹고 알 먹고. 걸레질도 행주질도 필요 없다.

바구니에서 바지를 꺼내려고 몸을 수그렸다가 일으켰다. 그런데 웬 고양이 한 마리가 수납장 꼭대기에 앉아 있다!

"어머! 안녕!"

미지는 놀란 와중에도 손을 들어 인사했다.

이곳은 7층이다. 조금 전까지만 해도 고양이는 없었다. 그렇지만 지금은 있다. 수납장에 앉아 꼬리를 살랑거린다. 하얀색 바탕에 갈색과 검정색 무늬가 발자국처럼 찍힌 삼색 고양이로, 동그란 눈은 비취 빛깔이었고 귀가 뾰족하며 다리는 짧았다. 작고 통통한 고양이. 어디에서 어떻게 왔을까. 천장, 무너진 데 없다. 창문, 닫힌 채다. 땅, 꺼지지 않았다. 고양이가 고양, 울었다. 야옹이 아니라 고양 우는 고양이. 미지와 눈이 마주치자 하품을 했다. 입천장에 엄지손톱만 한 점, 검은색 하트다.

"아빠, 발코니에 고양이가 있는데?"

부엌으로 가서 아빠에게 말했다.

"쥐…… 쥐……."

아빠가 입속말을 했다. 미지는 아빠 코에 발바닥을 들이 댔다. 벌름대지 않고 얌전한 콧구멍. 깊이도 잠들었다. 발 코니로 돌아갔다. 환상이었다면 사라지고 없겠지. 사라지기 는 무슨, 아직도 있다. 그것도 누워 있다. 옆으로 누운 채 앞 발을 핥으며 몸단장을 한다. 발바닥이 분홍색이다. 몇 걸음 다가가서 고양이를 쓰다듬었다. 녀석은 네 다리를 뻗어 기 지개를 켜더니 눈을 감았다. 낮잠이라도 잘 기세다. 손가락 으로 녀석의 목덜미를 간질였다. 솜사탕을 누르듯 털 속으 로 들어가는 손가락. 미지는 어릴 적부터 털 달린 네발짐승 을 키우고 싶었다. 개, 고양이, 햄스터 등등. 그러나 신 여사 는 강아지 인형이나 하나 사줬다. 이건 인형이잖아! 미지가 도리질을 치자 신 여사는 그럼 닭이나 키우든가, 했다. 어린 미지는 거절했다. 닭은 다리가 두 개잖아! 그러자 엄마가 말 했다. 누가 아냐, 다리 네 개 달린 닭이 나올지. 그럼 닭다리 도 네 개니까 좋겠네. 미지는 한동안 다리 네 개짜리 닭에게 쫓기는 악몽을 꿨다. 십여 년이 흘러, 네발 달린 고양이의 푹신한 등을 쓰다듬으며 미지는 웃는다. 우주가 도와줬나? 고양이가 하늘에서 떨어지다니. 신출귀몰한 고양이의 출처 로는 하늘만큼 만만한 데가 없었다. 천장이 뚫린 데 없이 막 혔다지만 하늘이란 그런 물리적 한계를 초월하는 장소가 아 닌가. 미지는 몸을 들썩이며 기쁨의 노래를 불렀다.

똑똑, 똑.

칸막이를 두드리는 소리다. 석고 보드로 세운 임시 벽이라 소리는 청량하고도 가벼웠다.

"거기, 누구 있수?"

청량함과는 거리가 멀다. 섞박지에 막걸리 한잔 걸친 듯 탁하고 걸걸하다. 오래 묵은 할아버지 목소리다. 고양이가 귀를 쫑긋거리더니 일어나 앉았다.

"버찌 너, 거기 있냐?"

고양이가 고양, 울더니 사라졌다. 나타났을 때와 마찬가지로 홀연히. 한 가지 다른 점이 있다면, 고양이의 퇴장을 미지가 목격했다는 사실. 고양이는 짧은 다리로 뛰어오르더니 칸막이와 천장 사이에 난 세모난 구멍으로 몸을 날려 빠져나갔다. 얇은 칸막이 벽 너머, 옆집 703호로. 미지는 까치발을 딛고 서서 구멍을 살펴보았다. 키가 8센티미터나 자란 덕을 본다. 칸막이와 천장 사이에 기다란 틈이 있어 스티로폼으로 막아놨는데, 구석 자리가 떨어져 나가 구멍이 생겼다. 그 세모난 구멍이 고양이를 떨어뜨린 하늘인 셈이다. 702호와 703호 사이에 뚫린 하늘.

비상시 이 벽을 뚫고 넘어가시오.

칸막이에 붙어 있는 스티커의 문구였다. 발로 벽을 차는 사람의 모습이 그려진 스티커였는데, 낡아서 접착력이 약해지는 바람에 테두리가 일어나고 햇볕에 색도 바랬다. 미지는 스티커를 꾹꾹 눌러 붙였다. 그리고 그 김에, 똑똑, 똑.

"아, 누구요!"

응답은 즉각적이고도 이기적이다. 그쪽에서 먼저 두드려 놓고 말이다.

"안녕하세요?"

미지는 칸막이를 향해 인사했다. 신 여사한테 배운 인사성이다. 신 여사는 노인에게만큼은 친절하고 다정했다. 아빠도 엄마의 달콤함을 맛보려면 늙을 때까지 버텨야 승산이 있으리라.

"저는 702호 사는 공미지라고 하는데요."

목소리를 높였다. 얇은 칸막이라지만 벽은 벽이다. 또 상대가 노인이니만큼 귀가 어두울지도 모르고.

"뭐? 702호라고?"

벽 너머가 702호인 줄은 꿈에도 몰랐다는 식이다.

"네."

"거긴 빈집인데."

"저희가 이사 간 다음에 오셨군요?"

"삼 년 됐어. 거긴 내내 빈집이었다니까."

"일주일 전부턴 아니에요. 방금 그 고양이, 할아버지 고양이인가요?"

"그 집 고양이가 아니면 이 집 고양이겠지. 2호 볕이 더 맘에 드나 본데 여기나 거기나 뭐가 다르다고, 맹한 것."

그러고 보니 수납장에 털이 잔뜩 붙어 있다. 털 난 쇠붙이다. 버찌라는 애가 취향에 맞는 볕을 찾아 702호에 드나든 지 오래된 모양이다.

"정말 거기 사는 사람 맞어?"

"그 집 사는 사람 아니면 이 집 사는 사람이겠죠?"

"예끼, 노인네 놀리는 거 아냐!"

놀린 거 아닌데. 억울하다. 신 여사는 말했다. 네가 왜 친구가 없는지 가슴에 손을 얹고, 아니 입 좀 다물고 생각해보라고, 너는 쓸데없는 소리만 지껄인다고. 가슴에 손을 얹을 필요도 없고 입을 다물 까닭도 없다. 미지는 자기에게 친구가 없다고 생각하지 않으니까. 오쌤이 있지 않은가. 오쌤한테 말한 적은 없지만, 오쌤은 어떻게 생각하는지 모르겠지만. 전화를 걸어 오쌤, 부르면 오쌤이 응, 대답한다. 전화 속 뚜루루뚜, 신호음과 똑똑똑, 문 두드리는 소리는 닮았다. 옆집 할아버지라고 해서 친구가 되지 말라는 법은 없다.

"저랑 아빠랑 둘이 왔는데요, 아빠는 모르겠고 전 여기 계속 살 거예요, 쭈욱."

말하면서 생각이 정리되었다. 나는 이 집에 살았었고, 다시 왔고, 눌러살겠다. 이제까지 학교에 다녔고, 앞으로는 다니지 않겠다.

"진짜여? 도둑 아니고?"

"저 빨래 너는 중이었거든요? 도둑이 빨래 너는 거 보셨어요?"

미지는 바구니에서 옷을 꺼내 건조대에 넣었다. 할아버지 들으십시오, 탁탁, 빨래 터는 소리를 내면서. 맨손과 맨발이 차갑다. 대화는 즐겁다. 지난 일주일간 소설책 두 권과 만화 책 일곱 권을 봤다. 오쌤에게 전화를 다섯 번 걸었다. 라면 을 네 번 끓였다. 그런데도 따분했다.

"수상한데, 수상해."

할아버지가 구시렁대거나 말거나, 미지는 콧노래를 부르 며 빨래를 넣었다. 그리고 발코니에서 나가 양말을 신고 점 퍼를 입었다. 현관문을 열면 엘리베이터와 계단까지 두 걸 음, 거기서 다시 두 걸음. 703호 앞이다. 초인종을 눌렀다. 소리가 나지 않는다. 문을 두드렸다. 손날에 새까만 먼지가 묻었다.

"할아버지! 할아버지, 버찌 할아버지이!"

목청을 돋우자 그제야 반응이 왔다. 할아버지가 문을 열 었다. 문틈으로 집 안이 보였다. 702호와 703호는 복도 계단 을 기준점으로 하여 반 접으면 데칼코마니처럼 겹친다. 데 칼코마니의 양쪽을 오가는 버찌 녀석이 신발장 위에 올라가 고양, 울면서 벽에 머리를 비볐다.

"내가 왜 버찌 할아버지여? 내가 고양인가? 나는 사람이 지."

할아버지는 지팡이를 들어 미지 눈앞에 대고 휘둘렀다.

지팡이 손잡이가 코를 스칠 듯하지만 미지는 피하지 않았다. 눈도 깜짝하지 않았다.

"그럼 뭐라고 불러요?"

"부르지 마. 부를 일을 만들질 마. 우리 집엔 왜 온 거여?"

지팡이를 내려 바닥을 짚는 할아버지. 일흔이 넘은 연배였고 두툼한 바지에 등산복 상의, 조끼 차림이었다. 옷에는 고양이 털이 만발.

"도둑 아니란 걸 보여드리려고 왔죠."

대답하면서도 골똘한 고민을 거듭하더니 짝, 손뼉을 치는 미지.

"꺼비 어때요, 꺼비?"

"꺼비? 웬 꺼비?"

"두꺼비 할 때 꺼비요. 꺼비 할아버지, 딱이죠?"

"떼끼! 벼락 맞을라! 노인네 희롱하다가 번개 맞을라!"

뿔난 할아버지는 3배속으로 돌린 두꺼비처럼 펄쩍거렸다.

"내가 어딜 봐서 두꺼비여?"

"두꺼비가 뭐 어때서요? 할아버지 두꺼비 닮으셨어요."

그렇다. 커다란 얼굴에 커다란 눈, 그것도 튀어나온 눈. 두툼한 입술에 붉으락푸르락 다채로운 낯빛.

"지나가는 두꺼비가 웃을 소리다. 멀쩡한 이름 놔두고 꺼비가 뭐여, 숭허게."

"할아버지 이름이 뭔데요?"

"나, 김두출!"

"두출?"

"그래, 세출에서 하나 빼고 두출!"

세출이라는 단어를 사전에서 찾아본들 없다. 두출의 젊은 시절 별명이니까. 두출은 뭐든 적당한 선에서 마무리하고 빠지면 좋으련만 꼭 한 발짝씩 더 나가고 한마디씩 더 했다. 화를 내도 한 번 더, 짜증을 부려도 한 번 더. 그래서 두출에서 하나 더해 세출이었다. 매사에 오버한다는 얘기다.

"그럼 할아버지는 그냥 두출 하세요. 전 꺼비 할게요."

미지가 짝, 손뼉을 쳤다. 결정했다는 뜻이다.

"아유, 야! 이놈아! 가! 꼴도 보기 싫으니까 썩 꺼져!"

꺼비 할아버지, 두출이 외쳤다. 복도가 왕왕 울린다. 팔을 뻗어 문을 잡아당긴다. 미지는 닫힌 현관문에 대고 말했다.

"제 얼굴 보셨죠? 저 도둑 아닌 거 확인하셨죠?"

도둑이 '도둑!' 써 붙이고 다녀? '훔침!' 꼬리표 달고 다녀? 두출은 투덜거리며 큰방으로 향했다. 지팡이로 시침질하듯 바닥을 대강 짚으면서.

5.
어둠 속의 불꽃

원룸 건물 안으로 들어가 계단을 올랐다. 천장에서 전등이 깜빡거렸다. 먼 곳에서 보면 안쓰러울 불빛이다. 어미가 물어다 주는 벌레를 먹으려고 부리를 벌려 쩍쩍거리는 새끼 새처럼 어두워졌다 밝아졌다 한다. 영오는 현관문에 열쇠를 꽂아 돌린 다음 잠금장치의 비밀번호를 눌렀다. 이중으로 잠근 현관문을 열 때마다 괜한 기대를 한다. 안에 누군가 있지 않을까 하고. 가스레인지에 압력솥을 올린 채 우두커니선 엄마, 식탁 앞에 구부정한 등을 하고 앉아 담배를 피우는 아빠……. 안다. 그럴 일은 없다. 이제 영오는 서른셋, 둥지를 떠난 새처럼 홀로 살아간다. 등불처럼 깜빡거리면서.

어찌 되었든 이렇게, 오늘도 돌아왔다. 열쇠를 신발장 거울에 붙은 조그만 고리에 걸었다. 이 하얀 플라스틱 고리를 샀을 때, 비닐 포장에는 200그램 이하의 물건만 걸라고 적혀 있었다. 영오는 가끔 고리를 살펴본다. 떨어지거나 망가질 기미가 보이지는 않지만 고리와 거울 사이에서 어떤 일이 일어나고 있을지는 모른다. 영오는 그 작고 가벼운 플라스틱 쪼가리가 꼭 자기 자신 같았다.

샤워를 하다가 어지러워서 벽을 짚었다. 늦은 저녁인데 점심도 걸렀다. 어떤 학부모가 점심시간 직전에 전화를 걸어서는 문의와 요구와 불평을 하는 바람에 밥을 못 먹었다. 비눗기만 헹군 몸에 수건을 두르고 나가 냉장고를 열었다. 머리카락에서 떨어진 물이 발치에 고이도록 냉장고 안을 살펴봤지만 먹을 만한 음식이라고는 달걀과 김치뿐이었다.

달걀을 부치고, 즉석 밥도 찬장에서 찾아 전자레인지에 돌렸다. 김치는 너무 시어서 그냥은 못 먹겠다. 그릇에 담은 채로 가위로 자른 다음 달걀 부친 프라이팬에 부었다. 설탕을 뿌리고 식용유도 더 둘러서 볶았다. 이 정도면 진수성찬이지, 상을 펴고 밥을 차리면서 체념했다. 노란색 바탕에 '하하호호'란 글자가 찍힌 상은 합판에 붙인 시트지가 일어나 울룩불룩했다. 텔레비전을 아무 채널이나 틀고 밥과 반찬을 입에 밀어 넣었다. 음식과 허기가 없어져간다. 음식 쪽이 빠르다. 밥풀과 반찬 찌꺼기가 말라붙기 시작하는 그릇이 지저분하다. 발로 상을 밀어내고 벽에 등을 기댔다. 눈을 감았다. 이대로 피곤한 막대기처럼 잠들려나. 텔레비전 소리가 벌의 날갯짓처럼 울린다.

휴대폰이 몸을 떨었다. 영오는 놀라 눈을 떴다. 이 시간에 전화가? 스팸 전화 거는 사람도 퇴근했을 텐데. 가슴이 내려앉았다. 그리고 깨닫는다. 가슴 철렁할 이유라고는 없다. 피붙이의 죽음을 알리는 전화가 걸려올 일은 없으니. 엄마 때는 영오가 아버지에게 전화를 걸었고, 아버지 때는 간호사가 영오에게 전화를 걸었다. 이제 영오가 유족이 되거나 문상이라도 가야 할 피붙이는 없다. 아버지는 외아들로 태어났다. 할아버지와 할머니가 이 세상 사람이 아니게 된 지는 오래되었다. 외할아버지와 외할머니는 엄마가 결혼한 지 얼마 되지 않아 한날한시, 교통사고를 당했다. 외삼촌이 둘 있다고는 들었지만 얼굴도 본 적 없다. 엄마는 부모님 상을 당한 뒤 오빠들과 연락이 끊겼다고 했다. 왜 그렇게 됐는지는 영오도 모른다. 어린 시절, 벽을 향해 서서 어깨를 늘어뜨리고 우는 엄마의 뒷모습을 종종 보았다. 좀 더 자란 다음에는 그런 일이 없어서 이제는 괜찮아졌나 보다 싶었다. 나중에야 짐작했다. 우리 엄마, 상처 입은 귀뚜라미처럼 어딘가에 숨어서 울었겠구나, 하고. 죽음을 앞두고서도 오빠들 보고 싶다는 이야기는 하지 않은 엄마였다. 영오는 엄마의 가족사에 무관심했다. 식구끼리 남처럼 지내는 사람이 뭐 희귀한 인종이라고. 엄마는 33킬로그램이었고 마약성 진통

제에 묵은지처럼 절었지만 마지막 순간에는 편히 갔다. 통
증으로 얼굴을 일그러뜨리지도 않았고 죽기 싫다고 울부짖
지도 않았다. 그 사실이 지난 사 년간 영오를 붙들어주었다.
의사 말에 따르면 아버지도 고통이 크지는 않았겠단다. 그
건 또 몇 년쯤 영오를 지탱할지.

영오는 뒤집힌 휴대폰을 바로 했다. 화면에 뜬 이름을 보
고, 또 놀랐다. 이번만큼은 놀랄 만했다. 홍강주, 전화를 건
사람이 홍강주였으니까. 전화기를 바라보며 눈만 끔뻑거렸
다. 홍강주란 사람의 전화번호를 저장해놓기는 했다. 그런
데 이 사람은 나를 어찌 알고? 왜 나한테? 기계 오류인가.
진동이 멈추었다. 오류였겠지 안심하려는 찰나, 다시 전화
가 온다.

홍강주였다.

인천역 1번 출구 앞.

길을 건너면 차이나타운이다. 중국집이 가문 날의 먼지
처럼 흔한 거리다. 하늘을 올려다보았다. 뿌연 낮빛, 중국발
미세 먼지다. 며칠 전 기사를 보았다. 본인도, 주변 사람도
담배를 피우지 않는 여성의 폐암 발병률이 높아지는 추세라
고 했다. 전문가는 대기오염과 미세 먼지가 주요한 원인이
라고 진단했다. 아버지 때문이라구요! 영오는 병실에서 뚱
한 개처럼 아버지를 바라보다가 불시에 달려들어 아버지의

죄를 물고 늘어지고는 했다. 아버지가 딱히 저항하지 않았으므로 부녀가 맞붙어 싸우는 일이란 없었다. 영오는 보이지 않는 먼지가 앉았을 어깨를 털었다. 여성은 폐 용적이 적어 더 위험하다고 기사에서는 말했다. 기침이 나왔다. 길바닥에 오래 서 있기 싫은 날씨였다.

"내가 왜 그쪽을 만나야 하는데요?"

중얼거려본다. 토요일을 맞아 차이나타운을 구경하러 온 사람들이 영오의 말에는 대꾸 않고 길을 지나갔다. 지난 수요일 밤 홍강주의 전화를 받았을 때, 한번 만나자는 이야기를 들었을 때, 그때나 했어야 하는 말이다. 전화기 붙들고 바보처럼 어어, 하는 사이에 약속 시간과 장소까지 통보받고는 지금 와서 후회라니. 점퍼 주머니에 손을 넣고 어깨를 움츠렸다.

3분쯤 지났을까. 저쪽에서 홍강주가 걸어온다.

영오는 강주를 한눈에 알아보았다. 반창고 때문이었다. 머리와 이마의 경계에 붙인 반창고, 영오가 다친 그 자리다. 영오는 흉터가 될 상처를 만졌다. 저 남자가 홍강주구나, 직감한다. 강주도 딴 데 보지 않고 영오에게 다가왔다. 짧은 머리에 청바지와 점퍼, 운동화, 영오 또래였다. 손에는 백 개들이 맥심 모카 골드 상자를 들었다.

"오영오 씨 맞으시죠? 사진하고 똑같네요."

영오는 강주의 이마에 난 상처를 보느라, 사진이라니 무슨 소리냐고 물을 타이밍을 놓쳤다. 짧은 머리카락이 엉겨 붙어 있던 철제함 모서리가 떠올랐다.

"일단 밥부터 먹죠. 배고프잖아요, 우리."

강주가 말했다. 우리라고? 지금은 저녁 일곱시. '우리'가 입과 위 달린 생명체를 아우르는 말이라면, 틀린 소리도 아니다. 영오의 점심밥은 우유를 탄 커피 한 잔이었다. 강주가 몸을 돌리더니 걷기 시작했고, 영오는 뒤따랐다. 배가 고팠다. 강주는 구석진 곳을 책임지는 청소 로봇처럼 좁은 길로만 파고들었다. 따라가는 사람은 추운 날씨인데도 숨이 가빠오고 땀이 난다. 골목길은 고불고불하고, 걸음은 빠르다.

"저기, 멀었어요?"

강주의 등에 대고 말했다. 안녕하세요, 처음 뵙겠습니다, 말씀 많이 들었습니다, 전 아무 말도 못 들었는데요, 초면이 거쳐야 할 절차도 생략하고 빨리 걷기 경주라니. 강주가 뒤를 돌아보았다. 힘든 기색이라고는 없다. 영오는 심장의 펌프질로 달아오른 뺨에 차가운 손등을 댔다.

"조금만 더 가시죠. 인천까지 왔는데 아무 중국집이나 갈 순 없잖습니까."

뭐? 중국집? 중국집 가는 거였어? 기가 막혔다. 역 앞에서 횡단보도만 건너도 중국집이 곱빼기의 곱빼기인데, 배 타고 중국에라도 가려는 속셈일까. 때맞추어 뱃고동이 울었다. 골목길 지나면 건물만 한 배가 정박한 항구였다. 강주가 몇 걸음 다가왔다. 그때, 샛길에서 오토바이가 튀어나왔다. 영오는 뱃고동 소리에 정신이 팔린 상태였다. 오토바이는 입김이 닿을 만한 거리를 두고 영오를 스쳐 지나갔다.

"저 사람 새끼가 미쳤나! 운전 똑바로 해, 이 사람 새끼야!"

영오는 얼이 빠져 있는데 강주가 오토바이 꽁무니에 삿대질을 하며 고함을 질렀다. 오토바이는 빠라빠라밤 경적을 울리더니 사라졌다.

"괜찮아요?"

영오를 보며 묻는 강주.

"사람 새끼라고요?"

중얼거리는 영오. 그래 놓고 제풀에 당황해 변명한다는 말이 이랬다.

"아, 보통 개새끼라고들…… 하지 않나."

"나쁜 건 사람이죠. 개가 무슨 죕니까."

강주가 대답했다. 듣고 보니 그렇다. 개가 무슨 죄라고. 오토바이도 사람이 타고 배반도 불효도 사람이 하는데.

두 사람은 다시 걷기 시작했다. 강주의 발걸음이 느려지더니 영오와 보조를 맞춘다. 둘 사이의 거리가 사람 한두 명 끼어들 공간을 두고 좁아졌다. 한참을 걷자 막다른 골목길이 나왔다. 단독 주택을 개조한 중국집이 보였다. 안으로 들어가자, 쟁반을 나르던 종업원이 끝에 붙은 방을 가리켰다.

방에는 몇몇 손님이 있었다. 강주와 영오가 구석진 자리에 앉으니 종업원이 다가왔다. 강주는 영오에게 묻지도 않고 짜장면 둘에 탕수육 하나를 주문했다. 그러고는 얼떨떨해하는 영오에게 설명하기를,

"여기는 짜장면 아니면 탕수육이에요. 짜장면하고 탕수육이든가. 둘 다 좋아한다던데요?"

영오는 아무 말도 하지 않았다. 누가 누설한 정보인지 알 것 같았다.

그새 짜장면을 비빈 강주가 한 입 먹더니, 명함을 건넸다. 수학 교사 홍강주, 새별중학교. 새별중학교라면 아버지가 일하던 곳. 아, 그런 거였나. 영오는 짜장면이 동그란 모양으로 굳어가는데도 명함만 바라보았다. 강주가 영오의 그릇을 당기더니 새 젓가락을 뜯어 면을 비볐다.

"참, 기간제예요. 말 안 하면 왜 안 했냐고 하는 사람들이 있어서. 오영오 씨가 그런 사람이라는 얘기는 아니구요."

영오에게 그릇을 돌려준다.

기름에 볶은 춘장과 돼지고기, 양파 냄새가 콧속으로 스며들었다. 영오의 위가 입맛을 다신다. 한 입 먹었다. 맛있군. 계속 먹었다. 두 사람은 배고픈 데다가 흔히 어색하다고 알려진 초면이었으므로 젓가락질만 했다. 그러다가 짜장면과 탕수육이 바닥을 드러낼 즈음이었다.

"수학 선생님이시라고요?"

"네."

"1파인트가 1쿼터의 반이고 4쿼터가 1갤런이면, 1파인트가 몇 갤런이죠?"

"8분의 1 갤런이죠."

기습과 즉답.

영오는 얼마 전, 책에서(할머니의 손수레에 얹은 그 책이다) 이런 구절을 보았다.

"에이, 답답한 친구군! 파인트가 뭔지도 모른단 말이야! 자, 1파인트는 1쿼터의 반이고 4쿼터가 1갤런이야. 다음에는 A, B, C를 가르쳐야 되겠군."*

영오는 A, B, C쯤이야 알고도 남는 두뇌였지만 1파인트와 4쿼터와 1갤런의 관계를 정립하려고 종이에 메모까지 하며 쩔쩔맸다. 산수든 수학이든 잘해본 날이 일주일을 넘지 않는 인생이었다. 반면 국어사전에서도 오자를 발견해 편집진에게 이메일을 보내고 '이리 오실게요, 주문하신 음료 나오셨습니다, 이건 할인이 안 되는 제품이세요.' 하는 서비스용 높임말에 치를 떠는 사람이기도 했다. 수학 잘하는 사람은 별세계에서 온 별종 같았다. 그런데 눈앞에 앉은 수학 교

* 조지 오웰, 『1984년』, 열린책들.

사, 이분은 별세계는커녕 옆집에서 담 넘어온 듯 뻔한 얼굴이다.

"아저씨가 주신 책이에요."

강주는 자기 차례라는 듯, 가방에서 책을 꺼내 내밀었다. 영오는 그 책을 보자 윽, 미간을 찌푸렸다. 작년 여름, 휴일 없이 최장 근무에 최장 야근을 기록하며 죽기 살기에 이판사판으로 만든 문제집이다. 막판에 인쇄 사고까지 나서 피를 말렸다.

"별로 기억하고 싶지 않은 책인가 보네요. 그렇다고 우리 학교까지 와서 버리고 간 건 아니죠?"

"네? 그게 무슨……?"

버린다면 멀리, 우주 정거장쯤에다가 버리지 쩨쩨하게 같은 하늘 아래 인천이겠는가.

"이 책이 폐지함에 있었대요. 버릴 책이 아닌데 버렸다고 속상해하셨어요, 아저씨가."

왜 버렸을까 싶게 빳빳한 새 책이기는 했다. 강주가 판권이 찍힌 마지막 페이지를 펼친 채로 탁자 위에 책을 올려놓았다. 만든 이 이름 중에 오영오가 선두다. 책임 편집자였으니까.

"여기 오영오 씨 이름을 짚으면서 얘가 내 딸이야, 내 딸, 하시더라구요."

영오는 젓가락을 든 채로 학처럼 목을 빼서 판권 면을 들여다보았다. 거기에 아버지의 지문이 묻어 있고, 그 등고선을 알아볼 시력이라도 된다는 듯이. 영오는 자기가 무슨 일을 하는지 아버지가 알리라고는 기대하지 않았다. 책 편집을 한다고 말하기는 했지만 아버지는 그게 무슨 일인지 이해 못 하리라 단정했다. 그런데 딸이 만든 책까지 알았다니. 1파인트가 8분의 1갤런이라는 사실만큼이나 놀라웠다. 영오는 아버지가 학교에서 무슨 일을 했는지 잘 모르는데 말이다. 폐지함 관리, 그것도 아버지 일이었나.

"그 얘기 하려고 보자고 하신 거예요? 내가 만든 책이 쓰레기통에 들어가 있었다는 거 알려주려고?"

날선 목소리가 튀어나왔다. 아버지가 주웠다는 책을 보니 어딘가 뒤틀리는데 거기가 어디인지 모르겠다. 등이 간지러운데 손이 닿지 않아 엉뚱한 데나 피가 나도록 긁는 사람처럼, 앞에 앉은 사람이나 쑤시고 할퀸다.

"보기보다 좀 꼬였네요?"

강주가 말했다. 아, 심보였군, 영오는 깨달았다. 뒤틀린 데는 심보였다.

"그래도 삼차까진 안 가고 이차방정식 수준이겠는데요. 정말 배배 꼬인 사람은 본인이 꼬였다는 걸 또 용케 숨기거든요."

"꼬이긴 뭐가 꼬였다고 그러세요, 자꾸?"

영오는 이러는 자기가 낯설다. 어디서 기다란 꼬챙이라도 구해 와 가려운 데를 긁은 듯 쾌감이 느껴진다. 아, 내가 지금 오영오구나, 오 대리가 아니구나, 싶어서다. 영오는 교사나 강사를 상대할 일이 많았고, 이른바 갑인 그들 앞에서는 대놓고 쩔쩔매거나 은근히 굽실거렸다. 하지만 홍강주 앞에서는 이 문제집처럼 고개가 뻣뻣하다. 대리 오영오가 아니니까, 인간 오영오니까.

"꼬였으면 꼬인 거지 그게 뭐 어떻다고 그럽니까. 그냥 인정하시죠. 인정하면 편하다는 거, 아시잖아요."

"아니, 저기요."

"자, 그 얘긴 그쯤 해두고요. 둘 다 혼자에다가 나이도 같으니까 한번 만나보라고 하시던데요. 영오 씨도 만나는 사람 없을 거라면서. 맞죠? 없죠?"

영오는 얼떨결에 고개를 끄덕였다. 없긴 없으니까.

"그럼, 지금 우리가 선이라도 보고 있다는 거예요?"

강주가 휴지로 입을 닦더니 한 장 더 뽑아 영오에게 건넸다. 짜장이라도 묻었나? 영오는 휴지로 입을 문질렀다. 이 사람, 매너가 좋은 거야, 나쁜 거야.

"뭐, 소개팅이라고 해둘까요?"

주선자는 죽고 여자 쪽은 귀띔도 못 들은 소개팅이라니. 영오가 중얼거렸다.

"이거야말로 꼬였네요, 상황이."

그 말에 강주가 웃더니 손으로 턱을 괴고 영오를 바라본

64

다. 영오는 파리채 앞에서 우왕좌왕하는 쇠파리처럼 눈동자를 굴리며 강주의 시선을 피했다. 뜬금없이 웬 그윽한 눈빛인가. 아무래도 매너가 없는 쪽 같다. 세상 떠난 주선자에게 짜증을 부리고 싶어진다. 딸에게 남자가 없다고 추측했으나 (왜 그렇게 생각했는지 그것도 불쾌하다), 어떤 취향인지는 몰라 헛짚었다. 아무리 그래도 그렇지 이 사람은 아니죠, 영오는 생각했다. 밉상 깐돌이, 이런 취향은 아니라고요.

"진작 연락해야지 했는데 우리 반 학생 하나가 가출을 했거든요. 그 친구 찾으러 다닌다고 한 달 훌쩍 가고, 이제 진짜 전화해봐야지 싶었는데 추석이고. 어머니 모시고 다니느라 정신이 없었어요. 그런데 명절 쇠고 학교 오니까……."

강주가 영오의 기색을 살폈다. 영오는 남은 탕수육 한 점에 양념을 듬뿍 묻혀서 먹었다. 식었는데도 맛있다. 휴지로 닦고 물까지 마셔 가심한 입에 고기를 쑤셔 넣는다. 이건 아버지가 맞았다. 영오는 중국 음식을 좋아한다. 정말 좋아한다.

"처음엔 휴가를 좀 길게 쓰시나 했어요. 계속 안 나오시길래 알아보니까……. 정말 안타깝게 됐습니다."

강주가 고개를 숙여 보였다. 이제야 참 정중하게도 구시는군요, 영오는 푸핫 웃고 싶었다. 웃는 대신 쏘아붙인다.

"새별인지 새발인지 거기, 돌아가신 양반보다 더 기운 없는 할아버지 한 분 데려다 놨던데요. 그분 잘 지켜봐요, 심장 터지지 않나. 주말에도 일 시키고 공휴일도 못 쉬게 하고, 대체 그 학교에는 노동자의 인권이란 게 있긴 있어요?"

말끝에 어리둥절해진다. 내가 왜 이러지, 이 사람에게? 애틋한 딸처럼, 상심한 유족처럼? 하지만 어디 가서 누구에게 이런 말을 할까. 이제야 말이다. 누가 뭐래도, 어찌 됐든, 홍강주는 아버지가 고른 남자였다. 아버지가 보내서 온 사람이었다. 그러니까 당신한테도 이 정도 말 들을 책임은 있다고. 영오는 억지를 부렸다.

"저라도 살펴드렸어야 했는데. 미안합니다."

강주가 사과했다. 사슴이 꿀벌에게 네 꿀을 다 훔쳐 가서 미안해, 인간 대신 사과하듯이.

"사후약방문도 아니고 이건 뭐 사후 소개팅이네요."

영오는 화제를 돌렸다. 아버지의 죽음은 구덩이다. 들여다보면 몸이 빨려 들어간다. 벗어나야 해. 청승 떨지 마, 우울해지지 마. 차라리 벌판에 가서 외쳐. 나는 아무렇지도 않습니다, 외쳐!

"사후라니요, 우린 살아 있잖아요. 살아 있는 기념으로 빼갈 한잔 하실래요?"

"빼갈 아니라 배갈이고요, 전 그렇게 독한 술은 못 마셔요."

"그건 저도 그래요. 그럼 우리 배갈은 마시지 맙시다."

종업원이 후식으로 잘게 자른 통조림 파인애플을 가져다

췄다. 다른 손님들이 떠나서 방에는 둘뿐이었다.

"늦었지만 오영오 씨를 한 번은 만나야 할 것 같았어요."

이제 영오는 그 말에 동의했다. 오영오와 홍강주, 한 번은 만나야 할 사람들이었다. 그런 사이였다.

"그리고 이것도 대신 받으셔야 할 것 같았고."

강주는 노란색 커피 상자를 영오 쪽으로 밀었다.

"아저씨 추석 선물로 준비한 건데, 이걸 추석 끝나서야 가져갔지 뭡니까. 그래서 못 드렸어요."

"전 믹스 커피 안 마시는데요."

"못 마시는 건 아니죠? 그럼 받아주시죠."

믹스 커피, 좋아한다. 그런데 살찔까 봐 안 마신다. 뱃살은 이쯤이면 됐다. 믹스 커피를 사람으로 친다면 나쁘고 달콤한 남자쯤 되겠다. 비 오거나 피곤하거나 배가 고프면 그 텁텁한 흙탕물 빛 설탕물이 먹고 싶어진다. 종이컵에 마셔야 제격이고, 환경 호르몬이 무섭다면 비닐 포장지로 젓지 말아야 한다. 영오는 커피 백 개가 들어찬 상자를 바라보았다. 아버지가 마실 커피였는데.

"이제 그만 일어나요."

영오가 말했다. 강주는 책을 가방에 넣고 점퍼를 입었다. 영오가 자기 몫의 밥값을 내밀었다. 강주는 고개를 저었다.

"넣어두십쇼. 저 때문에 여기까지 오셨는데."

이 집 음식을 먹이려고 여기에서 보자고 했나, 계산하는 강주를 보면서 생각했다. 아버지가 즐겨 찾던 가게일까. 아버지도 짜장면과 탕수육을 좋아했다. 경비 오호석과 교사 홍강주가 마주앉아 호연지기를 낭비하며 잘 마시지도 못하는 배갈을 시켜놓고는 짜장면만 축냈을지도. 아버지는 담배 중독이었지만 술에는 무심했다. 엄마를 재로 태우러 가는 길, 아버지가 그랬다. 차라리 술을 마실걸 그랬나 보다. 술은 연기가 안 나잖냐. 허름한 중국집을 나서면서 돌이켜보니, 아버지가 무엇 때문에 담배든 술이든 거기에 매달려 살아야 했을까 싶다. 그 양반도 얼룩진 유리에 붙은 작고 아슬아슬한 플라스틱 고리였나. 어두워진 골목길에 바람이 몰아쳤다. 커피 상자의 손잡이가 손바닥을 파고든다.

"좀 걸을까요?"

강주가 말했다.

"왜요?"

"걷고 싶어 하는 표정이라서요."

"아까 충분히 걸었어요."

"아까랑은 반대 방향이에요. 이쪽으로는 가본 적 없죠?"

강주가 영오의 손에서 커피 상자를 다시 가져갔다. 그리고 걷기 시작했다. 영오는 버틸 만큼 버티다가, 강주를 따라갔다.

추위가 매섭고 바람이 날카로운데도 걸었다. 골목길을 빠져나가 큰길로, 골목길로, 큰길로. 앞서거니 뒤서거니 순서

가 오락가락하다가 나란히 걷게 되었다. 둘 사이의 거리는 여전하다.

"아버님하고 안 친했죠? 왜 그랬어요?"

"뭐, 어쩌다 보니 그렇게 된 거죠."

어쩌다 보니 설명하는 영오다.

"차 타고 가다 보면요, 갑자기 막힐 때 있죠. 그러다가 또 언제 그랬냐는 듯이 뚫리잖아요. 지나고 나면 이상해요. 대체 아깐 왜 막혔던 거지, 하고."

세상에는 어떻게 하다 보니 어떻게든 되어버리고, 지나고 보면 왜 그렇게 되었는지 모를 일투성이다. 어린 시절, 영오는 아버지가 식탁 의자에 앉아 있을 때마다 다리 밑에 들어가 여기가 우리 집이야, 했다. 아버지의 마르고 짧은 다리가 자기를 대들보처럼 지켜주리라 믿었다. 어느 날 아버지가 영오를 무릎으로 밀어내며 화를 냈다. 정신 사납게, 저리 가! 영오는 울음을 터뜨렸고, 그 뒤로는 아버지 가까이에 가지 않았다. 아버지가 앉아 있든, 서 있든. 그날 아버지는 피곤했거나 일터에서 모욕을 당했거나 친구에게 돈을 빌려달라고 부탁했다가 거절당했을 것이다. 아니면 몸이 아팠을지도 모른다. 이유가 있든 없든, 많든 적든, 별것 아닌 일이었다. 그러나 아무것도 아닌 일이 가시처럼 기억에 박히기도 한다. 어떤 틈은 희미한 실금에서부터 벌어지고, 어떤 관계는 최선을 다하지 않았다는 죄목만으로도 망가진다.

그들은 제분 공장과 사료 공장, 정유 공장이 늘어선 곳까지 걸어갔다. 영오가 물었다.

"혹시 공미지라고 아세요? 올해 졸업할 텐데."

강주가 고개를 한쪽으로 기울이며 기억을 더듬었다.

"공미지……, 제가 맡은 반 아이는 아닌가 보네요."

그렇군요, 하려다가 영오는 엇, 했다. 불꽃을 발견한 것이다. 정유 공장의 굴뚝에서 피어오르는 불꽃, 봉홧불처럼 크고 밝았다. 강주도 고개를 들었다. 어둠 속에서 타오르는 불꽃. 잿빛 도화지에 커다란 크레파스로 그린 듯 이글거리는 붉음. 꺼질 기미라고는 없이, 영원히 살아남을 듯 형형한 빛. 영오는 한참이나 그 불꽃을 바라보다가, 고백하듯 말했다.

"아버지 수첩에 그쪽, 홍강주 선생님 이름이 적혀 있었어요."

강주는 고개를 끄덕였다. 그러더니 휴대폰을 꺼내어 사진을 보여준다. 두어 해 전, 영오네 회사에서 남이섬으로 야유회를 가서 찍은 단체 사진이었다. 사장이 회사 홈페이지에 올렸는데, 그 사진을 내려받은 모양이다. 해상도가 낮았다. 몇 살 젊은 영오는 시간을 앞질러 세상 다 산 듯 피곤해 보였다.

"이 사진…… 아버지한테 받으신 거예요?"

"네. 어떻게 전송하는지 모르시길래 제가 제 폰으로 보냈죠."

그럼 누가 저 사진을 아버지 휴대폰에 저장해주었을까. 아버지는 인터넷 검색, 사진 다운로드, 그런 거 할 줄 몰랐을 텐데.

"그 수첩, 빚 장부는 아니었겠죠? 아저씨한테 동전 몇 개 빌리긴 했거든요."

강주가 바지 뒷주머니에서 동전을 세 개 꺼내 영오에게 내밀었다. 영오는 어둠 속에 떠오른 그 손이 추워 보여서 동전을 받았다. 작고 동그란 쇠붙이는 따뜻했다. 엉덩이 온기다. 그 온기의 주인과 오늘 처음 만나 두 시간 남짓 같이 있었을 뿐인데 오래전부터 알고 지낸 사이 같았다. 깐죽거리고 싶고 딴지를 놓고 싶었다. 화내고 소리치며 무엇이 잘못되었고 무엇이 해결되었느냐고, 답하라고 윽박지르고 싶었다. 말해봐요, 오영오는 오호석에게 몇 분의 몇이었죠? 딸을 몇 번이나 곱해야 아버지가 되는 거냐고요, 답해요! 홍 선생께서는 웃다가 이 한마디 할 것 같았다. 계속 반대로 꼬아봐요, 그러면 꼬인 게 풀릴지도 모르니까. 영오는 어떤 감정이든 혼자 삭여왔다. 오랫동안 그랬다.

두 사람은 발걸음을 돌려 지하철역으로 걸어갔다. 역 근처에 다다르자 영오가 멈춰 섰다. 옆구리에 철제함을 매단 건물, 그 앞이었다.

"이마, 여기서 다친 거죠? 저도 그래요."

영오가 철제함을 손으로 가리키며 말했다.

"아닌데요?"

"네?"

"처음에야 몇 번 부딪칠 뻔했죠. 그런데 이 길만 삼 년째 거든요. 이젠 안 그래요. 그리고 저라면 이쯤을 긁혔겠죠."

뺨과 턱 어름을 가리켜 보인다. 이마에서부터 한 뼘, 영오 와 강주의 키 차이가 그쯤이다. 영오는 얼굴을 붉혔다.

"이건 친구 결혼식 갔다가 생긴 상처예요. 천장에 달린 안내판 있죠? 쇠로 된 거. 거기 모서리에 그만."

강주가 웃으며 친절하게도 설명한다.

"알았으니까 그만 좀 웃으시죠……."

영오는 주머니 속 동전이나 꼬집었다. 그럼 그렇지, 아버 지 마음에 든 남자가 내 마음에 들 리 없고말고. 풀 길 없는 방정식을 이 잘나신 수학 교사의 뇌에 입력하고 싶었다. 기 분 좋을 때마다, 잠이 올 때마다 떠오르도록. 그 답을 궁리 하다 보면 좋던 기분 나빠지고 오던 잠 달아나리.

영오는 강주를 지나쳐 역사로 들어갔다. 같이 갑시다, 강 주가 외쳤지만 뒤돌아보지 않고 속도를 높인다. 막 떠나려 는 열차에 올랐다. 차창으로 강주가 보였다. 그렇게 설렁설 렁 뛰어서 지하철을 따라잡으시겠습니까, 영오는 혀를 날름 거렸다. 아주 살짝, 아주 잠깐. 강주는 보지 못했을 것이다. 영오 자신조차 확신하지 못할 만큼 대단히 살짝, 몹시도 잠 깐이었으니까.

6.
거절 못 할 제안

아빠는 3호점에 출근하기로 했다. 임무는 생닭 손질하기, 튀김옷 입히기. 마침 일손이 필요해진 신 여사가 닭 튀기기에서 백번 양보하여 내린 용단이었다. 그러나 아빠 관점에서 보자면 기름 냄새를 피하지 못하는 데다가 닭 비린내까지 감수해야 하는 고역이었다.

"그래도 이건, 거절 못 할 제안이야."

아빠가 말했다. 기름 솥 옆이지 앞은 아니니까, 냄새가 좀 덜할 것이라고 기대할 여지가 있으니까(그러나 과연?). 치킨집에서는 일 못 한다고 앓는 소리를 해왔으니 딸에게 하는 변명이기도 했다.

미지는 바닥에 드러누워 독서삼매, 고등학교 수학 자습서였다. 어떤 부분은 무슨 말인지 알 듯도 한데 어떤 부분은 이해 분야에서 미개척지, 황무지였다. 미지는 소설책과 만화책뿐만 아니라 교과서와 참고서도 즐겨 읽었다. 미술, 체육, 생물 등등. 감명받은 문제까지 발견하는 경지니 국어와 영어는 말할 바도 없다. 책을 보다가 궁금한 점이 생기면 메모했고, 오자를 찾아내는 즐거움도 누렸다. 오쌤에게 알려준 오자만 해도 벌써 몇 개인지.

"아빠 그거, 영화 대사지? 거절 못 할 제안이란 말."

"글쎄, 모르겠는데."

아빠는 시름에 겨워 목소리가 잦아들더니 싱크대 아래 칸을 열어 식용유를 꺼냈다. 아파트 단지 앞 슈퍼에서 사온 콩기름이다. 설탕과 소금, 후추, 간장과 고춧가루, 고추장 등등 갖은 양념도 구비해놓았다. 두 사람이 몇 달은 먹을 분량이다. 아빠야 3호점 출근이라는 백기를 들고 투항했지만 미지는 얼마간 중졸로 지내겠다는 의지를 꺾지 않았다. 신 여사는 부녀를 한 세트로 보았고, 둘 중 하나라도 반항한다면 어떤 협상도 거부한다고 천명했다. 그런 사정으로 추방령은 유효하다. 아빠는 병뚜껑을 열더니 주둥이에 코를 들이댄다. 삐져나온 코털이 병 주둥이에 닿을락 말락 한다.

"가열만 안 하면 괜찮은데."

아쉬워하는 목소리로 중얼거린다. 가열하지 않은 기름으로 닭을 튀기는 신공법은 미래 사회에서도 나올까 말까 한

혁신이다. 아빠는 식용유를 제자리에 내려놓았다. 3호점으로 가서 수습 절차를 밟을 시간이다.

"좀 해보다가 안 되면 그냥 와. 여기서 계속 살면 되잖아."

현관에서 아빠를 배웅하며 하는 말.

"월급 남은 걸로 얼마나 더 버틴다고. 돈 떨어지면 뭐 먹고 살래. 알지? 이 집, 엄마 명의야."

집 나온 지 얼마 되지도 않았는데 돈 떨어질 걱정을 시작해야 한다니. 미지는 아빠의 뒷모습을 바라보았다. 저 고독한 사나이가 낸 이력서에 응답한 곳은 치킨 여왕의 3호점뿐이었다. 아, 아버지여, 남자여. 미지는 손등으로 눈가를 훔쳤지만 눈곱이나 묻어 나왔다.

현관문을 닫으니 오후 4시.

오쌤에게 전화를 걸었다.

신호음이 세 번 울렸는데도 받지 않아서 종료. 직통 전화라지만 벨이 네 번 이상 울리면 다른 직원이 당겨 받는다. 오쌤은 자리를 비운 모양이다. 일 년 동안 통화한 결과 오쌤의 회사 생활을 대략 파악하게 되었다. 커피는 언제 마시고 무슨 요일에 기분이 괜찮으며 어떤 직원이 나쁜 인간인지 말이다. 어느 날 오쌤에게 물어봤다. 저 혹시 스토커일까요? 오쌤이 작은 소리로 웃더니 대답했다. 이 회사 그만두게 되면 휴대폰 번호 알려줄게. 스토커가 아니라는 뜻이었다. 앗,

휴대폰 번호라니, 어쩌면 오쌤도 날 친구로 생각하는 건지도 몰라, 미지는 상상의 나래를 펼쳤다. 그 상상 속에서 미지는 오쌤과 만나 전화번호를 주고받았다.

10분 뒤에 다시 전화를 거니 두 번 만에 오쌤이 받았다.

"오쌤."

"응. 거긴 날씨 어때?"

"미세 먼지죠."

"오늘따라 지독하네. 내 코가 내 코가 아니야, 지금."

맹맹한 목소리였다. 오늘은 미세 먼지의 날인가. 유리문에 쳐진 커튼을 걷고 발코니 창 너머로 바깥을 내다보았다. 뿌옇고 누렇다. 더러워진 황금의 도시 같다. 미지는 호흡기가 튼튼하다. 소화기도, 순환계도 문제없다. 넌 머리가 이상해, 신 여사는 말했다. 어떤 머리를 말씀하시는지? 머리도 여러 종류다. 지성, 감성, 이성, 사고력, 현실 감각, 기획력, 상상력…… 엄마는 상상력이 바닥이고 현실 감각이 드높았다. 미지도 신 여사가 얕보는 것만큼 현실 감각이 엉망진창은 아니었다. 학교 안 갈 거면 당장 집에서 나가라는 협박을 들으며 개나리아파트 2동 702호를 떠올렸으니까. 그리고 신 여사는 바로 그곳으로 남편과 딸을 추방했다. 공 과장과 공 미지가 702호에서마저 사라진다면 신 여사 옆에는 누가 남을까? 닭뿐이었다. 생닭, 손질한 닭, 튀긴 닭, 식은 닭. 신 여사는 닭을 팔아 돈을 벌고 그 돈으로 닭과 가족을 괴롭혀야

즐거운 사람이다. 아주 혼자가 되어서는 못 산다. 그런 이유로 미지는 개나리 702호에서라면 자신이 앞으로 얼마간은 안전하리라고 예상했다.

"오쌤. 이런 영화 대사 아세요? 거절 못 할 제안을 할 거야!"

"음, 뭐더라……. 아! 〈대부〉였나."

자판 두드리는 소리가 들려왔다. 톡, 톡, 엔터는 언제나 경쾌하다. 근심이나 망설임은 없다는 듯이, 모든 문제에는 답이 있다는 듯이. 신 여사는 엔터 같은 사람이다. 톡, 이 집에서 나가! 톡톡, 재취업 아니면 3호점이야. 톡톡톡, 어디서 창피하게 중졸이야? 미지는 공백을 여는 스페이스 바, 내용을 지우는 백스페이스다. 백스페이스로 중학교 삼 년을 지우고 고등학교 삼 년은 스페이스 바로 저만치 밀친다. 아빠는? 엄마에겐 캡스락 같은 존재겠지, 미지는 생각했다. 성가시게 자꾸 눌려서 비밀번호나 틀리게 하는.

"〈대부〉 맞네. 그자가 거절 못 할 제안을 하겠어. 이거야."

"막 마피아 나오고 그런 영화 아니에요? 사람들 쏴 죽이고."

"그럴걸? 본 기억이 나."

"거절 못 할 제안이란 것도 으스스한 얘기겠죠?"

"아, 잠깐만."

수화기를 책상 위에 내려놓는 소리. 허 이사 때문이겠지.

77

그는 사장의 사촌동생. 10시 30분에 출근하여 12시부터 2시까지 점심을 먹고, 4시에서 5시 사이에 오 대리를 불러 클립이나 오렌지색 빅 볼펜 따위를 가져오라며 성화를 부린다. 그리고 6시에 저녁을 먹으러 나갔다가 9시에 복귀하여 직원들의 근무 상태를 점검한다. 오쌤이 몇 달에 걸쳐 속삭이는 목소리로 얘기해주었다. 회사를 그만두는 날이 오면 오쌤이 물어볼지도 모른다. 너 혹시 아는 대부 있니? 내가 허 이사한테 거절 못 할 제안을 하고 싶은데 말이야.

"미안. 인주 좀 찾느라고."

인주 대령하기 심부름을 했는데도 오쌤은 느긋하다. 부장이나 과장이 휴가나 외근이라서 사무실에 없을 가능성이 높다.

"미지는 거절 못 할 제안, 그런 거 받은 적 없어?"

우리 오쌤이 할 얘기가 있으신 모양이군, 미지는 알아차렸다. 목소리로만 만나는 사람들은 상대방의 목소리에서 작은 틈과 구멍을 찾는다. 그 자리마다 이야기가 숨어 있다. 방게가 파고든 펄처럼.

"제가 저한테 그런 제안을 한 적은 있죠."

"이를테면?"

"초등학교 일학년 때까진 연립주택 2층에서 살았거든요? 1층 할아버지가 자꾸 개를 훔쳐 오는 거예요."

"개를? 왜?"

"팔기도 하고, 키우기도 하고."

미지는 자기 자신에게 제안했다. 할아버지에게 잡혀 와서 연립주택의 손바닥만 한 마당에 묶여 사는 개를 풀어주자고. 그리고 미지는 그 제안을 거절하지 못했다.

"그런데 생각해보니까요, 저 때문에 할아버지가 개를 더 훔치는 거 아닌가 싶었어요. 자꾸 풀어주니까 또 훔치는 거죠."

미지는 경찰서에 가서 우리 집 1층에 개 도둑이 산다고 말했다. 경찰서에서는 어린아이 말을 귀담아듣지 않았다. 공권력을 빌리려는 시도는 실패했다. 할아버지는 네 놈이 자꾸 내 개 훔쳐 가는 거지, 2층 꼬마에게 따지려고 계단을 오르다가 얼음을 밟고 미끄러지는 바람에 다리뼈에 금이 갔다. 미지는 할아버지가 퇴원해서 돌아오자 프라이드 반, 양념 반 치킨을 한 상자 들고 1층으로 찾아갔다. 할아버지는 그래, 내가 개 도둑이다, 인정했다. 미지 역시 맞아요, 저도 개 도둑이에요, 고백했다. 두 사람은 도둑질을 그만두기로 했다. 거절 못 할 제안의 끝은 그랬다.

"그 뒤론 할아버지들한테 자꾸 신경이 쓰여요."

이제 어떤 거절 못 할 제안에 직면했는지 오쌤이 밝힐 차례였다. 머뭇거리는 기색이 전해진다. 미지는 문손잡이의 열쇠 구멍에 귀를 댄 표정으로 전화기를 붙들고 실눈을 떴다.

"미지 너 새별중학교라고 했지?"

무슨 이야기를 하려고 그러시나. 뜸을 들이려는지, 김을 빼려는지.

"홍강주 선생님……, 알아?"

수학 쌤 홍강주? 뜻밖의 전개라 미지가 주춤하는 사이,

"수학과에서 좀 알아봐달라고 해서. 문제집 필자로 지원했다나 봐."

이것 봐라? 내용으로 보나 형식으로 보나 변명인데? 거짓말일지도 모르고.

"그래, 원래는 선생님들한테 물어봐야 하는 거지. 알아. 아는데, 새별 쪽은 인맥이 없고, 또, 아이들 눈높이에서도 바라봐야 한다, 요즘 그런 분위기거든. 회사에서 다들 널 알잖아. 마침 그 학교 출신이니까 한번 물어보는 거야."

평소와 다른 장황한 설명(변명?)과 그 뒤에 이어지는 침묵. 목소리로만 만나는 사람들은 침묵도 톡, 톡, 털어 뒷면을 살펴본다. 내가 너무 말이 많았나, 이거 낭패인데, 침묵의 뒷면에 새겨진 무늬다. 미지는 음, 목을 가다듬었다. 이제부턴 내가 말할 거예요, 신호다. 저쪽에서는 숨을 죽이고 긴장하는 분위기. 손가락으로 전화선을 꼬고 있을지도.

"그 쌤, 우리 반 담당은 아니었어요."

"아, 그래, 그건 알아. 아, 아니, 그렇구나."

오쌤은 추임새를 넣으면서도 당황한 눈치다. 미지는 '그건 알아'라는 말을 놓치지 않는다. 안다고? 아는 사이로군!

머리를 주사위처럼 굴렸다. 캘까? 덮을까? 미룰까? 함정을
팔까? 뇌혈관의 피가 약한 불에 올린 콩기름처럼 자글자글
끓기 시작했다. 발길 닿는 대로 걸어간 골목에서 사건의 시
작을 목도한 탐정이 된 기분. 중절모나 파이프, 가죽 표지가
달린 수첩과 만년필이 필요하다. 혹은 안락의자와 뜨개질바
늘이.

"그래도 알긴 좀 알아요. 유명한 쌤이거든요."

"유명하다고? 뭐 때문에 유명한데?"

생기가 돈다. 불안과 기대 사이를 구슬처럼 오가는 목소
리.

"그게……."

미지는 킬킬거렸다. 홍강주 쌤의 괴상한 잠복 수사가 생
각났다. 헛기침을 하며 웃음을 진정시켰다. 자기가 말하고
자기가 웃으면 바보 같기만 하고 재미없다.

"좀 길거든요, 얘기하자면. 일하셔야 하는 거 아니에요?"

"그렇긴 하지. 근데 이것도 일이니까."

"저기요, 오쌤. 이메일로 말해드려도 돼요? 얘기가 좀 길
기도 하고, 완전 오랜만에 메일 좀 써보고 싶어서요. 저번에
답지 파일 보내주신 주소로 보내면 되죠?"

"이메일을? 아니, 뭐, 그렇게까지……, 아, 아니다. 그렇게
해줄래? 고마워."

두 사람은 그날 치 통화를 끝냈다. 미지는 캐지도, 덮지

도, 미루지도, 함정을 파지도 않았다. 우정 어린 편지를 택했다.

미지는 문을 열고 발코니로 나갔다. 빨래가 뒤틀린 모양새로 말랐다. 걷어야 하는데, 귀찮다. 여기 놔두고 필요할 때마다 걷어서 입기로 한다. 빨래 건조대가 옷걸이로 변신.

후드 티셔츠 주머니에 휴대폰을 넣고 옆을 돌아보자, 버찌가 있었다. 철제 수납장의 꼭대기다. 미지는 칸막이와 천장 사이의 세모난 구멍을 보았다가, 버찌에게 시선을 옮겼다. 저기서 여기까지 뛰어내리는데 벼룩이 뜀뛰기하는 만큼도 소음이 나지 않았다니. 깃털이니, 구름이니. 미지가 다가가자 버찌가 고양, 일어나 앉았다.

"어? 너 눈이 왜 이래?"

버찌 눈이 이상했다. 오른눈을 다 뜨지 못하고 반쯤 감았는데, 흰자가 시뻘겋고 눈 밑의 털은 눈물이 얼룩져 지저분했다. 손을 뻗어 녀석을 쓰다듬었다. 버찌가 고양고양 울면서 손에 얼굴을 비볐다. 고름처럼 누렇고 진득진득한 눈곱이 손등에 묻었다. 미지는 눈곱에 코를 대고 냄새를 맡았다. 고약한 냄새는 아니다. 손은 건조대에 널린 수건에 문질렀다. 파란색 수건, 다시 빨 것, 기억해둘 것. 물론 까먹겠지만.

똑똑, 똑, 칸막이를 두드린다.

"꺼비 할아버지! 버찌 눈병 났나 봐요!"

미지가 짐작하기로, 할아버지는 발코니 창문 앞에 의자를 갖다 놓고 앉아 낮이든 밤이든 밖을 내다볼 것이다. 지팡이를 옆에 세워두고, 고양이 털이 묻은 담요로 다리를 감싸고서. 지금 하는 말을 칸막이 너머에서 다 듣고 있으리라는 얘기다.

"할아버지? 버찌 아프다니까요?"

703호 쪽에서 뭔가로 벽을 쿵 친다. 지팡이겠지. 미지가 눈앞에 있었다면 얼굴에 대고 흔들었을 지팡이.

"알어!"

"안약 넣어주셨어요?"

"괭이 약이 어딨어. 내 약만 한 소쿠리야."

"동물 병원에 데려가셔야죠."

"못 가."

"왜 못 가요?"

"다리 아퍼."

"저번에 보니까 걸으시던데?"

"아프댔지 누가 못 건는댔냐!"

소리를 지른다. 두출은 삶의 눈금을 구 할은 채운 지금도 젊은 시절처럼 두출에서 하나 더해 세출이다. 한 박자 빠르게, 한 번 더 화내고, 퀵, 퀵.

"제가 뭐, 못 건는다고 했나요? 건는다고 했지. 버찌 되게 불편해 보여요. 불쌍해."

"그렇지? 병원에 가긴 가야겠지?"

두출의 목소리가 누그러들었다.

"옆집 애기가 좀 데려갔다 올래?"

애기? 미지는 웃느라 뺨을 씰룩거렸다. 그런데 타일 바닥에 누운 그림자는 웃지 않는다. 표정이 없다. 검고 납작하다. 한밤의 구덩이처럼 캄캄하고 입체감이 없다. 웃음이 가시고, 가슴이 답답해졌다. 저 그림자, 나잖아? 검은 공미지, 납작해진 공미지. 공포가 미지를 덮쳤다. 가위눌림이나 악몽과도 같은 두려움, 언제 올지도 모르고 막지도 못하는 공포. 가끔 그런 순간이 찾아왔다. 그때 이후로 그렇다……. 난 머리가 이상하지, 친구가 없지! 치킨은 다리가 두 개지! 머릿속으로 아무 말이나 지껄였다. 핏기 가신 입술이 떨리고, 인중에 땀이 맺힌다. 버찌가 걱정스럽다는 듯이 미지를 바라보았다. 눈물이 흐르는 빨갛고 축축한 눈으로. 미지의 호흡이 거칠어진다. 버찌가 고양, 울었다.

"내가 지난가을에 다리를 접질려가지고 걷는 게 영 시원찮잖아. 사람 병원도 겨우 다녀. 동물 병원은 옆집 애기가 버찌 데리고 좀 갔다 와라. 심부름 값 줄게."

두출이 사정 설명까지 한다. 긴 침묵을 거절이나 망설임, 줄다리기라고 생각했는지. 미지는 공포에 사로잡힌 채 입술만 움찔거리고 눈만 끔벅였다. 깨어나지 못하는 악몽, 벗어나지 못하는 가위.

"아, 왜 싫다 좋다 말이 없어? 늙은이가 통사정을 하면 어린 얘기가 좀 듣고 그래야지. 내가 살면 얼마를 더 산다고, 응? 나 오래 못 살어. 내가 이런 말까지 해야겠어?"

가위가 풀리고 악몽이 끝났다. 맑은 물줄기에 찌꺼기를 씻은 듯이 감정이 비워지고 공포는 사라졌다. 그렇게 한순간에 미지는 멀쩡해졌다. 온 데 모르고 간 데 없는 공포여, 안녕. 우리 이대로 영영 작별하면 안 될까. 버찌가 구멍을 넘어서 옆집으로 갔다.

"그러니까 할아버지 심부름을 하라는 말씀이죠?"

미지가 말했다.

"지금 저한테 거절 못 할 제안을 하시는 거네요?"

허리에 두 손을 얹은 채 턱을 내밀었다. 씩씩한 자세다. 사람은 지켜보는 눈이 없을 때도 자기 자신에게 당당해야 하는 법이다.

"제안은 무슨, 염병. 암튼 거절하면 못써. 곧 죽을 늙은이 말을 앞날 창창한 애기가 못 들은 척하고 그럼 안 돼."

"거절 못 할 제안을 하신 걸로 알고, 좋아요. 받아들이겠어요!"

"거창하기도 허다. 그럼 버찌, 장에다가 넣는다?"

"잠깐만요. 아직 흥정이 남았잖아요."

"장사혀? 흥정은 무슨 흥정."

"심부름 값 주신다면서요."

허어, 한탄하는 소리. 두출은 천장을 하늘인 양 올려다보며 장탄식을 내뱉었으리.

"세상 무섭다. 어린 애기가 벌써 돈, 돈 하네."

"얼마 주실 건데요?"

"얼마 받을 건데?"

"법정 최저 임금은 주셔야죠. 올해 얼마더라. 팔구천 원할걸요?"

"그럼 세종대왕 한 장 준다."

"시간당 만 원요?"

"그려. 어서 오기나 혀!"

시간당 만 원이면 열일곱 살짜리가 하는 아르바이트치고는 귀족을 넘어 왕족급이다. 편의점에서 유통기한 지난 삼각 김밥 먹으며 바코드 찍고, 패스트푸드점에서 햄버거 먹으며 햄버거 만들고, 그러면서들 최저 임금도 겨우 받는다. 그에 비하면 눈 아픈 고양이 한 마리 데리고 병원 다녀오기는 눈 감고 콜라 마시기, 두 손으로 종이 한 장 들기다. 작은방으로 가서 점퍼를 걸쳤다. 룰루랄라 휘파람이라도 불려했지만 바람 새는 소리만 난다. 아, 휘파람은 어려워. 비상금이 얼마나 중요한지 아빠를 보면서 절감했다. 들키지 않는 돈주머니가 필요했다. 버지니아 울프가 그랬다나, 여자가 글을 쓰려면 자기만의 방과 돈이 있어야 한다고. 공미지가 말하기를, 청소년이 학교에 끌려가지 않으려면 쫓겨날집과 모아둔 돈이 필요하다. 최후의 최후까지 가면 신 여사가 702호마저 폐쇄할지도 모른다. 그때 돈 한 푼 없다고 생각하면 끔찍하다. 책상 서랍을 열어 스프링 달린 수첩과 볼펜을 꺼냈다. 가죽 표지도 아니고 만년필도 아니지만 무슨 상관, 점퍼 주머니에 넣었다. 다리 아프고 사회성 부족한 할아버지가 옆집에 사는 한가하고도 싹싹한 소녀를 알게 되었는데, 이번 한 번으로 심부름 거래가 끝날 리 없다. 미지는 자신만만했다. 거래 내역을 기록하자. 그리고 그 외에 재미난 것도 찾아내서 적는 거다!

703호 현관문이 열렸다. 버찌가 들어앉아 고양고양 우는 이동장이 나오고, 두출이 얼굴을 내밀었다.

"역 앞에 시장 있잖아. 알지?"

이마에 고랑을 파고서 쉿소리를 낸다.

"알죠. 여기 삼 년 사셨다고 했죠? 전 오 년 살았어요."

"그래, 잘났다. 시장 입구에 있는 동물 병원으로 가. 병원비하고 심부름 값하고 여기 넣어놨으니까."

이동장 옆 주머니에 돈이 들었다. 오만 원짜리 한 장과 만원짜리 두 장.

"신사임당으론 병원비 내고, 남는 거 가져오고."

"안 떼어먹어요."

"떼어먹는다고 당할까 보냐? 내가 큰돈엔 맹탕이어도 작은 돈엔 악착같아. 왔다 갔다 한 시간 넘으면 세종대왕 두 장 갖고, 안 넘으면 한 장은 내놔."

손해 볼 일은 없는 계산법이라 미지는 고개를 끄덕였다.

"시간 넘기려고 괜히 길바닥 돌아댕기지 말고 끝나면 얼른 와!"

좁쌀 할아버지 같으니라고, 미지는 대답도 하지 않았다. 엘리베이터가 올 때까지 두출은 뭐라 뭐라 잔소리를 했다. 미지는 콧노래를 소리 높여 부르며 엘리베이터의 문 닫힘 버튼을 눌렀다.

시장 앞까지는 걸어서 10분 거리였다. 이동장 무게 때문인지 퉁퉁한 버찌 탓인지 어깨가 뻐근했지만 이 정도쯤이야. 신 여사는 아빠를, 아빠는 기름 냄새를 참으며 돈벌이를 하는데. 춥지만 맑고 바람 없는 날이었다. 미지는 룰루랄라 걸어갔다. 입 대신 발걸음이 휘파람을 분다. 아파트 단지 앞 슈퍼보다 멀리 나오기는 망명 오고 나서 처음이었다.

동물 병원으로 들어갔다. 소독약을 뿌리며 바닥을 닦던 간호사가 어서 오세요, 하고 인사한다. 미지는 안녕하세요, 말하고는 발을 들어 운동화 밑창을 살펴보았다. 깨끗한 편이다. 이동장을 대기석에 올려놓고 말했다.

"고양이 눈이 좀 이상해서요."

"여긴 처음이세요?"

"네. 아, 아뇨. 처음은 아닐 텐데. 전 심부름으로 왔거든요. 얜 버찌예요."

"어머, 버찌라고요?"

간호사가 반색하며 이동장 문을 열더니, 버찌를 꺼내서 품에 안았다. 그 참에 저울에 올라가서 몸무게도 잰다. 한 손으로는 버찌의 엉덩이를 편하게 받치고, 한 손으로는 턱을 들어 눈을 살폈다. 전문적이다. 전문가다.

"오랜만이다, 우리 버찌. 살 많이 쪘네? 이제 살 만한가 보네?"

저울에서 내려오더니 버찌를 껴안은 팔에 힘을 준다.

"버찌, 괜찮아. 이젠 괜찮아."

미지는 수첩을 꺼내어 적었다.

• 1월 12일, 오후 5시, 시장 앞 동물 병원 → 버찌에게 뭔가 사연이 있는 듯하다. 무슨 사연일까?

"할아버지 잘 계시죠? 손녀 맞죠?"

"아뇨, 어, 아니 아니, 네."

생각하고 싶은 대로 생각하게 놔두고, 버찌에 관해서는 할아버지한테 물어보자. 할아버지네 옆집 사는 소녀이온데 이런저런 사정으로 심부름을 왔사온데 궁금한 점이 있습니다만……, 구구절절 설명하는 일이란 언 빨래를 걷기보다 번거롭다.

"할머니도 건강하시구요?"

할머니? 할머니라니? 혹시, 할아버지의 부인? 그런 괴팍

한 할아버지가 결혼이란 걸 했다니! 703호에 사람이라고는 할아버지 한 명뿐인 듯했는데. 전 세계의 좁쌀밭을 합친 것보다 마음 넓은 여성이 아니고서야, 꺼비 할아버지와! 미지가 할아버지 부인의 마음 평수를 계산하는 사이, 진료실 안에서 버찌 들어오세요, 하는 목소리가 들려왔다.

진료 결과, 버찌는 세균 감염에 따른 결막염이었다. 안약을 하루 세 번 넣어주라고 했다. 미지는 물약병이 든 봉투와 거스름돈을 이동장 주머니에 넣고, 세종대왕을 한 분 빼서 가졌다. 오는 데 10분, 기다리는 데 5분, 진료받고 약 타고 계산하는 데 15분, 가는 데 10분. 한 시간을 넘기기에는 모자라다.

돌아갈 때는 길을 건너 반대편에서 걸었다. 개나리아파트는 외벽 페인트가 벗겨지고 단지 내 나무들은 흉하게 가지치기가 됐을 뿐 그대로인데, 동네는 달라졌다. 없어진 가게, 새로 생긴 가게가 많다. 치킨집과 술집이 늘어나고 철물점과 꽃집이 문을 닫았다. 오래된 목공소 앞에서 멈췄다. 여기로 이사 올 때에도, 여기서 이사 갈 때에도 있던 곳이다. 가게 안팎에 널빤지와 나무토막을 쌓아놓았다. 그 앞에는 아담한 나무 한 그루가 어디에선가 떼어낸 문짝을 받치고 섰다. 가게 안에서 전기톱 소리가 난다. 톱밥이 나비처럼 날아다닌다.

─안녕.

누군가 말을 걸었다. 정수리 위에서, 추워하는 목소리로. 미지는 위를 쳐다보았다. 버찌도 아픈 눈과 안 아픈 눈으로 이동장 바깥을 내다본다. 구름이 떠다니는 하늘뿐, 하늘을 나는 새뿐, 새가 스쳐 지나가는 나뭇가지뿐.

—돌아왔구나.

나무였다. 미지는 나무의 몸통에 손을 얹고 메마른 표피에 귀를 댔다. 이 꽁꽁 언 겨울에도 뿌리는 물을 빨아올려 몸 구석구석으로 보내겠지. 물처럼 흐르고 바람처럼 불어오며 새처럼 나는 나무의 목소리. 모든 생명에는 목소리가 있다. 목소리는 다른 목소리와 이야기하고 싶어 한다.

"목련이야."

어느새 문간에 나와 서서 희끗희끗한 머리에 앉은 톱밥을 터는 남자. 군청색 작업복의 가슴 부분에 노란색 흘림체로 쓰인 이름은, 남철수였다. 개나리아파트 뒤편에 있는 제철소의 작업복이다. 미지는 목수를 철수 아저씨라 부르기로 한다.

"부지런해. 봄이 오면 이 동네에서 꽃이 제일 이르거든."

"몰랐어요."

미지는 나무를 손바닥으로 쓰다듬었다. 고체 안에 액체가 있고, 딱딱함 속에 부드러움이 있다.

"이제야 알았네요."

7.

다음 이야기가 궁금하다면

오쌤!

저 미지예요.

홍쌤 얘기를 해드린다고 저번에 말씀드렸죠? 자, 시작합니다.

두둥, 두두두두두둥, 둥둥!

#1. 교무실 앞 복도

남학생들, 무릎을 꿇고 앉아 손을 든 채 벌선다.

선생님 1: 에휴, 골초들!

학생 1: 오늘 처음 피운 거예요.

선생님 1: 내일 두 번째로 피울 거고?

학생 2: 이제 안 피워요.

선생님 2: 아예 안 피우는 놈은 있어도, 한 번만 피우고 마는 놈은 없을걸?

선생님 1: (작은 목소리로) 그거 바람피우는 얘기 아냐? 애들 앞에서…….

선생님 2: (역시 작은 목소리로) 아, 그런가요.

선생님들, 지나간다.

학생 3: 아우, 꼰대들!

낡은 교복을 입은 노안 한 명 등장한다.

교복 노안: 자세가 불량한데? 한 시간 연장해야겠어.

학생 3: 아, 이 새끼가, 지가 뭔데…… (하면서 고개를 들다가 주춤하더니) 하, 선생님!

학생 1: 아니, 교복 안 벗으세요?

학생 2: 함정 수사는 불법이랬어요. 전요, 억울해요.

교복 노안: 잔말 뚝! 맑고 깨끗한 폐와 후두로 거듭나거라, 푸르른 새싹들이여!

울분에 찬 아이들을 뒤로하고 교무실로 들어가는 의문의 교복 노안.

그의 등에 새겨지는 커다란 자막 — 수학 교사 홍강주!

효과음 — 따라라라라, 따단, 따단, 따라라라라, 따단, 따단!

#2. 동관

이제 쓰지 않는 미술실과 과학실이 있는 컴컴한 복도. 나무 책상과 의자가 겹겹이 쌓인 구석에서 연기가 피어오른다.

카메라, 새가 날듯이 휙 이동하면, 담배 피우는 여학생들.

초짜: (캑캑거리며) 아, 씨발, 맛없어!

중수: 맛으로 피우냐? 멋으로 피우지. (콧구멍으로 연기를 뿜으며) 이렇게라도 해봐. 하다 보면 늘어.

고수: (가래침을 뱉으며) 지랄들을 해요, 아주. 맛이지 멋이냐, 이게?

바로 옆, 미술실 문이 쓰윽 열린다. 풀풀 날리는 먼지와 곰팡내 속에서 등장하는 남학생. 이마에 반창고를 붙였다.

세 학생, 화들짝 놀랐다가 상대가 학생인 것을 확인하고 합동 공격. "이거 뭐야?" "그냥 확!" "맞기 전에 꺼져라!" 등등.

반창고: 너희들, 지금 뭐 하는 거니?

고수: 이게 나이를 얼굴로만 먹었나. 보면 몰라? (담배 연기를 얼굴에 뿜는다.)

반창고: 이것은 담배? 지금 흡연 중?

중수: 말투 뭐냐. 좀비냐?

초짜: (고개를 갸웃거리며 의문의 남학생을 보더니 담배를 바닥에 내던지고 도망가려 한다.)

반창고: (녀석을 막아서며) 이러지 말고 우리 얘기 좀 해.

다른 두 학생, 무슨 상황인지 몰라 마주 보며 눈알을 굴리다가 담배를 슬그머니 바닥에 떨어뜨린다.

#3. 3학년 1반 교실

쉬는 시간. 아이들이 교실 뒤편에 모여 서서 수군거린다.

정보통: 주로 동관에 출몰한대. 수업 끝나자마자 달려가서 교복으로 갈아입고 잠복한단 거지.

깔끔이: 그 귀신 나오는 건물? 그럼 거기만 조심하면 되겠네. 교복도 쓰레기통에서 주웠다며? 윽, 더러워!

정보통: 동관만이 아니야. 3반 애들은 화장실에서 걸렸잖아.

터프가이: 간지 안 서는 것들, 똥간에서 뭔 짓이야.

얌체: 너도 저번에 피웠잖아?

터프가이: 이 새끼가, 날 뭘로 보고!

모범생: 두 번, 세 번까지 걸린 애들도 있대.

터프가이: 두 번부터는 걸린 놈 잘못이지. 띨띨하게.

깔끔이: 계속 속다니 깔끔치 못하네.

똘똘이: 이렇게 간 졸이면서는 못 살아. 대책을 세워야지.

모범생: 그냥 안 피우면 되지.

똘똘이: 그렇게 단순한 문제가 아니야. 이런 감시 체제 자체가 말이 안 되는 거야.

정보통: 맞아. 자기가 무슨 세계보건기구 소속 비밀경찰인 줄 알잖아.

뒤쪽에서 의자를 붙여놓고 자던 남학생이 부스스 일어나더니 안경을 끼고 무리에 끼어든다. 아주 커다란 안경이다.

자다 깬 친구: 얘들아!

터프가이: (돌아보다가 안경 보고 깜짝이야!) 아, 미친 새끼. 외계인인 줄 알았네.

자다 깬 친구: 이제 종 칠 거야. 홍강주 시간이잖아.

모범생: 근데 넌 누구야? 우리 반 아닌데?

종이 울린다. 자다 깬 친구, 졸린 표정을 하고 뒷문으로 나간다. 그리고 앞문으로 들어온다.

자다 깬 홍쌤: (안경을 벗으며) 대책 회의는 잘들 했나?

술렁이는 교실. 특히 뒤쪽에서 숙덕대던 아이들, 표정이 안 좋다.

똘똘이: 쌤! 질문 있어요!

홍쌤: 뭔데?

똘똘이: 왜 그렇게 담배에 집착하세요?

정보통: 혹시 승진에 가산점 붙나요?

얌체: (중얼중얼) 계약직인데 승진은 무슨.

홍쌤: (교탁을 두 손으로 짚으며 슬픈 표정으로) 사실은 말이다……

자막 — 다음 이야기는 홍쌤에게!

아이 이거 참, 어쩌죠? 다음 이야기가 기억이 안 나네요. 홍쌤한테 직접 들으셔야겠어요. 아, 어쩌다가 두 분이 친해지면요.

그럼 홍쌤한테도 안부 전해주세요. (그러니까 어디까지나 친해졌을 경우에 말이죠.)

미지 드림.

영오는 이메일을 두 번째로 읽고서 의자 등받이에 몸을 기댔다. 이 세 장면짜리 대본을 드라마로 찍는다면, 한 명은 배역 확정이다. 홍강주 역에 홍강주. '어쩌다가 두 분이 친해지면요'라고? 못된 송아지, 앙큼한 능구렁이 같으니라고. 뭔가 눈치를 챘으렷다. 이 문제는 시치미를 떼기로 한다. 홍강주가 신경 쓰인다고, 긴 소설의 결말처럼 궁금해진다고는 말

못 한다. 오쌤이 궁금이에게 고민 상담이라니 말이 되는가.

'나 커피 좀 주라. 회의실 건 우웩이야.'

준미가 메신저로 말을 걸었다.

'오케이.'

책상 서랍을 여니 노란색 막대가 가득하다. 강주가 준 믹스 커피, 집에 놔뒀다가는 굳어서 화석이 되거나 녹아서 석유가 될 운명이었다. 절반쯤 회사로 가져왔다. 모니터 귀퉁이의 시계를 보니 4시 30분, 미지가 오늘은 이메일로 전화를 대신할 모양이다. 대각선 맞은편에 앉은 세화에게도 손짓하고서 커피 세 봉지를 꺼냈다.

"오늘 오랜만에 배달 오토바이 보는 건가."

준미가 회의실 의자에 앉아 기지개를 켜며 졸음 가득한 목소리로 말했다. 새 책 나온 지 얼마 됐다고 세 명 모두 야근 확정이다.

"'오랜만에'가 아니라 '또'지."

영오가 바로잡았다.

"나는 '보지 않겠다'로 하고 싶은데."

세화가 이의를 제기했다.

"그럼 '다시는'으로 해야겠는데, 선배?"

"머리 아프게 웬 말장난들이서. 커피는 내가 탑니다."

준미는 커피 가루 부은 컵을 정수기에 대고 양을 조절하며 물을 담았다. 적당히 넣어야지 안 그러면 숭늉 맛이 난다고 짧은 강의를 하면서.

영오는 준미를 보며 미지를 떠올렸다. 그 아이도 저런 어른으로 자라날까. 파릇파릇한 시금치 같은 사람. 그러나 노지가 아니라 비닐하우스에서 태어난 시금치, 여리고 연해도 화초는 아닌 사람. 그러나 무딘 칼날에 뿌리를 잘리고 끓는 물 안에 들어갈 앞날은 상상도 못 하는 사람, 언제까지나 투명한 유리컵에 화초처럼 꽂혀 있을 예외적 운명의 시금치.

흉터가 남은 이마를 만지작거리며 바깥을 내다보았다. 작년 봄, 영오는 잔디밭 구석에 나팔꽃 씨앗을 뿌렸다. 화장품을 사고 사은품으로 받은 씨앗이었다. 농담처럼 뿌렸는데 거짓말처럼 자라났다. 싹이 트고 잎이 나오더니 가느다란 덩굴손이 건물 외벽을 타고 올라갔다. 영오는 비가 오는 날이면 나팔꽃에 떨어지는 빗줄기를 보러 이곳 창가로 왔다. 물방울은 식물의 줄기처럼 푸른빛이었다. 며칠이고 비가 오지 않으면 컵에 물을 담아 창밖에 뿌렸다. 건물 관리인은 잔디 깎는 기계로 나팔꽃까지 베었다. 그 뒤로 몇 달이고 기다렸지만 나팔꽃은 기척이 없었다. 뿌리까지 뽑힌 꽃, 한해살이라고 했던가. 영오는 지나간 나팔꽃을 생각하며 커피를 마신다. 과연 맛있다. 미지는 준미 같은 사람이 되지 않을 듯하다. 준미는 땅에 단단히 뿌리를 내린 사람이다. 미지의 목소리나 말, 웃음을 들으면 잔디밭 구석에서 태어난 나팔꽃이 생각났다. 미지는 잔디 모가지를 치며 다가오는 기계를 가만히 바라보는 덩굴손처럼 위태로웠다. 수다스러우면서도 묵묵했다.

수학과 직원이 들어오더니 물병에 온수를 담았다. 저 사람이 나 대신 미지의 전화를 받는다면? 미지가 홍강주에 대해 묻기라도 한다면? 킥킥대며 즐기는 기색이 역력하던 송아지 겸 능구렁이가 그럴 리는 없겠지 싶지만. 영오는 문을 열고 나가는 수학과 직원의 뒷모습을 힐끔거렸다. 훔친 신발을 신은 듯 발이 저렸다. 집필 지원자라니, 어쩌자고 그런 유치한 거짓말을.

주머니에서 휴대폰을 꺼내어, 강주가 보낸 문자메시지를 찾았다.

'수첩에 다른 사람 이름도 있다고 했죠? 어떤 사람들인지 안 궁금해요? 난 궁금한데. 우리 알아봅시다.'

휴대폰에 무슨 설정이 되어 있는지 '우리'란 말 옆에 하트가 떠올라 빙글거렸다. 그것도 분홍색이다. 요상한 설정을 찾아 바꾸려다가 기계 안에서 미아가 될 것이 뻔해 그만두었다. 강주의 말은 여진을 남겼다. 어떤 사람들인지 알아보자고? 아, 거절 못 할 제안이었다. 갈색 비닐 표지를 씌운 수첩은 오늘도 가방 안주머니에 있다.

'오늘 시간 되세요? 좀 늦긴 할 텐데.'

며칠 만에 보내는 답장인지.

마지막 한 모금인데도 커피는 쓰지 않고 달았다. 세상을 그렇게 사는 방법도 있을까. 쓰지 않게, 달짝지근하게 말이다. 영오는 수첩에 적힌 이름이 어떠한 이야기를 품고 있을지 궁금했다. 그 이야기가 자기 삶에 어떤 뒷맛으로 남을지도.

강주네 집과 영오네 원룸의 중간 지점에서 만나기로 했다. 밤 11시, 목적지까지 한두 정거장 남았는데 밤비가 흩뿌리기 시작했다. 영오는 손을 뒤로 돌려 등을 더듬었지만 모자는 없었다. 가짜 여우 털이 붙은 모자를 떼서 옷장 안에 넣어둔 부지런함을 원망하며 버스에서 내렸다.

검은색 박쥐우산이 머리 위에서 피어났다. 강주였다. 거짓말처럼, 농담처럼.

심야, 비는 방금 전 첫 운을 떼었건만 세상은 끝나려는 노래의 마지막 소절처럼 점점 나지막해졌다. 젖어가는 검은 길에 자동차 불빛이 맺혀 어룽거린다. 바람이 추위의 입김처럼 뺨을 스쳤다. 영오는 깊은 밤 이토록 조용하게도 가만가만히 차와 사람이 많아서, 그중에서 자기 피붙이라고는 없어서 어리둥절했다. 이 세상에서 의지가지없이 독립된 유전자로 살아가는 일이란 무엇인가. 한밤중 낯선 동네의 정류장에 우산도 없이 내리는 일과 같다. 강주를 바라보았다. 얼마 전까지만 해도 몰랐고, 지금도 모르다시피 하는 이 사람과 두 번째로 만나다니. 아무도 없이 홀로인 영오가 말이다. 영오는 아마도 길고 외로우리라고 짐작되는 삶을 옷장 속에 간직한 여자였다. 외로움이나 환멸은 털 달린 모자처럼 옷장에 떼어놓은 채 산책이라도 나가고 싶은 여자였다. 강주는 낯설고도 낯익은 사람이다. 아버지가 알던 사람, 아버지를 알던 사람이다. 영오는 서른세 해를 합쳐 단 5분도 진정으로 아버지를 이해해본 적이 없었다. 빗방울이 가슴속으로 스며들었다. 엄마인들 제대로 이해했을까, 내가?

"왜 담배에 집착하세요?"

불쑥 물었다.

"구글 뒤져봤어요? 그런 것도 나옵니까?"

아하 알겠다, 강주는 엄지와 검지를 튕겼다.

"공미지죠, 정보원?"

영오는 어깨를 으쓱할 뿐이었다.

두 사람은 길을 건너 카페로 향했다. 강주는 저번과 달리 앞서서 걷지 않았다. 박쥐우산이 영오의 머리 위에서 떠다니도록 걸음나비를 조절했다. 카페는 한 시간 뒤에 문을 닫는다고 했다. 창가에 앉아 생강 레몬차 두 잔과 딸기 케이크 두 조각을 주문했다.

"왜 집착하는지 말해주면, 내 제안 받아들이는 거구요?"

강주가 입가에 묻은 생크림을 혀로 핥으며 말했다.

영오는 포크의 각도를 기울여 접시에 묻은 생크림을 모았다. 자기 속을 털어놓아서라도 제안을 관철하려는 강주. 수첩에 남은 두 이름이 그리도 궁금한가. 궁금이는 미지 하나만이 아니었다. 미지와 강주, 두 궁금이는 공통점이 많다. 남의 일에 관심 많고, 연락도 먼저 하고, 또……. 뭔지는 모르지만 또 있겠지, 생각하다가 영오는 놀랐다. 자기가 이 사람에게 '또'를 기대하고 있어서. '오랜만에' 만난 남자, '또' 만나게 된 사람. '다시는' 만나지 않겠지 예상했었는데.

"먼저 얘기나 해보세요, 그러면."

"그 얘기 듣고 싶어서 만나자고 한 거예요? 아니지, 내 제안이 유혹적이었던 거죠? 아니지, 아니지. 둘 다였겠네."

"이보세요, 홍 선생님."

"그렇게 부르니까 내가 꼭 쌍화차 좋아하는 교장 선생님이 된 것 같네요. 아무튼 얘기합니다, 내가 담배 피우는 애들 못살게 구는 이유. 우리 형이 폐암으로 죽었거든요. 담배를 미친 듯이 피우다가."

담배와 폐암, 엄마와 형, 병원, 죽음, 죽음……. 강주와 영오 사이에는 공통점이 몇 가지나 될까.

"형이 담배를 피우기 시작한 게 중 1 때였대요. 자사고에 의대 가느라 스트레스가 심했겠죠. 의대생 땐 이미 골초였고. 하루에 세 갑도 피우고 그랬다는데, 형한텐 담배 연기가 공기였던 셈이죠. 난 공부만 하던 형한테 그런 취미가 있을 줄은 몰랐어요. 그 양반은 어딜 가든 수재 소리 듣고 그러던 양반이라 참 무난하기 그지없는 우리 집에서는 별종이었고,

나랑은 말도 안 통했어요. 나이 차이도 좀 나고. 그러니까 난 사정을 잘 몰랐죠. 어느 날 갑자기 병원에 입원했다는 거예요, 본과 이학년 때. 가보니까 갑자기 그냥 해골이더라고요? 말기래요. 넉 달 만에 죽었어요. 스물세 살이었죠. 난 열여섯이었고. 내 손을 꼭 잡고 형이 마지막으로 한 말이 이거예요. 강주야, 담배 피우는 인간이 있는데 그 인간이 네 마음에 드는 인간이면, 입을 꿰매. 손모가지를 분질러. 살려줘, 그렇게 해서라도."

강주는 학생들 앞에서 여러 번 한 이야기인 듯 줄줄 읊었다. 그러더니 고개를 젓고는 팔짱을 끼고서 창밖을 바라보았다. 슬픔에 사무친 옆모습은 아니었다. 그는 형이 죽은 나이를 십 년 전에 지나쳐 여기까지 왔다. 형의 죽음을 어려운 숙제처럼 떠안은 열여섯 소년 시절부터 치자면 몇 년 세월인가. 열여섯, 까마득한 나이다. 그 어린 미지조차도 이제 열여섯 살이 아니다.

"부모님은 맏아들이 못 말릴 골초라는 걸 진작부터 알았대요. 그만두지 그러니, 한마디 하고서는 별말 안 했다나. 너무나도 똑똑한 아들이었으니까, 손이 닿지 않을 만큼 저 높이 계신 아드님이었으니까. 형이 죽고 나서 난 뭐랄까, 덤으로 딸려 온 비매품 같은 신세였어요. 고등학교 시절이 나한텐 지독한 스모그예요. 탁하고, 뿌옇고. 딱히 부모님이 날 박대한 건 아닌데, 분위기가 그랬어요. 내 인식도 그랬고."

주인이 동그란 비스킷을 담은 찻잔 받침을 주고 갔다. 강주가 한 조각 집더니 와그작 소리를 내며 먹었다.

"대학 가서부터 나를 찾았어요, 나는. 그땐 집 나와서 자취했거든요. 아, 이 후일담만큼은 영오 씨한테 처음 공개하는 겁니다. 애들한텐 입 꿰매고 손모가지 분질러, 거기까지만 얘기해주거든요."

"…… 난 알았어요."

영오가 말했다.

"뭘요?"

"엄마가 담배 피우는 거요."

영오는 반복했다.

"알고 있었어요."

어린 시절에는 벽을 보고 서서 우는 엄마의 뒷모습을 목격했다. 그리고 나이가 들면서는 담배 피운 흔적을 발견했다. 발코니에 감도는 냄새, 화장실 변기 커버에 떨어진 재, 안방 장판에 달라붙은 가느다란 금색 비닐(잡아당겨 담배 포장을 벗기는 끈, 총의 방아쇠처럼), 아주 가끔씩 보이던 흔적들. 처음에는 아버지가 그랬다고 생각했다. 부주의하게도 군다고. 아니었다. 아버지가 일하러 가고 집에 없을 때, 학교를 마치고 엄마 혼자 있는 집에 돌아왔을 때, 그럴 때였으니까. 그 모든 것은 부주의의 흔적이 아니라 주의력과 조심성의 빈틈이었다.

"우리 엄마도 폐암으로 돌아가셨거든요. 아버지는 그쪽 형님만큼이나 골초였고요. 나는 아버지 때문이라고 우겼어요. 아버지 때문에 엄마가 암에 걸렸다고 말이죠."

아버지 때문이었을지도 모른다. 아버지가 담배의 왕이었다면 엄마는 흡연국의 문지기조차 못 되었을 테니까. 하지만 아버지 때문만이었을까. 영오는 엄마의 흡연을 아버지가 아는지 모르는지 몰랐다. 자기는 안다는 사실만 알 뿐이었다. 알면서도 고함을 치고 악을 썼다. 그러다가 침묵했고, 외면했다.

영오는 지금, 속이 불편한 사람처럼 얼굴을 찡그린다. 자기가 아버지 마음을 얼마나 아프게 했는지 깨달은 참이다. 아버지에게, 당신은 살인자라고 단언한 바나 다름없었다. 아내를 죽인 남편이라고 말이다. 아버지는 그 비난을 감내하다가 단 한 번, 어둔한 말솜씨로 변명했을 뿐이다. 가스레인지나 대기오염 같은 통계 자료를 내밀면서. 영오는 몸서리를 치고 이를 갈았다. 아아, 뻔뻔해. 오오, 무책임해! 아버지가 아니라면 누구에게 그랬겠는가? 영오는 엄마가 필요했다. 그때는 절실하게, 지금은 아련하게. 아버지가 없었다면, 어떻게 아버지에게서 멀어졌겠는가? 빈 잔을 들어 술을 마실 수는 없는 노릇이다. 그런 술은 독하기 이를 데 없어 가슴을 삭인다. 엄마가 아무도 없는 빈집에서조차 숨어서 담배를 피워야 했던 이유, 앞으로도 완전히는 이해하지 못할 그 이유, 그런 것이 빈 잔의 술이다.

"어릴 적에 아버지 담배 심부름을 자주 했어요. 그때만 해도 아버지가 담배만큼은 부르주아 기질이 다분해서 무려 양담배를 피워댔죠. 켄트, 빨간색하고 파란색이 있었는데……."

실눈을 뜨고 기억을 더듬었다. 아버지가 좋아하던 담배가, 빨강 아니면 파랑이었는데. 둘 중 하나였다. 삶 아니면 죽음이듯이. 심부름을 가던 가게만큼은 기억에 또렷했다. 초록이었다. 동네 어귀, 두꺼운 초록색 포장 비닐을 뒷문 위로 말아 올려 고정한 구멍가게. 계산대 앞 담배 진열대로 가려면 과자와 사탕을 지나가야 했다. 껍데기에 물고기가 그려진 어포, 바스락대는 은박 포장에 싸인 솜사탕, 종이 상자에 든 고래밥. 아버지는 담배 한 갑을 살 돈만 주었다. 여느 날처럼 어포와 솜사탕과 고래밥을 지나 침을 꼴깍, 켄트 주세요, 말했다. 그러자 주인이 답했다. 우린 양담배 안 판다. 혼란스러워졌다. 어제만 해도 있던 담배가 오늘은 없다니? 빈손으로 집에 돌아갔다. 양담배 안 판대요. 아버지가 영오를 데리고 구멍가게로 갔다. 켄트 없어요? 주인이 선반에서 담배를 꺼내어 내밀었다. 영오의 눈이 휘둥그레졌다. 아버지가 말했다. 얘한테 양담배 없다고 했다던데? 가게 주인이 영오를 보며 표정 하나 안 바꾸고 말했다. 내가 언제 그런 말을 했다고 그러니? 아버지는 영오를 혼냈다. 심부름하기 싫으면 싫다고 해, 머리 굴리지 말고!

"그 뒤로도 계속 생각했죠. 그 아저씨가 나한테 왜 그랬을까. 착각했을까? 날 놀린 걸까? 정신병? 악의? 아니면 그냥 다 꿈이었을까?"

아버지에게 묻고 싶었다. 그 일 생각나요? 나를 가게까지 끌고 갔잖아요. 아버지가 말해주기를 바랐다. 그건 네 잘못이 아냐. 그 사람이 이상했던 거다. 아버지에게 대답을 듣기는커녕 물어보지도 못했다. 짧고 앙상한 다리 밑의 아늑한 공간에서 추방당한 뒤로, 아버지에게는 어떤 질문이든 하기가 어려웠다. 아버지의 켄트는 빨강이었나요 파랑이었나요, 그것도 궁금했는데. 영오는 아버지의 다리뿐만 아니라 담배 심부름도 피하게 되었다. 부녀 사이를 잇는 가느다란 끈에서 올이 풀려갔다. 어느 날 보니, 아버지가 피우는 담배는 국산으로 바뀌어 있었다. 빨강도 파랑도 아닌 하양. 싸구려였다.

"오라고 불러도 됩니까?"

영오의 이야기를 듣고 나서 생각에 잠겨 있던 강주가 말했다.

"네? 오?"

입술을 오, 둥글게 말고 묻는다. 오? 오, 오, 오?

"영오 씨는 어쩐지 좀 느끼하고, 오영오 씨는 딱딱하고, 오 대리님은 사무적이고. (아버지가 직급까지 말해줬군.)

오, 좋잖아요? 간결하고 분명하고. 오영오에는 오가 두 개나 됩니다, 아시다시피. 앞으로 읽어도 오영오, 뒤로 읽어도 오 영오니까 오가 왕이네요, 그 이름에선."

"오 씨, 이건 안 돼요."

어이 오 씨, 이건 더욱 안 되고.

"그냥 오라니까요."

그냥 오는 반말 아닌가 싶었지만 그쯤 해두기로 했다. 이 사람과 오니 뭐니 부를 일이 뭐 그렇게 많겠나 싶어서였다. '두 분이 친해지면요'라는 말이 마음을 스쳤다. 오는 그 마음을 모르는 척했다.

두 사람은 의자에서 일어나다가 서로 머리를 부딪쳤다. 계산대 앞에 앉아 십자수를 하던 주인이 깜짝 놀라 바늘로 손가락을 찌를 만큼 큰 소리가 났다. 바늘이 뭉툭해서 피는 나지 않았다. 영오는 부딪친 데를 손으로 싸매고서 자리에 주저앉았다. 강주는 아픈 데는 이마인데 오른쪽 다리를 들 고 앙감질을 해서 저쪽까지 뛰어갔다. 둘의 이마도 뾰족하 지 않아서 출혈만은 면했다.

"오, 조금만 노력하면 박치기 챔피언도 되겠어요."

"홍쌤이야말로요."

홍쌤, 홍 선생님보다 낫다. 교장 선생님의 쌍화차 같은 느 낌은 없다. 믹스 커피처럼 친숙할 뿐이다.

영오는 손을 내렸고 강주는 테이블 앞으로 돌아왔다. 벌건 이마에 조금 전과는 상관없는, 또 다른 박치기의 흔적이 있었다. 역 앞 철제함 모서리, 결혼식장 안 안내판.

먼저 웃음을 터뜨린 사람은 강주였다. 영오는 가방을 끌어안고 카페 밖으로 종종걸음을 쳤다. 빗방울이 아픈 자리를 두드리는데 입술에서는 웃음이 혀를 내밀었다. 등을 돌린 채 고개를 숙이고 웃었다. 본의는 아니었으나 돈은 또 강주가 냈다.

8.

첫 번째 사람, 두 번째 카드

사흘 전, 두출이 운을 떼었다.

"옆집 애기, 나가서 청소 좀 하고 와라."

"무슨 청소요?"

하고 묻는 미지에게 설명하기를, 7동 사는 할머니가 길고양이 밥그릇 옆에다 못 먹을 음식물 쓰레기를 버린다고 했다.

"빤쓰 고무줄보다 끈질긴 노인네여. 하지 말라면 더 해. 엉겅퀴 찜 쪄 먹을 할망구라니까. 가서 좀 치워. 내가 다리 아파서 못 돌아다니니까 신나서 잔칫상을 차렸을 거여. 안 봐도 뻔하지."

"고양이 먹으라고 주는 거 아닐까요?"

"쓰레기라니까!"

칸막이가 울리도록 소리를 지른다. 버찌가 702호로 넘어왔다. 시끄러워 못 살겠네, 귀까지 병나겠네, 고양고양.

"밥그릇 옆에 음식 찌꺼기가 수북하면 누가 좋아하겠냔 말이여. 여름 돼봐, 벌레 꼬이고 냄새나고 말도 못 해. 안 그래도 뭐 하나 걸리기만 해봐라, 밥그릇 엎어버린다, 벼르는 사람들이 드글거리는데."

아파트 단지 안에는 길고양이를 기준으로 두 부류가 존재했다. 고양이에게 밥을 주는 사람들과 그것에 반대하는 사람들. 이사 간 신도시 아파트는 갈등이 심했다. 부녀회에서는 눈에 띄는 대로 밥그릇이든 물그릇이든 치워버렸다. 입주민들이 플라스틱 그릇을 뺏고 빼앗기며 싸우는 장면을 미지도 봤다. 그렇지만 고양이 밥 옆에 음식물 쓰레기를 버리는 할머니라니? 처음이다, 그런 할머니.

"부지런한 노인네니까 옆집 애기도 부지런하게 굴어. 매일 저녁마다 나가봐."

"심부름 값 주시는 거죠?"

"또 돈, 말끝마다 돈! 공짜로 부렸다간 시러베자식 소리 듣겠네."

오쌤에게 전화를 걸고, 버찌를 쓰다듬으며 꺼비 할아버지와 티격태격하고, 참고서든 소설이든 읽고, 미지로 말할 것 같으면 신체보다는 교양이 튼튼했다. 운동이라고는 등으로 바닥이나 닦고 냄비 속 라면이나 휘젓는 정도니. 최근에 한 또 다른 운동이라면, 버찌를 데리고 동물 병원에 한 번 더 다녀오기, 그 길에 슈퍼에 들러 장 보기, 그쯤? 매일 밖에 나갈 심부름거리가 생긴다면 몸에도 좋고 돈 들어와서 좋고, 일석이조였다.

"걱정 마시어요, 공짜로 부려 먹힐 일이라곤 없을 테니까요."

두출이 돈, 돈, 그놈의 돈 하며 혀를 차는 사이, 미지는 버찌의 눈을 살펴보았다. 병원에서는 안약을 사흘만 더 넣어주면 될 거라고 했다. 꺼비 할아버지가 수의사의 지시를 충실히 따른 모양이다. 앞으로 둥글게 튀어나온 눈은 반짝거리는 투명함을 되찾았다. 고양이 눈은 스노볼처럼 신비롭다.

"버찌는 왜 버찌예요?"

"버찌니까."

"동어 반복의 오류네요."

국어 문제집에서 본 말이다.

"뭐? 고등어 반 마리?"

"아이, 꺼비 할아버지, 진짜."

"벚나무 아래서 주웠으니까 버찌지. 벚나무 열매를 버찌라고 하는 건 알랑가 모르겠다만."

출판사에 국어 과외 선생을 둔 소녀를 뭘로 보시고! 사실은, 몰랐다.

"거 왜, 사과나무 아래서 사과 떨어지기만 기다리던 놈 있잖어. 누구더라."

뉴턴 얘기인가. 미지가 알기로 아이작 뉴턴이 사과나무 아래에 누워서 사과 떨어지기만 기다리던 놈은 아니었다. 어쩌다가 운명의 사과가 그날 그 순간 떨어졌을 뿐이겠지.

"벚나무 아래를 지나가는데 버찌 년이 떨어진 거여. 떨어져라 빌지도 않았구만."

"버찌, 길에서 살았나 봐요?"

"벚나무에서 떨어졌다니까."

버찌, 벚나무에 매달려 바람으로 얼굴 씻고 비로 목 축이고 나뭇잎으로 배 채웠을까. 아니지, 깊은 밤 지상으로 내려와 살금살금 사료를 먹었겠지. 꺼비 할아버지는 버찌를 버티게 해준 밥그릇과 물그릇을 지키고 싶은 순정일까. 아니면 고양이 반대파와 벌이는 싸움에서 지고 싶지 않은 오기일까.

꺼비 할아버지의 심부름꾼이 되어 밖으로 나온 지난 며칠, 한파였다. 1층의 수도 계량기는 헌 옷 갑옷으로도 모자라 스티로폼 방패를 들고 동파에 맞섰다. 어둠마저 얼어붙어 걸을 때마다 귀와 뺨을 베었다. 느린 걸음으로 지나가는 자동차는 엔진을 떨었다. 미지는 두꺼운 점퍼에 장갑과 목도리, 털 부츠로 무장하고 두출이 일러준 경로를 훑었다. 캣맘이 밥 주는 장소였다. 2동은 정자 뒤, 5동은 벤치 밑, 7동은 화단 안. 가는 곳마다 사료와 물이 있었고, 음식물 쓰레기가 있었다. 김치 국물로 범벅이 된 밥 덩이, 벌건 양념을 칠한 생삼겹살, 무나 당근 같은 딱딱한 채소의 꽁다리, 눈을 부릅뜬 생선 대가리. 배고프고 이빨 튼튼한 고양이라도 혀나 쩍 달라붙지 씹지 못할 만큼 얼어붙은 채였다.

두출이 경고한 대로 7동 할머니는 부지런했다. 미지도 부지런해졌다. 가지고 나간 비닐봉지 가득 음식물 쓰레기를 주워 담아 쓰레기통에 버렸다. 그러다가 오늘, 나흘째 되는 날, 쓰레기 버리는 할머니와 마주쳤다.

할머니는 솜바지에 솜 점퍼 차림이다. 오래된 옷이라 솜이 짜부라졌고 그 틈으로 바람이 파고들었다. 올겨울 들어 가장 추운 날이었다. 짹짹대는 새소리도 없이 야옹대는 고양이 울음도 없이 아파트 단지 안에는 바람의 울음소리뿐, 할머니와 미지뿐. 할머니는 미지가 몸을 떨며 지켜보는 줄도 모르고 검은색 비닐봉지를 흔든다. 곤죽이 된 밥과 배춧속과 김치 쪼가리가 쏟아졌다. 달걀 껍데기까지 나온다.

"달걀 껍데기는 음식물 쓰레기 아니래요."

미지가 다가가 말하자, 할머니가 고개를 들어 미지를 본다. 미지보다 두 뼘은 작다. 주름지고 까슬까슬한 얼굴이다. 옛날엔 예쁘셨을 거야, 미지는 생각했다. 할머니는 짓무른 눈을 깜빡거리다가 뒤늦게 놀랐는지 아이쿠, 쭈그리고 앉았다. 비닐봉지가 밥그릇 위에 떨어지면서 찌꺼기를 쏟았다.

미지는 얼른 밥그릇을 집어서 준비해 온 봉지에 대고 기울였다. 양념과 국물로 범벅이 된 음식물에 사료가 섞여서 쓸려 내려간다. 땅바닥에 흩어진 음식물 쓰레기도 주워서 봉지에 담았다. 깨진 달걀 껍데기가 털장갑 위에 덧쓴 비닐장갑을 찢었다.

"달걀 껍데기랑 고기 뼈, 고추 꼭지 같은 거 있죠? 그런 건 일반 쓰레기래요."

추워서 입이 잘 안 움직인다. 나무 인형이 된 기분이다.

"사과 껍질은?"

할머니가 물었다. 꺼비 할아버지처럼 걸걸한 목소리다.

"그건 음식물 쓰레기죠."

"바나나 껍질은?"

"그것도요. 내가 먹을 수 있는 건 음식물 쓰레기고요, 못 먹는 건 아니에요. 그렇게 생각하면 대강 맞아요."

어떤 것이 음식물 쓰레기고, 어떤 것은 일반 쓰레기인지 나열한 표를 10분 동안 연구한 끝에 깨달은 이치였다. 할머니가 이맛살을 찌푸렸다.

"바나나 껍질을 어떻게 먹누."

"배가 엄청 고프면 먹을걸요? 뼈는 못 먹어도."

"뼈를 왜 못 먹어, 고아 먹지. 하기야 굶어 죽게 생겼으면 뭘 못 먹겠어. 흙도 파 먹고 소가죽도 끓여 먹고."

할머니는 끄응, 몸을 일으켰다. 미지는 방금 거둔 음식물 쓰레기를 보았다. 길거리에서 태어나 자란 고양이들, 집에서 태어나 길로 내쫓긴 고양이들, 너무 배가 고프면 이런 것도 먹겠지. 끈도 먹고 나뭇잎도 먹고 흙도 먹고. 무더운 여름, 죽어서 바싹 마른 매미를 물고 골목길로 사라지던 고양이를 보았다. 가로등 불빛을 받아 그림자를 늘어뜨린 고양이. 굶주린 고양이처럼 살아가는 사람들이 있다.

"할머니, 쓰레기 아무 데나 버리면 안 되는 거 아시잖아요."

"몰라."

토라진 아이처럼 고집을 부린다. 바람이 불 때마다 휘청거리는 몸을 떨면서. 매미를 물고 비틀걸음을 걷던 고양이도 마음이 저랬을까.

"할머니가 계속 버리시면 저도 계속 나와야 하거든요. 그러면 돈 버니까 좋긴 한데요, 할머니, 추워요. 너무 추워요."

뉴스에서는 한파가 일주일은 이어진다고 했다. 내달리는 바람의 기력을 보니 맞는 소리다. 미지는 어깨를 웅크린 채 콧물을 들이마셨다. 찬 바람이 들어찬 콧구멍이 얼얼하다.

"앞으론 쓰레기통에 버리세요, 네?"

제발요, 할머니. 전 더위보다는 추위를 타는 체질이라고요. 할머니가 울 듯한 표정으로 미지를 올려다보았다. 조그맣다. 춥지요 할머니, 포대기에 싸서 답삭 안으면 아기 같겠다. 추워, 울음을 터뜨리겠다.

117

"먹을 만한데. 닭이랑 돼지한테는 진수성찬이야."

"여긴 아파트잖아요. 닭도 없고 돼지도 없고요, 고양이한 텐 사료 주는 사람 있고요. 쓰레기통에 버리셔야 돼요."

고개를 떨어뜨리더니 우물거리는 할머니.

"돈 들잖아……."

예전에 개나리아파트에서는 한여름마다 종량제 쓰레기 봉지를 모으는 커다란 플라스틱 통에 경고문이 붙었다. 여 기다가 음식물 쓰레기 버리지 마세요. 구더기가 끓어서 소 름이 끼쳐요. 역겨워요. 계속 그러면 큰소리가 날 겁니다. 혹시 그때도 이 할머니였을까, 그 구더기 밥?

"음식물 쓰레기 얼마 안 해요, 할머니. 천 원도 안 나와 요."

신도시 아파트의 우편함에 꽂힌 관리비 고지서를 보고 알 았다. 음식물 쓰레기를 처리하는 일은 미지 몫이었는데, 신 여사는 물기를 빼지 않고 버리면 돈이 많이 나온다면서 잔 소리를 했다. 그래서 대체 얼마쯤 나오나 고지서를 살펴보 았다. 오백 원인가 육백 원인가 그랬다. 할머니가 고개를 저 었다. 얼마든 그게 문제가 아니라는 듯이. 미지는 점퍼 주머 니에서 음식물 쓰레기용 카드를 꺼내어 보여주었다.

"이런 거, 있으시죠?"

할머니는 고개를 젓는다. 기계 장치가 된 나무 인형처럼.

"아, 잃어버리셨어요?"

할머니는 고개를 저으면서 다른 이야기를 했다.

"나, 혼자 살아. 내 집인데 우리 아들 췄어. 옛날에 췄어."

미지는 카드를 할머니의 손에 쥐여주었다. 주는 사람과 받는 사람, 누구 손이 더 가볍고 누구 손이 더 무거울까.

"앞으론 이거 쓰세요."

할머니는 사막의 신기루처럼, 비 온 뒤의 무지개처럼 손 안에 나타난 카드를 침침한 눈으로 들여다보았다. 작고 얇은 플라스틱 조각이었다. 미지의 체온이 남아 따뜻했다.

"같이 가요. 어떻게 버리는지 보여드릴게요."

702호용 카드는 한 장 더 있다. 미지는 그 두 번째 카드를 쓸 테고, 관리비가 몇백 원 늘어나겠지만 신 여사는 눈치 채지 못할 것이다. 쓰레기가 축축하면 화를 내는 신 여사지만 고지서의 세부 항목이나 통장의 자동 이체 내역을 확인하는 일이란 없으니까.

쓰레기장의 음식물 쓰레기통 앞. 미지는 여기다 카드를 대세요, 말했다. 할머니가 주춤거리다가 카드를 찍었다. 이, 동, 칠, 백, 이, 호입니다, 기계음이 나왔다. 미지는 입을 벌린 쓰레기통에 쓰레기를 부었다. 더러워진 봉지는 뭉쳐서 옆에 있는 종량제 봉지에 버린다. 다시 대세요, 할머니는 그렇게 한다. 사, 백, 칠, 그램입니다. 투입구가 닫히고 모든 것이 끝났다. 할머니는 카드를 손에 꼭 쥐었다.

2동과 7동의 갈림길 앞에서, 할머니가 말했다.

"요구르트라도 먹고 가."

미지는 그러기로 했다. 요구르트를 좋아하기 때문이다.

할머니는 냉장고가 아니라 싱크대 찬장에서 요구르트를 꺼내어 미지에게 건네줬다. 그러고는 몇 가지 일을 부탁했다. 미지는 찬장 맨 위쪽에서 마른미역 봉지를 꺼냈고, 세탁기 밑에 굴러들어간 샘플 로션을 찾았고, 화장실 백열등도 갈았다. 까치발을 딛고, 바닥에 엎드리고, 의자에 올라가면 해결되었기에 망정이지, 보일러나 배관 쪽이었다면 아빠에게 구원 요청이라도 할 뻔했다. 미지가 임무를 완수할 때마다 할머니는 요구르트를 하나씩 더 주었다.

할머니가 화장실에 간 사이, 미지는 못을 발견했다. 큰방과 작은방 사이 좁다란 벽, 천장 경계에 박힌 대못이었다. 얼마나 크고 긴지, 콘크리트 벽에 단단히 박혔는데도 삐져나온 부분이 손가락 한 마디쯤은 되어 보였다. 고개를 들고 못을 살펴보았다. 섬유 오라기가 두어 올 엉켜 있었다. 백열등이 있던 싱크대 서랍을 열었다. 노루발장도리(이름이야 몰랐지만)를 본 것 같아서였다. 아, 있다! 장도리를 들고 갈라진 부분에 못을 끼운 다음 잡아당겼다. 빠지지 않는다. 이마에 힘줄이 돋도록 힘을 주었지만 꿈쩍도 않는다. 녹슨 못은 헐거워지지도, 구부러지지도 않고 독사처럼 고개를 쳐들었다. 불그스름한 녹은 독사의 몸에 배어난 피 같았다.

공포가 찾아왔다.

누군가 이 못에 줄을 감고 목을 매다는 모습이 떠올랐다. 이를테면 작고 가벼운 사람이…… 사람은 외롭다. 혼자 사는 노인……, 그렇지 않을까. 미지는 자기 몸이 프라이팬에 깨뜨린 달걀의 흰자처럼 하얗게 굳어간다고 느꼈다. 안 돼, 여기선 싫어! 펄에 무릎까지 파묻힌 다리를 빼듯이 용을 썼다. 노루발장도리를 든 채 서서 골똘히 뭔가 생각이라도 하는 듯 보이지만 미지는 지금, 공포에서 벗어나려고 몸부림치는 중이다. 못의 형상을 한 독사가 쉿, 붉은 혀를 날름거렸다.

미지는 손을 꼼지락댔다. 아, 몸이 움직인다. 이 순간을 놓쳐서는 안 된다. 다시 노루발장도리에 못을 끼웠다. 이를 악물고 안간힘을 다해 못을 잡아당겼다. 코에서 뜨거운 김이 나왔다. 빠졌다! 못이 빠졌다. 흐물흐물해지더니 쉿쉿, 사라지는 공포.

화장실 문이 열렸다. 할머니가 문 너머에 서서 미지를 보았다. 노루발장도리를 보았다. 못이 빠진 자리를 보았다. 그리고 말했다.

"고마워……."

7동을 빠져나올 때, 미지의 점퍼 주머니는 할머니가 준 요구르트로 불룩했다.

똑똑, 똑. 칸막이를 두드렸다. 다녀왔다는 뜻이다.

"오래도 걸렸다. 할망구네 가서 요구르트라도 얻어먹은 거여?"

미지는 놀라서 딸꾹질이 나올 뻔했지만 공짜 심부름을 고백하지 않았다. 두출이 보자면 불공정 거래일 테니까 말이다. 해주는 사람 마음이지만 그런 마음을 알아줄 분이 아니시다.

"쓰레기는 치웠고요, 이번 일은 오늘로 끝이에요. 더는 안 할래요."

경과보고 겸 결심 통보를 한다.

"아, 왜! 왜 안 해!"

돌멩이처럼 고함을 내던지더니 화를 못 이겨서 기침까지 콜록거리는 두출.

"할머니 이제 쓰레기 안 버린대요. 그러기로 했어요."

"그 말을 믿는 거여? 약 탄 요구르트라도 먹었나 아주 그냥 홀라당 넘어갔네."

"아무튼 그렇게 아셔요. 가끔 점검은 할게요."

두출의 기침이 이어졌다.

"점검이고 나발이고 애기 너 말 좀 그만 걸어라. 종일 쫑알대는 통에 나도 뭐라 뭐라 대꾸를 하니까 목에 핏대가 다 선다, 웅!"

그러는 두출도 칸막이를 두드리는 횟수에서는 미지에게 뒤지지 않았다. 방 안에 있어도 지팡이로 칸막이 두드리는 소리는 잘 들렸다. 목이 아프다고? 엄지발가락을 까딱거리며 칸막이를 보던 미지, 오옷 하는 입 모양을 한다. 좋은 생각이 떠올랐다. 신발장으로 가더니 아빠의 공구함에서 접톱과 보수용 방충망을 찾아냈다.

3분쯤 뒤, 두출이 비명을 질렀다.

"지금 뭐 하는 거여! 당장 그만두래도! 아이구, 목이야. 아이구, 속이야!"

쓱싹쓱싹, 미지가 톱으로 벽을 탄다. 흥부가 박을 타듯이, 쓱싹쓱싹. 키 크고 배 든든해서 기운 넘친다. 얇은 석고 보드라 소리만 거창하지 힘들일 일도 없지만 최선을 다한다. 두출이 목에 핏대를 세우며 결사반대하든 말든 상관 않고 톱질을 한 결과, 칸막이 한가운데에 세모난 구멍을 냈다. 키높이였다. 매사에 정확한 사람이라면 고개를 갸웃거릴 만했으나 대체로 세모에 가까운 형태였다. 크기는 손바닥쯤? 버찌가 고양고양 울면서 구멍으로 얼굴을 집어넣었다. 미지가 손가락으로 이마를 톡, 건드리자 얼굴을 뺀다. 그다음은 두출의 지팡이. 된 죽을 젓듯 허공을 휘저었다.

"파출소에 신고하기 전에 당장 돌려놔!"

"좀 있어보시라니까요."

미지가 지팡이를 손바닥으로 밀어 물리치더니 세모난 구멍에 방충망을 잘라서 붙였다. 끈적끈적한 접착제가 발라진 방충망을 두 겹, 세 겹으로 붙였다. 그렇게 해서 완성된 제2

의 세모 구멍. 죄수와 접견객이 대화를 나누는 창구 같기도 하고 신자가 신부에게 고해 성사를 하는 창문 같기도 했다.

똑똑, 똑.

미지가 칸막이를 두드리더니 말했다.

"아무 말이나 해보세요."

"염병, 빌어먹을!"

"오! 훨씬 잘 들린다. 목 안 아프시죠, 이제?"

"버찌가 죄다 뜯어놓을 거다."

"버찌야, 안 뜯을 거지? 다니던 데로 다닐 거지?"

버찌가 고양이 전용 구멍을 통과해 702호로 넘어왔다. 미지는 말귀 알아듣는 버찌를 칭찬하며 껴안았다. 그리고 창고에서 찾은, 등받이 없는 빨간색 의자에 앉았다.

"제가 오늘 무슨 생각을 했냐면요."

"아, 됐어! 말하지 말어!"

"어떤 것엔 두 번째가 있는데, 어떤 것엔 없단 생각을 했어요."

"벽 뚫더니 봉창까지 두드리는 거여?"

현관 밖까지 배웅을 나오던 7동 할머니를 떠올렸다. 할머니의 삶은 하나뿐이야, 엘리베이터에 타기 전 할머니를 돌아보며 미지는 생각했다. 할머니는 할머니에게 첫 번째 사람이다. 단 하나뿐인 사람. 그 집에서 녹슨 대못 역시 하나뿐이었기를.

앞으로 미지는 보일러실 철문에 자석으로 붙여둔 두 번째 카드를 쓸 것이다. 그 조그만 플라스틱 카드에는 두 번째가 있었다.

9.
돌아가셨다고 들었습니다만?

줄이 길었다.

영오와 강주는 문옥봉 김밥집 앞에 늘어선 줄의 끄트머리
에 섰다. 인터넷에서 이 집 유명하다고 하더니, 정말 그런가
보다.

문옥봉이 김밥집 주인이라는 사실을 알아낸 사람은 강주
였다. 다시 만나 두 번째 생강 레몬차와 딸기 케이크를 먹을
때였다. 강주는 문옥봉이란 분부터 먼저 접촉해봅시다, 하
더니 수첩에 적힌 번호를 자기 휴대폰에 찍었다. 그러더니
어, 여기 상호가 뜨는데요, 했다. 전화번호 안내 어플 때문
이었다. 문옥봉 김밥집, 전화번호 위에 뜬 이름이었다. 강주
는 영오가 말릴 새도 없이 그 번호로 전화를 걸었다. 다행인

지 불행인지, 문옥봉 김밥집은 전화를 받지 않았다. 밤 10시였다. 강주가 5분쯤 검색을 해보더니 여기 유명한 집이랍니다, 보고했다. 알 게 뭐야, 영오는 차와 케이크나 공략했다. 김밥이 맛있어봤자 김밥이지 금밥인가. 사장 문옥봉은 좀처럼 사진에 찍히지 않지만 목격자의 진술에 따르면 꽤나 할머니라고 했다. 강주는 가봅시다, 했다. 가면 무슨 일이라도 생기겠죠. 그 말에 영오는 못 이기는 척 약속 시간을 잡고서 따라나섰다. 상황이 이상하다 싶으면 아무 말 않고 김밥이나 사서 오지 뭐, 싶었다. 그래서 일요일 오후, 줄의 말석을 차지하고 섰다. 영오에게는 지금, 그만큼이 적극성의 최대치다.

그나저나 아버지는 왜 김밥집 전화번호를 수첩에 적어놓았을까. 단골집이라서? 아버지가 김밥을 좋아했던가, 가물가물했다. 그럼 또 명보라는 누구야. 해장국집 아줌마라도 되나? 이런 세상에, 어떻게 우릴 다 찾아올 생각을 했어요? 우린 그냥 밥집 아줌마들일 뿐인걸! 문옥봉과 명보라 사장님이 눈물을 글썽거리며 단골손님 딸의 손을 잡는 장면이 떠올랐다. 어디서 많이 봤다 싶었는데 소설 「목걸이」의 패러디였다. 그만큼이 상상력의 최대치다.

"여길 몰랐어요? 학교 근천데?"

영오가 물었다. 문옥봉 김밥집은 새별중학교에서 가깝다. 걸어서 10분 정도.

"등잔 밑이라 어두운 구역이었나 봅니다."

줄이 조금씩 움직였다. 가게는 2차선 도로 옆, 3층짜리 건물의 1층이다. 가게에는 간판도 없다. 문옥봉 김밥집, 손님들이 붙인 이름인가. 줄을 선 사람들은 젊은 축이 많았지만 중년도 드물지 않았고 학생도 보였다. 중학생 또래였다.

"왜 편집자가 됐어요?"

강주가 물었다. 두 사람 앞에는 예닐곱 명이 남았다.

"그냥 어쩌다가요. 전공이 그랬고, 상황이 그랬고. 홍쌤은요?"

"나도 전공이 그랬고, 상황이 그랬고."

"베끼지 말고요."

"그럼 오부터 성의껏 좀 대답해봅시다."

영오는 과거와 현재를 뒤적였다. 국어를 잘하고 책도 좋아해서 국문학과에 갔고, 사학년이 되니 토익 성적도 자격증도 없이 발을 들이밀 데라고는 작은 출판사뿐인 듯해서 지원했고, 한 번 이직했고, 두 번째 회사에서 대리가 되었다. 그것이 오, 영오의 이십 대 전반과 삼십 대 초반이었다.

"국어 잘했으니까 책도 잘 만들겠지 싶었는데, 순진했죠. 책보단 사람을 다루는 일이더라구요, 이 일이. 어느 쪽이든 파고 들어가면 그렇겠지만. 엄마 병간호하느라 상황을 바꿀 여유도 없고 의지도 없고, 그랬어요. 그냥 쭉 다녔죠."

엄마가 입원과 퇴원을 반복하는 동안, 영오도 회사와 병원을 오갔다. 집은 몸을 씻는 목욕탕, 옷을 갈아입는 탈의실이나 다름없었다. 나중에는 집에서 볼일을 잘 보지 못하게 되었다. 병원이나 회사의 변기에 앉아야 소식이 왔다. 이제는 회사 화장실의 두 번째 칸에서나 쾌변을 본다.

그쯤이면 성의를 인정하겠다는 뜻인지 강주가 입을 열었다.

"일 년만 해보자 마음먹고 학교에 갔는데 햇수로 삼 년째예요. 생각보다 오래 버텼죠. 이유라고 한다면……."

영오는 강주의 옆모습을 바라보았다. 턱수염을 깎은 자리에 일어난 각질. 영오도 피부가 건조했다. 겨울철에는 바디크림을 며칠만 건너뛰어도 옷을 벗을 때 살비듬이 눈처럼 내리었다. 강주의 턱에 크림을 발라주는 상상. 하얗고 불투명한 크림이 살갗에 스며들어 투명해지도록, 오래도록. 없어 보이게 왜 이러고 다녀요, 핀잔을 주면서. 아버지도 겨울만 되면 수염자리가 저랬다. 싸구려 면도기를 써서 그랬나.

"어른들하고 달리 애들은 말귀를 알아듣는달까."

"…… 보통 반대로들 생각하지 않나?"

상상에서 빠져나오느라 반응 속도가 느렸다. 얼굴이 붉어졌다. 내가 무슨 생각을 하는 거야, 지금. 손끝으로 강주의 거칠거칠한 살갗까지 느꼈다. 찰나였지만.

"내 충언을 가슴에 새겨서 담배를 끊은 애들이 몇 명인데요. 걔들은 이거다 싶은 건 받아들여요."

"사춘기 애들이 선생님 훈화 말씀에 똥고집을 포기했다는 거죠?"

"애들은 방황하는 거지 고집부리는 게 아닙니다. 고집은 손에 쥔 걸 놓기 싫어하는 거구요, 방황은 길을 찾아 헤매는 거예요. 이 길이 아니구나 싶으면 다른 길로도 가본다구요. 그런데 머리 크면 달라지죠. 남이 하는 소리가 개뿔 먹히질 않아. 고집만 세져가지고."

이 사람, 날 얼마나 봤다고 개뿔 개뿔 하는 것 봐라? 예의라고는 쥐뿔도 없게 말이다. 영오는 개뿔과 쥐뿔이라는 말이 귀엽다고 생각해왔으나 지금은 강주가 이해심이라고는 개뿔도 없이 꽉꽉 막힌 인간아, 하고 자신을 비난한다는 의심이 들었다.

"담배 끊었다는 걸 어떻게 확신해요? 피 검사라도 해봤나."

"이것 봐, 어른들이 이렇게 꼬였다니까. 이차방정식 대리님."

영오는 자신의 치졸함을 인정하면서도 크림에 파리약이나 고추냉이를 섞는 백일몽을 꾸었다.

"됐거든요. 나도 말 좀 통하는 청소년 있거든요?"

영오가 강주 쪽으로 몸을 기울이고 속삭이듯 발포했다. 자, 사람들이여, 보세요. 우리 표정 개뿔 쥐뿔 아무렇지도 않죠, 일상적인 대화일 뿐이에요, 하듯이. 세 명 남았다.

"아는 청소년 누구? 아하, 공미지?"

"공미지가 뭐 어때서요?"

"누가 뭐래요?"

"지금 다분히 비웃는 투였습니다만!"

앞에 서 있던 세 명이 줄을 이탈했다. 고지 직전에서 하산하다니. 그 덕분에 영오와 강주가 가게 안으로 입성했다.

옥색 탁자가 대여섯 개 놓인 공간 너머로는 주방이었다. 앞치마에 머릿수건을 한 채 입을 꾹 다물고 김밥을 마는 여자가 두 명. 탁자마다 사람들이 앉아 김밥을 먹는다. 김치도, 단무지도, 썬 파를 띄운 국도 없이 김밥만 먹는다. 물컵 하나씩 끼고 앉아서.

출입문 옆 계산대에서 중년 남자가 주문을 받았다. 계산대 위로는 한 줄씩 포장한 김밥이 산더미다. 영오는 네 줄을 싸달라고 했다. 강주와 마주앉아 맹물을 반찬 삼아 김밥을 먹고 싶지는 않았다. 위와 장이 삼차방정식으로 꼬여 탈나면 어쩌려고. 강주가 눈짓을 한다. 영오는 못 본 척했다. 이렇게 사람이 많은 곳에서 무슨 수첩 얘기를 꺼낸단 말인가. 오늘은 분위기 파악할 겸 김밥만 사 가고, 다음에, 다음에.

"문옥봉 할머니 좀 뵐 수 있을까요?"

강주가 말했다. 종이에 점 세 개가 찍혀 있으면 그 점을 이어 삼각형을 그려야 직성이 풀리는 사람이었다, 홍강주는. 다음으로 미룰 마음이라고는 없었다.

영오에게 돈을 받아(이번에야말로 영오가 냈다.) 금전 등록기에 넣던 남자가 손을 멈추었다. 그리고 강주와 영오를 바라보았다. 흥미롭다는 표정이다.

"드릴 말씀이 좀 있어서요."

작은 목소리, 영오다.

남자는 거스름돈을 건넸다. 네 줄을 주문하고 만 원을 냈는데 거스름돈이 이천 원이다. 싸다. 냄새는 보통내기가 아닌데 말이다. 향만 베낀 가짜 참기름이 아니라 진짜 참기름 냄새, 당근을 볶은 냄새, 갓 지은 밥을 소금과 깨에 버무린 냄새.

"실은 저희가 여기서 사장님 성함을 발견해서 말인데요."

강주가 영오의 옆구리인지 팔뚝인지 되는 대로 찌르면서 말했다. 영오는 가방에서 수첩을 꺼냈고, 강주는 명단이 적힌 데를 펼쳐서 내밀었다. 남자의 눈길이 문옥봉이라는 이름에 멎었다.

"이게 무슨 수첩이냐면요."

에라 모르겠다, 영오가 설명하려는데 남자가 말했다.

"돌아가셨습니다."

"네?"

처음에는 퇴근했다는 얘기인 줄 알았다. 그런데 아니었다. 3초만 생각해도 알 일이었고, 3초 만에 깨달았다.

영오는 강주에게서 수첩을 빼앗아 가방에 넣었다. 남자는 아쉬움이나 애도의 기색을 내비치지 않는다. 가게를 인수한 사람일 뿐 문옥봉 할머니와는 상관이 없나 보다.

남자가 김밥을 비닐봉지에 넣더니 내밀었다.

"맛있게 드세요."

가게를 나오자 영오는 김밥을 강주 가슴에 던지듯 안기고 서 뒤돌아섰다. 강주와 같은 지하철을 타기 싫어서 뒤도 안 돌아보고 뛰듯이 걸어갔다. 문옥봉 할머니가 이 세상 사람이 아니어서 실망했고, 인천까지 왔는데 일이 어그러져서 낙심했다. 강주가 문옥봉 할머니를 만나러 왔다고 말한 순간, 영오는 그러지 말아야지 하면서도 기대를 걸었다. 무슨 일이든 생기리라는 기대를. 그러나 아무 일도 생기지 않았고, 김밥 네 줄만 생겼다. 그 김밥, 홍쌤 혼자 다 드시라.

'김밥집, 다시 가봅시다.'

'거길 왜 가요? 이젠 볼일도 없는데.'

'거기 김밥, 맛있어요. 오도 먹어봐야죠?'

'나 바빠요.'

'난 안 바쁜데.'

그러시겠지, 겨울방학이니까. 정말 이 인간을 집필자로 수학과에 추천해버려? 컴퓨터 앞에 앉아 원고 쓰느라 끙끙 거리게 말이다. 하지만 어떻게 발굴한 인재라고 둘러댄다? 인재는 바라지도 않고 범재만큼이라도 제 몫을 해주리라는 보장도 없고. 안 주느니만 못한 원고를 떠넘기거나 잠수라도 탔다가는 수학과 직원의 실망과 낙담을 영오가 뒤집어쓴다. 강주부터 제안을 받아들일지 미지수였다. 시도조차 말아야 할 제안인 듯.

'김밥집에서 학교에 연락을 했대요. 할 말 있으니까 다시 좀 와달라고. 둘이 같이 오래요.'

'거기서 홍쌤을 어떻게 알고요?'

'나도 그게 궁금해요. 가서 물어보자구요. 김밥도 먹고.'

그래서 왔다. 밤 10시에. 김밥집 남자가 할 말이 무엇인지, 일하는 내내 궁금했다. 교정지 여백에 속 재료가 튀어나온 김밥 꽁다리를 여러 개 그렸다. 역 앞에서 강주를 만나 가게로 가자, 셔터가 두어 뼘쯤 내려간 문 안쪽에서 불빛이 새어나왔다. 인기척을 느꼈는지 남자가 문을 열어주며 들어오라고 했다. 가게에는 그이뿐이었다. 영오의 배에서 꼬르륵 소리가 났다. 남자가 주방에 가더니 김밥이 담긴 접시를 들고 나왔다. 영업시간 외 선심인지, 김치에 국물까지 준다.

"맛있네요?"

영오의 눈이 휘둥그레졌다.

"맛있다니까요."

강주가 김밥을 우물거리며 답했다.

영오와 강주는 김밥과 김치와 국물과 물까지 먹어치운 참이다.

남자는 계산대에서 장부로 쓰는 스프링 공책을 뒤적거리며 매상을 정리했다. 강주의 궁금증 어린 시선과 그에 호응하는 영오의 기운을 느꼈는지, 장부에 숫자를 적으며 말한다.

"새별중 애들이 하는 얘길 들었습니다. 자기네 학교 선생님이라고. 그 말이 생각나서 학교에다 전화를 걸었죠. 이름도 얼핏 들었구요."

그 긴 줄에 새별중 학생이 끼어 있었던 것이다. 의문이 풀렸다. 영오는 휴지로 입을 닦는 척하며 입가에 달처럼 휘영청 떠오르는 웃음을 감추었다. 걔들은 선생님 봤으면서 인사도 안 했네. 쌤통이다. 청소년과 교감하기로는 우주 최강 전문가라는 듯 잘난 척이더니. 남자는 장부 정리에 빠져들어 시간 외 손님을 잊는다.

"오, 갑자기 기분이 좋아진 것 같은데요?"

입이 문드러지도록 닦을 수는 없는 노릇이라 휴지를 뗐더니 웃음을 들켰다.

"아뇨? 무슨 소리예요?"

시치미를 뗀다. 강주는 영오를 바라보았다. 물끄러미, 뚫어지게. 왜 저러지, 고춧가루라도 꼈나. 영오는 숟가락에 잇새를 비추어 보고 싶었다.

"오는 말이죠, 냉동실 백설기 같단 말이에요."

"네?"

비명에 가까웠다. 냉동실 문을 열었다가 돌덩이처럼 딱딱한 백설기에 발등을 찍히는 바람에 절룩거리며 다닌 적이 있다.

"얼린 떡은 몇 시간 녹이면 말랑말랑해지잖아요."

그 말이 다였다. 영오는 세화가 교정지를 뽑아서 문제지만 주고 답지를 안 줬을 때와 비슷한 심리 상태가 되었다. 답답하고 갑갑했다. 당신은 상온에 놔둔 딸기잼 같아요, 이런 대사였다면 해설이든 해석이든 필요 없겠으나 냉동 백설기라니? 답지를 봐야 무슨 뜻인지 알겠는데 강주는 그런 거줄 생각도 않는다. 방정식을 암산으로 풀고 답은 자기 머리로만 알아두는 사람처럼.

그때, 웬 할머니가 셔터 밑으로 몸을 구부려서 가게에 들어왔다. 연분홍색 바지에 보랏빛 조끼를 걸치고 새하얀 머리카락을 고불고불 말았는데, 허리춤이나 쌈지에서 공작 털로 장식한 사랑의 부채라도 나올 차림새였다.

"어떻게, 맛있게들 먹었나?"

영문 모를 상황인 데다가 상대가 고령이고 위엄이 당당했으므로 영오와 강주는 엉거주춤한 자세로 의자에서 일어났다.

"나야."

영오는 그 말을 '나와'로 듣고 할머니에게 다가갔다. 할머니가 웃었다. 하얗고 고른 이, 틀니가 아니다.

"문옥봉이라고."

헐, 소리를 지를 뻔했다. 교정지에서 '헐!' 하고 놀라는 아이의 말을 '이런!'으로 고치고 온 차였다. 젊은 집필자들이 그렇게들 솔직하다. 영오는 머릿속의 언어 회로를 점검했다. 팔순이 다 되어 보이는 사람에게는 어떤 말을 써야 하나. 저 구석, 먼지 앉은 회선을 가동했다.

"저어, 외람된 말씀이오나⋯⋯."

강주가 입을 씰룩거린다. 영오는 당황했다.

"돌아가셨다고 들었습니다만?"

강주가 씰룩대는 입으로 큭, 웃었다. 영오는 웃지 않았다. 울고 싶었다.

"그랬다는구먼?"

옥봉이 대답했다.

"하도 테레비다 뭐다, 그 뭐야, 인타넷? 귀찮게 구는 사람이 많아서 난 요즘 가게에 얼씬도 안 해. 새벽에 내려와서 재료만 해놓지. 요 위가 살림집이거든. 심심하긴 해도 세상 거칠 것 없어라 편해. 나 찾는 사람 있으면 죽었다고 해라, 했더니만 정말 그랬다데?"

"전 그런 줄도 모르고⋯⋯. 죄송해요."

영오가 웅얼거렸다.

"내가 시킨 일인데 뭐. 자아, 앉자고. 앉아. 엽차 줄까?"

옥봉은 두 사람을 의자에 앉히고는 부엌에서 조그마한 주

전자와 잔 세 개를 들고 나왔다. 결명자차를 홀짝거리는 영오를 바라보다가 말하기를,

"내 짐작이 맞을 성싶은데? 오 씨 딸내미. 맞지? 눈매가 닮았어. 조선 마늘 같거든."

"말씀하시는 오 씨가 오, 호, 석이 맞는다면요."

영오가 말했다. 떨떠름한 평정을 되찾았다. 마늘도 조선 마늘이 뭔가. 베네치아 마늘이나 뉴욕 마늘이라 해서 멋있을 건더기는 없지만. 영오도 거울을 볼 때면 눈매가 아버지를 닮았구나 싶다. 달갑잖다. 얼굴에서 눈의 지분이 반인데.

"그래, 어쩔 땐 아비 이름이 길가 돌멩이지. 툭 차버리고 싶을 때가 있다니까."

옥봉이 웃었다.

"누가 날 찾아왔다는데, 얘기를 들으니까 혹시 오 씨 딸내민가 싶은 거야. 밑도 끝도 없이 그런 생각이 들더라고. 내가 오 씨한테 빚진 게 있어놔서, 그 양반 딸내미라면 그냥은 못 넘어가지. 나 죽었다고 씨부린 놈한테 찾아내라 채근했더니만 정말 찾았다데. 괜한 사람 오라 가라 했으면 어쩌나 싶었는데 딱 보니까 맞네, 맞아. 그래, 이 늙은 문옥봉이를 다 찾아온 사연이 뭔가?"

영오는 그간의 사정을 요약하여 밝히고, 증거품인 수첩을 보여주었다. 옥봉은 조끼 주머니에서 거북이 등껍질 무늬가 새겨진 안경집을 꺼내 돋보기를 썼다. 수첩을 한참이나 들

여다본다.

"아는 이라곤 문옥봉 하나구먼. 자네 이름이 영오야? 오영오?"

"네."

"그럼 이쪽은?"

옥봉이 강주에게 시선을 돌렸다. 강주가 고개를 숙였다.

"인사가 늦었습니다. 홍강주라고 합니다."

"선남선녀네."

옥봉이 웃는다.

영오는 눈에 띄게 불안해하며 강주를 힐끔거렸다. 아버지가 외동딸을 만나보라고 했다는 둥 소개팅이라는 둥 괜한 소리를 하면 안 되는데. 선남선녀의 위기에서도 빠져나갈 겸 궁금한 점을 묻는다.

"아버지한테 빚을 지셨다니, 그게 무슨 말씀인가요?"

"아, 그 얘기. 좀 길어지겠는데 어째? 나야 늙은이라 밤잠도 아침잠도 없지만 두 젊은이는 다를 텐데?"

"저는 방학이라 괜찮습니다."

강주가 말했다. 방학 나라의 시민이라 괜찮으시다? 영오는 아니꼬워하는 마음을 감추며 저도 괜찮아요, 웃었다. 내일은 토요일이니 늦게 출근해버릴 테다.

"자네 부친 얘기를 하자면 내 살아온 이력이 안 나올 도리가 없는데. 짧게 해볼까."

옥봉이 '지나간 삶, 흘러간 세월' 요약판을 공개했다.

내가 스물셋에 시집을 갔는데 그땐 그 나이도 노처녀였어.
시집살이? 뻔하지 뭐. 남편은 무뚝뚝하고 시부모는 엄하고
그랬지. 정이 안 붙어서 그런가, 애가 안 들어서더군. 눈앞이
캄캄한데. 남편이 외아들이었거든, 사대 독자. 몇 년 동안 별
짓 다 했지. 그래도 안 돼. 별수 있나? 독자라는데, 대를 이어
야 한다는데. 바깥양반이 아이를 낳아 오기로 했지. 호랑이
담배 먹던 시절도 아닌데 그런 일이 있었어.

어느 날 강보에 싸인 사내애가 집에 와 있길래 그날부터
키웠어. 묻지도 따지지도 않았어. 낳은 정보다 키운 정이라
지만 신열이 올라 볼이 시뻘겋고 비쩍 마른 그놈을 씻길 때
에, 낳은 어미 생각을 안 할 수가 없더군. 무슨 마음으로 젖
도 못 떨어뜨린 애를 보냈을까? 애초에 왜 낳기로 하였을
까. 뻔하다면 뻔하겠지.

그놈이야 무럭무럭 자랐어. 내 지금 와서도 말하지만 먹
이고 입히는 바라지만큼은 잘해줬거든. 내 입에 넣은 것까
지 빼줄 정돈 아니었어도 내 입에 넣을 걸 그놈 주기는 했
단 말야. 그게 내 팔자고 내 세월이었어.

녀석이 스물도 되기 전에 바깥양반이 죽었지. 앓다가 죽
은지라 한 푼 두 푼 모아놓은 재산은 거덜나고 집까지 날렸
어. 그런 꼴 보기 전에 시부모님 모두 돌아가셨으니 불행 중

다행이라 할까. 초상 치르고 나니 나한테는 돈 몇 장이랑 옷 보따리랑, 그래, 내 몸뚱이뿐이었어. 먹이고 입혀 키운 그 녀석하고 말이야. 저놈하고 먹고살아야지, 했어. 그런데 그 놈이 어쨌는 줄 아나. 집을 나갔지 뭐야. 저거 하나 보고 살 리 싶었는데 나 하나 남겨두고 떠났어. 기가 막히더군.

옷 보따리 껴안고 무작정 올라온 데가 여기야. 바닷바람 이 매서웠고 온통 갯벌이었지. 발길 닿는 대로 걷다 보니 이 동네더라고. 마트? 아파트? 그런 건 당치도 않았어, 그땐. 바 다 있고 사람 있고 그랬지. 해장국집 찬모로 몇 해 지냈어. 손이 맵짜고 바지런하다 보니까 주인아주머니가 날 좋게 여 겨서 가게 안에 딸린 방도 내주고 그랬지. 꼴에 과부라고 남 자들이 들러붙기도 했지만 난 꼴도 보기 싫더군.

해장국집 다음에 간 데가 김밥집이야. 저기 저쪽에 있던 집인데, 비빔밥도 팔고 부침개도 팔고 그랬어. 거기서 꽤 오 래 일했지. 내가 그런 복은 또 있었던지 주인 할매가 김밥 싸는 걸 가르쳐줬어. 쌀 씻어 안치는 것부터 김 고르는 방법 까지 죄다. 아무렇게나 둘둘 말아도 그만인 게 김밥이지만 제대로 하자면 또 골이 아프도록 끝이 없거든, 김밥이란 게.

할매 돌아가시고 내가 따로 가게를 내가지고 김밥 장사를 시작한 게 지금까지야. 가게 자리야 몇 번 옮겼지. 이 건물 이 지금은 내 거야. 눈 뜨면 밥하고 재료 다듬어서 김밥 말 고, 문 닫으면 자고, 또 눈뜨면 문 열고, 돈 쓸 시간이 없더라고. 안 쓰니까 모이데. 그 돈은 나 죽고 나서 좋은 데로 가게 얘기가 다 돼 있어. 똑똑한 사람들한테 부탁해서 서류를 꾸며놨지.

오 년 전인가, 그쯤일 거야. 어떻게 알았는지 아들놈이 날 찾아왔더라고. 어머니, 하면서 가게에 들어서는데 그 목소릴 듣기도 전에 내가 그놈 그림자를 먼저 봤거든. 바닥에 이렇게 늘어진 그림자를 말이야. 이상하게 가슴이 철렁 내려앉으면서 그놈이 왔는가, 싶었어. 맞더라고. 머리 여물기도 전에 집 나가 소식 한 장 없던 놈, 그놈이더라고. 날 수소문하느라 몇 해는 허송세월했다더군.

아주 사람이 못쓰게 돼서 왔어. 어디에서 뭘 하면서 떠돌았는지 폐인이 됐어. 기침도 콜록거리고 몸에서는 찌든 냄새가 나고. 병원엘 데려갔지. 성한 데가 없더라고. 그런데 내일 딸깍 죽을 건 또 아니래. 의사 말이, 고치는 데까지 고쳐서 사는 데까지 살아보라데? 죽을병은 아니고 골골 팔십이래.

그놈을 앉혀놓고 내가 그랬어. 네놈이 이제까지 뭘 했는지 묻지 않겠다. 처자식이 있냐고도 따지지 않겠다. 의지할 사람이 한 명이라도 있었다면 날 찾아왔겠느냐. 여기서 몸 추스르면서 김밥 일 배워라. 나 죽으면 다른 재산이야 갈 데로 가겠지만 이 가게만큼은 너한테 맡길 테니까 먹고는 살아라. 그놈이 그러겠다고 했어. 그러고 나서 지내면서 보니까 기운이 없는지 영 맥을 못 추더라고. 죽어라 먹여도 몸은 좀 나아지는데 기를 못 펴. 지금 와서 말이지만 병이 심했던 모양이야. 여기 여기, 머리 말야. 그 왜, 시든 배추처럼 축 처져서 촛농 같은 눈물을 줄줄 흘리고, 변비 걸린 까마귀처럼 우울해하는 병 있잖아. 그래, 우울증. 그거였던가 봐. 돌팔이 의사 같으니라고, 왜 그 중요한 걸 말 안 해줘? 아무리 내과래도 그렇지 두루두루 봐줘야 할 거 아냐.

자아, 들어보게. 이제 자네 부친, 오 씨가 나오니까.

어느 날 내가 장에 갔다가 와보니까 그놈이 집에 없어. 가슴이 또 철렁하더란 말이지. 그놈이 어머니, 하기도 전에 그림자를 봤을 때처럼. 아니나 다를까, 병원에서 연락이 왔더구먼.

달려갔지. 거기서 만난 사람이 오 씨야. 오 씨 말로, 자기는 학교 경비래. 요 뒤에 새별. 그날따라 설렁탕이 먹고파서 쉬는 시간에 먹으러 갔는데 웬 사내가 오더니 합석을 해도 되겠냐고 했단 거야. 이상했겠지. 자리도 많은데 굳이 앞에 앉겠다니. 그런데 얼굴을 보니까 거절을 못 하겠더래. 우거지상이었겠지, 뭐. 그러쇼, 하고는 얼굴 맞대고 설렁탕을 먹는데, 후루룩후루룩 국물을 넘기는데, 그놈이 울더라는 거야. 땀을 뻘뻘 흘리면서 울더라는 거야. 아주머니, 그걸 보는데 참 내 마음이 그렇습디다. 오 씨가 그러는데 듣는 내 마음은 어땠겠나. 오 씨가 자기 마음을 어쩌질 못해서 그놈

설렁탕 값을 치러줬다더라고. 밥을 사주고 싶었대. 그놈은 싫단 말도 않고 아저씨 고맙습니다, 건강하게 사세요, 했고. 오 씨가 설렁탕집 나와선 골목길 저 끝까지 걸어갔다가 아무래도 이상한 마음이 들어서 되돌아와 보니까……

옥봉은 결명자차로 목을 축였다.

시간은 자정으로 치달았다. 옥봉이 말을 멈추자 냉장고 윙윙거리는 소리, 시계 똑딱거리는 소리, 정수기 물통 꾸룩거리는 소리, 깊은 밤의 가게 안은 소리로 가득 찼다.

이야기가 이어졌다.

그놈이 건물 옥상에 올라가 있더란 거지. 뛰어내려 죽는다고. 한적한 골목이라 마침 지나가는 사람도 없이 그놈하고 오 씨 둘뿐이었대. 그놈은 저 위에, 오 씨는 이 아래에.

무슨 짓이오, 내려와요! 오 씨가 소리를 치니까 그놈이 손나팔을 이렇게 만들어서는 외치더래. 아저씨, 밥 같이 먹어줘서 고마워요! 나 혼자 먹었으면 정말 울어버릴 뻔했소. 실컷 울어놓고는 울어버릴 뻔했다니, 그놈 머리가 어떻게 되긴 된 모양이야.

그게 나하고 오 씨 인연이야. 오 씨가 그놈한테 밥을 사줬지. 그 허랑방탕하고 묵은 짚신처럼 문드러지고 세상 사는 재주라곤 꿈속의 제정신만큼도 없는 놈! 그놈한테 밥 먹여

준 사람 나 말곤 몇 되지도 않을걸?

그 뒤로 오 씨가 종종 가게에 왔어. 학교랑 가깝잖아. 김밥도 먹고 엽차도 마시고 나하고 화투도 치고 그랬지. 자네얘길 한 두어 번 했나? 딸자식이 하나 있는데 예전부터도데면데면하긴 했지만 마누라 죽고 나서는 강 건너 불구경처럼 더 멀고 먼 사이가 되어버렸다고. 그런데 불구경이 하나도 재밌질 않고 가끔 내 가슴에서도 불이 일어요. 아주머니, 일이 왜 이렇게 되어버렸는지 모르겠어요. 오 씨가 한탄해서 내가 그랬지. 오 씨, 나도 모르는 내 마음을 누가 알겠수? 사람들은 몰라요. 사람들은 몰라, 아무것도.

오 씨랑 두런두런 얘기하다 보면 답답한 인생살이야 시원해질 리 없지만서도 사람이 얼마나 미련한 종자인가 싶어서우습기는 하더군. 웃고 털어버리게 되더라고. 그 어리석은종자 중에 내가 제일 불쌍하지. 사람이 나이 먹으면 말이야,자기만큼 불쌍한 사람이 없어요.

오 씨랑 나랑 우린 그랬지, 물끄러미 보며 허허 웃는 사이였어. 길 가던 사람이 쭈그리고 앉아 바닥에 괸 물을 이러고들여다보듯이, 보면서 혀를 차듯이, 그랬어. 물에 뭐가 보이겠어. 자기 얼굴이나 보이겠지.

이야기를 끝낸 옥봉이 계산대를 가리키며 말했다.

"저놈이야. 내 아들, 덕배."

"저어, 돌아가셨다고 들었습니다만?"

강주였다.

"이 사람아, 내가 언제?"

"그게, 이야기 전개상……."

옥봉이 어깨를 움츠리더니 호홋, 웃었다.

"총각은 연속극도 안 보나. 연속극에선 노상 그러잖아, 왜. 조마조마한 장면에서 똑 잘라먹고, 능청 떨고."

영오는 덕배를 바라보았다. 마른 몸, 까만 얼굴, 희끗희끗한 머리털. 자세히 보니 고생깨나 한 풍모다. 그러나 아팠던 사람 같기는 해도 아픈 사람으로 보이지는 않는다. 옥상에서 떨어져 죽은 사람으로는 더더욱.

"오 씨가 어르고 달랜 덕분에 저놈 안 죽고 살아서 걸어 내려왔어. 내가 오 씨한테 진 빚이 그거야. 그 난리를 쳤으니 기가 좀 빠져? 오 씨가 저놈 영양 주사라도 맞힌다고 병원엘 데려간 거지. 내가 그 빚 갚는다고 공짜 김밥 많이도 먹었다오."

그러더니 수양아들 덕배를 향해 말한다.

"장부 정리 똑소리 나게 했냐? 저번처럼 틀렸단 봐라."

"어머니부터 재료 산 것 좀 또박또박 적어놓으세요. 글씨를 알아볼 수가 있어야지."

죽다 살아난 덕배가 노모에게 말대꾸를 한다. 옥봉이 입맛을 다시더니 아들 홍을 본다.

"살려놨더니 저러잖아. 오 씨가 말로 살렸으면 나는 먹여서 살렸는데. 닭도 고아 먹이고 더덕도 두드려서 무쳐주고. 우울증 약, 그것도 먹였거든. 요즘도 먹어. 덕배 너 이놈, 죽을 생각 있냐?"

"없어요."

"없다네."

옥봉은 만족스러워하는 얼굴로 고개를 끄덕이더니, 조끼에서 색동천으로 만든 두루주머니를 꺼냈다. 신사임당이 나온다.

"택시 타고 가, 응? 늙은이가 젊은이들 붙잡아뒀는데 택시라도 태워 보내야지."

두 사람은 사양을 생략하고 감사합니다, 돈을 받았다. 자정이 넘었다.

"또 와. 오 씨가 갔으니 이젠 자네가 와야지. 아버지가 내 동무였으니 딸도 그렇게 하자고."

영오는 아무런 말도 없이 고개를 숙였다.

"초상집 못 가봐서 미안하단 얘기는 안 해. 불러야 가지. 한참을 안 오길래 학교에다가 물어봐서 알았어."

옥봉은 신음을 흘렸다. 가슴 깊은 곳에서 나오는 소리였다. 낡은 냉장고가 깊은 데서 우우웅 소리를 내보내듯이.

두 사람은 택시에 올랐다. 같은 방향이었다. 강주가 먼저,

영오가 나중에 내린다. 창밖으로 한겨울 밤 풍경이 스쳐갔다. 달리는 차는 많았지만 걷는 사람은 드물었다. 오래된 동네의 조용한 밤이다.

"다시 올 겁니까?"

강주가 물었다.

"…… 몰라요."

온다는 소리였다.

"찾아가자고 할 때는 미적지근하게 굴더니, 어때요? 오길 잘했죠?"

영오는 손가락으로 창문에 의미 없는 그림을 그렸다.

"할머니가 약속하셨거든요. 아까 홍쌤이 택시 잡을 때."

"뭘 약속하셨는데요?"

"나중에 돌아가실 때 되면 김밥 만드는 방법 알려주신다고요."

옥봉은 영오에게 약속뿐만 아니라 부탁도 했다. 글씨 예쁘게 쓰라고 연습하는 책, 그것 좀 사다 줘. 덕배 놈이 하도 구박을 하니. 골목 어귀인데도 덕배에게 들릴까 봐 쑥스러운지 소곤거렸다.

"그 김밥 언제 먹으려나 모르겠네요. 만수무강하실 듯한데."

"뭘 내가 싼 걸 다 먹으려고 그래요. 사 드세요."

"이봐요, 오."

148

영오가 강주 쪽으로 얼굴을 돌렸다.

"나한테 왜 그래요?"

"내가 뭘요?"

"나만 보면 속으로 이 인간 저 인간 하잖아요. 안 들릴 줄 알아요? 사랑의 속삭임이 새어 나오듯이 미워하는 소리도 다 들립니다."

수학 교사가 시 쓰려고 애쓰네. 영오는 푸후 웃었다. 첫 만남부터 꼬였다느니 방정식이라느니 참으로 솔직하게 나오시고, 오늘만 해도 꽝꽝 언 백설기가 뭐? 하지만 영오는 알았다. 강주 옆에서 자기가 조금씩 녹아가고 있다는 것을. 그렇다고 해서 말랑말랑하냐면 천만에, 녹지 않은 부분이 많고도 단단하여 강주의 발을 찍는다.

"그럼 홍쌤도 뭐든 신통한 거 하나 알려준다고 약속하든 가요."

"나 죽을 때요? 그렇게 까마득한 약속은 못 합니다."

그러시겠지. 천년만년 만수무강하실 테니.

한참 뒤에 보니, 차창을 내다보는 강주의 옆얼굴이 무겁고 어두웠다.

"공미지, 그 친구가 삼학년이랬죠?"

강주가 낮은 목소리로 물었다. 영오는 고개를 끄덕였다.

"아까 할머니 말씀 듣는데 생각나는 녀석이 있었어요."

"누구……?"

강주가 망설이다가 대답했다.

"작년에 자살한 학생. 살아 있었다면 이번에 졸업이죠. 내가 가르친 애는 아니에요. 왜 그렇게까지 했을까, 그 녀석. 다들 쉽게 말하지만……."

택시가 우회전했다. 거리가 밝아지면서 사람들이 북적거리고 차들의 속도도 빨라졌다. 모퉁이 하나로 다른 세상에 들어선 듯했다. 영오는 달라진 세상을 바라보며 말했다.

"어떻게 알겠어요. 사람들은 몰라요. 아무도, 아무것도."

10.

환경미화원 도로시

지하철이 덜컹거리더니 속도를 늦추었다. 미지는 두출이 의뢰한 심부름을 하러 가는 길이었다. 지하철로 15분쯤 달려왔으니 예전에 비하자면 원정 심부름이다. 목적지는 다음 역.

"거기 가면 청소하는 여편네 있을 거여. 좀 보고 와."

오늘 아침 두출이 맡긴 임무다. 두 사람은 702호와 703호 사이 칸막이에 난 인간용 세모 구멍 앞에서 접선했다. 버찌는 제 집에서 코 골며 잔다. 미지도 이불 속에 있어야 할 시간인데 두출이 지팡이로 칸막이를 두드리는 통에 일어났다. 눈은 게슴츠레하고 머릿속은 꿈결이었다. 그래도 몸은 따뜻하다. 아빠의 침낭을 담요처럼 둘렀으니까. 아빠는 아침 일

찍부터 닭을 손질하러 갔다.

"보다니요? 뭘요?"

미지가 하품을 하며 물었다.

"뭐긴, 사람이지."

"사람 누구?"

"내 말을 귓구멍으로 들은 거여, 콧구멍으로 들은 거여!"

두출이 지팡이로 칸막이를 쾅, 쳤다. 잠이 달아난다. 듣기
좋은 소리는 아니지만 효과는 있다, 쾅!

"아, 맞아. 청소 아줌마. 근데 왜요?"

"하기 싫어? 싫으면 관둬!"

"그럼 그럴까요."

잠에서 깨니 머리가 돌아가기 시작했다. 세게 나가도 되
겠구나 느낌이 온다. 이상하지 않은가, 지하철역에 가서 열
차도 아니고 철로도 아니고 사람을 보고 오라니. 그것도 오
늘도 열심히 청소하는 아줌마를. 왜, 어째서? 이건 뭔가 있
다. 미지가 거절해도 두출 쪽에서 거두지 못할 제안이다. 미
지는 건조한 코를 킁킁거렸다. 냄새가 난다. 튀긴 닭처럼 고
소한 의혹의 냄새가.

"나이도 어린 애기가 왜 그렇게 마음이 모질어? 멀지도
않구만, 어렵지도 않구만."

아니나 다를까, 목소리에 호소력이 넘쳐난다. 요 꺼비 할
아버지, 걸려들었다.

"그럼 할아버지가 직접 가시면 되겠다. 그죠?"

"이놈의 다리만 안 아프다면야 생돈 안 쓰고 내가 갔지."

거짓말, 미지는 벽을 향해 혀를 날름거렸다. 두출은 화장실에서 외발로 서서 발을 닦다가 미끄러져 다리를 다쳤는데, 걸어도 될 만큼 나은 다음에도 바깥출입을 대단히 자제하는 중이다. 식료품이나 생필품은 슈퍼에 전화로 주문해서 받았고, 쓰레기도 일주일에 한 번만 버렸다. 매달 하루, 병원에 갈 때만 아파트 단지 밖으로 나갔다. 요즘 들어서는 장보기와 쓰레기 버리기도 미지가 대신했다. 병원 가기야 미지 몸이 두출 몸도 아닌데 대신할 일이 아니고. 두출은 15평짜리 집 안에서 별것도 아닌 일로 심화를 끓였지만(버찌 똥냄새가 지독하다, 옆집 애기가 돈을 밝힌다, 집에 개미가 끓는다……) 집에 틀어박혀 지내는 하루하루가 적성에 맞는 모양이었다. 울고 싶은 김에 뺨 맞았다는 식으로, 바깥세상 꼴도 보기 싫었는데 다리야 너 잘 삐었다 식이랄까.

"살아는 있는지 응, 먼발치서 보고 오란 거여. 늙은이 말 좀 들어. 내가 살면 얼마를 산다고? 나 오래 못 살어……."

미지가 뜸을 들이려니 두출은 애가 타는지 읍소 작전으로 나왔다. 심부름 비용 흥정에 돌입할 때다. 두출은 어린 놈이 돈 밝힌다고 역정을 내면서도 차비까지 대겠다고 했다. 미지는 지하철로 15분이면 꽤 먼 거리이므로 오가다 보면 필연적으로 배가 고파질 테니 간식 비용까지 받아야겠다고 주장했다. 두출은 요즘 세상에 15분은 엎어지면 코 닿을 덴데 배 속에 돼지가 들어앉았나 무슨 간식이냐고 반론했다.

"그럼 할아버지가 한번 엎어져보시든가요. 코 닿나 봐드릴게요."

"먹어라, 먹어! 엿이든 군밤이든 처먹어!"

협상은 미지가 원하는 조건으로 타결되었다.

"요령 없이 힐끔힐끔 엿보다가 들키지나 말어. 안 해도 될 소리 하지 말고. 그냥 멀리서 보기만 혀, 보기만."

멀리서 청초한 눈빛으로 보기만 하라니, 숨겨둔 비련의 연인이라도 되나? 미지가 알아낸 바에 따르면, 꺼비 할아버지와 결혼해준 자비로운 할머니는 이 년 전에 세상을 떠났다. 동물 병원에서 할머니 잘 계시냐고 하던데요, 전하자 두출은 할망구 죽은 지가 언젠데, 화를 냈다. 관 묻고 나서 춘하추동이 두 바퀴를 돌았어! 그러고서 오랫동안 말이 없었다.

지하철이 섰다. 내리니까 이 역, 넓다! 크다! 복잡하다! 환승역인 데다가 지하상가까지 있다. 여기에서 청소하는 아줌마를 어떻게 찾나? 이 정도 규모면 환경미화원이 한 명뿐일 리도 없을 텐데. 미지는 당황하거나 포기하지 않았다. 걷기 시작했다. 두드리면 열린다고 했으니 걸으면 찾겠지. 닭을 기름에 넣으면 알아서 튀겨진다는 식이었다. 신 여사는 이런 성격을 못 견디고 딸을 볶으려 들었지만, 미지는 노릇노릇해지는 정도라면 모를까 시꺼메질 때까지 들볶이고 싶지

는 않았다. 중학교 삼 년, 충분히 노릇노릇해졌다. 황금빛이
다. 신도시의 중학교에만 다니게 놔뒀어도 고등학교 안 가
겠다는 얘기는 안 나왔을 것이다. 개나리아파트에서 신도시
로 이사 갈 때, 신 여사는 본인 주소만 옮기고 미지와 남편
은 놔두었다. 잘사는 동네 애들은 공부도 잘할 테니 이 동
네 중학교에 배정받아야 미지에게 유리하리라는 계산이었
다. 가짜 주소로 고생한 사람은 미지였다. 집에서 학교까지
버스로 돌고 돌아 50분이나 걸리는 바람에 성가시고 잠도
부족해서 죽을 지경이었다. 또 그 학교만 아니었다면 그 애
를……. 식은땀이 등줄기를 타고 흐르며 소름을 핥았다. 미
지는 걸었다. 아줌마를 찾아야 해, 다른 건 생각하지 마! 자
칫 잘못하다가는 이 와글거리는 역사 한가운데서 공포에 잡
아먹힌다. 움직여, 멈추지 마! 2번 출구 쪽으로 향했다.

계단을 올라 층계참 근처에 이르렀다. 창백해지려던 미지
의 얼굴에 핏기가 돌아왔다. 단번에 찾았다. 보니까 알겠다.
저 사람이다.

층계참 뒤쪽, 간이매점이 있다. 신문과 껌, 생수, 과자, 복
권 따위를 파는 곳이다. 그 옆에 중년 여자가 작업복 차림으
로 쭈그리고 앉아 담배를 피운다. 니코틴과 타르를 빨아들
일 때면 볼이 홀쭉해지고 내뱉을 때면 문신한 눈썹이 움찔
댔다. 담배는 짧아지고 연기는 길어진다. 꼬리를 빼며 계단
으로 올라가는 연기. 역 안팎으로 오가는 사람들 중 몇몇은

담배 피우는 환경미화원을 보고 눈살을 찌푸렸다. 누군가 신고한다면 벌금을 물 텐데.

미지는 환경미화원 아줌마를 보며 여자판 꺼비인데, 생각했다. 그만큼 두출을 닮았다. 숨겨둔 연인이 아니었다. 그 성마른 할아버지에게 아내만도 놀라운데 연인이라니, 신빙성이 떨어지는 가설이기는 했다. 아버지와 딸, 이제 말이 된다. 아버지가 심부름꾼을 보내어 딸을 '대신' 본다? 사이 나쁜 부모와 자식은 신 여사와 미지 말고도 널렸다. 두 모녀가 모르는 척 지낸 지 몇 주는 됐다. 아빠는 둘을 화해시키려고 시도하지 않았다. 신 여사는 고집이 쇠심줄이라 하기 싫은 말은 안 했고, 미지는 귓등이 두꺼워서 듣기 싫은 말은 안 들었다. 난 모르겠다, 모르겠어. 아빠는 침낭에 파고들며 잠꼬대처럼 중얼거렸다. 콩기름 냄새에 멀미를 해서 그런지 핼쑥해졌다.

"담배 좀 작작 피워. 사람들 도끼눈 뜨고 지나가는 거 안 보여? 지금까지 신고 안 당한 것만도 용치. 임 과장 귀에 들어가면 어쩌려고. 한 번만 더 걸려라, 벼르고 있을 텐데."

매점 옆문이 열리더니 주인아줌마가 잔소리했다. 매점 아줌마는 메리, 환경미화원 아줌마는 도로시다. 미지가 그렇게 정했다.

"임 과장 그 인간, 암것도 모르고서 똥이 된장인 줄 알고 찍어 먹으려 드는 걸 내가 하나부터 열까지 미주알고주알

가르쳐놨더니만 이젠 짬밥 좀 된다고 날 어쩌려고 들어?"

도로시는 쉼표도 없이 투덜거리면서도 담배꽁초를 바닥에 문질러 불을 껐다. 그리고 손으로 공중을 휘저어 연기를 흩날린다. 미지는 계단 옆 벽에 기대어서서 휴대폰을 보는 척하며 메리와 도로시가 나누는 대화에 귀를 기울였다. 두 출은 보라고 했지 들으라고는 안 했지만 시키는 대로만 하라는 법도 없는 법. 정체를 들키지 않고 헛소리만 안 하면 되니까, 그쯤이야. 미지는 바보가 아니었다. 똘똘한 편이었다. 신 여사가 괜한 걱정을 접고 신도시 중학교에 보냈어도 성적은 비슷했을 것이다.

메리가 김이 오르는 종이컵을 건넸다. 도로시는 쭈그려 앉은 채 팔만 뻗어 컵을 받더니 몇 모금 마셨다.

"커피 타는 건 기가 막혀?"

"물을 콸콸 부으면 안 돼. 매정하다 싶을 정도로 조금만."

"물이 매정한가, 사람이 매정하지."

"아들은 아직도 연락 없어?"

손님이 오는 바람에 대화가 끊겼다. 도로시는 커피를 홀짝이며 먼 곳을 바라보았다. 그러고는 생수를 사 가는 사람의 뒷모습으로 시선을 옮겼다. 아들뻘 됨 직한 젊은 남자였다.

"죽었으면 죽었다고 연락 오겠지, 뭐."

"마음에도 없는 소리, 흉한 소리."

"무소식이 희소식이라잖아."

"무소식도 두 해를 넘기면 불효야. 그래, 사람이 매정타."

"이 여편네가 뭘 안다고 씨부려."

"살가운 이웃사촌보다 감감무소식 아들이라 이거지? 과부끼리 이러지 말자."

"당신도 자식 키워봤으면서 그런 소릴 해? 시집 장가까지 보낸 여편네가……."

"아, 여편네 여편네 하지 말어. 나도 물건 갖다주는 사람한텐 사모님 소리 듣는다."

말해놓고 메리가 웃는다. 도로시도 픽 웃더니 남은 커피 몇 방울을 입 안에 털어 넣고 담배꽁초를 줍는다.

"인터넷 좀 뒤져보지? 거기에 다 나온다던데."

"난 그런 거 못해."

"나라고 할 줄 아나. 누구 젊은 사람한테 부탁해봐."

"젊은 사람 누구? 내가 제일 젊네, 내 주변에선."

"우리 딸한테 말해볼까?"

"아이, 됐어. 남사스럽게."

"그럼 심부름센터 같은 데다가 맡기든가."

심부름센터라, 미지의 귀가 콧구멍처럼 벌름거렸다. 심부름이란 미지에게 이로운 단어다. 벽에서 몸을 떼고 매점으로 걸어갔다. '집에서 직접 만듬.' 매점 창문에 붙은 종이다. '만듬'을 '만듦'이라고 고쳐 써주면 오쌤이 칭찬할 텐데. 종이 아래의 바구니 안에는 쑥색 떡이 열 덩이 정도. 미지가 바구니를 살펴보자, 일어나서 대걸레를 챙기던 도로시가 말했다.

"개떡이야, 쑥개떡. 맛있어요. 내가 아침에 찐 거야."

아, 위탁 판매인가. 매점 안에서 메리가 거들었다.

"할머니, 할아버지 드려봐. 좋아하실걸?"

그 말에 도로시가 핀잔을 주었다.

"요즘 누가 노인네들 모시고 산다고."

"네 개 주세요."

메리가 네 개나, 하는 눈으로 미지를 보았다.

"할아버지랑 나눠 먹으려구요."

계산 반, 충동 반으로 대답했다. 이번에는 도로시가 미지를 훑어보았다. 미지도 도로시를 뜯어보았다. 불거진 광대뼈와 넓적한 턱. 지팡이처럼 긴 대걸레도 들었겠다, 이마에 주름살을 몇 줄 파본다. 판박이다. 꺼비 할아버지가 자세한 설명도 없이 청소하는 여편네라고만 한 이유를 알겠다. 그나저나 도로시의 아들은 왜 집을 나갔을까. 도로시는 왜 꺼비 할아버지를 보러 오지 않을까. 이 세상의 콩가루 집안은 본인 집을 제외하고는 항상 미지의 흥미를 끌었다.

"기특하네, 어린 학생이 할아버지를 다 챙기고."

도로시가 말했다.

"아파트 사니까 재미없대요. 먹는 낙으로 사신대요."

몇 번 못 보기는 했으나 두출은 굽다 만 오징어 다리 같다. 가스레인지와 벽 사이로 떨어져 몇 달 묵은 오징어 다리처럼 말라비틀어졌다. 사 오라고 시키는 식료품도 버섯, 김, 어묵, 달걀, 두부, 이 다섯 가지에서 벗어나는 일이 드물다. 버섯과 김과 어묵과 달걀, 두부를 버찌에게 주고 두출은 물만 마시고 산다 해도 믿겠다.

"하긴 이 동네가 복잡하기만 하지 노인네들 할 건 없지."

"전 다른 데 살아요. 개나리아파트요."

미끼를 던진다.

"개나리아파트? 저기 터널 지나서?"

도로시가 한 발 앞으로 다가왔다. 물었구나. 미지가 해맑은 눈빛으로 고개를 끄덕였다.

"몇 동 사는데?"

너무 캐묻는다 싶었는지 우물쭈물하며 덧붙인다.

"아니, 나도 아는 사람이 거기 살아서 그렇지."

메리는 그새 작은 텔레비전으로 드라마를 보느라 정신이 없다.

"2동이요. 702호."

도로시의 눈썹이 팽팽해졌다. 피곤한지 눈에 핏발이 섰는데 눈썹만은 어디서 떼어다가 붙인 듯 성성했다. 너 누구 사주를 받고 여기 왔니, 도로시가 알아차릴지도 모른다고 미지는 각오했다. 이런 우연이 어디 있겠는가, 모르면 바보다. 신 여사라면, 미지라면 속지 않는다. 그러나 속고 속이는 일도 취향과 성향을 타는 법, 허튼수작이 안타쯤으로 이어지기도 한다. 실패한다면 두출은 미지를 잡아먹으려 들 것이다. 그렇게 신신당부를 했는데 괜한 짓을 해서 늙은이를 망신시켜! 그래도 성과가 없지는 않겠지 싶었다. 도로시가 할아버지에게 연락할 핑계가 생길 테니까. 어린애 시켜서 무슨 염탐을 하는 거예요? 703호에도 목청 높여 따지는 소리를 전할 전화기는 있지 않겠는가. 전화기가 없다 해도 문은 있다. 대답해라 열어라 두드릴 문 말이다.

"요즘 아파트는……,"

도로시가 말했다.

"옆집에서 사람이 죽어 나가도 모를 거야."

도로시는 또 먼 곳을 바라본다. 발길이 잠시 그친 계단, 길을 잘못 찾아든 햇빛 한 줄기가 벽에 어른거렸다. 미지는 도로시를 잘 봐두었다. 잠재적 고객이니까. 집 나간 아들의 행방을 찾아달라고 부탁할지도 모르는 손님. 메리도 도로시에게 심부름센터를 추천한 마당이다. 인터넷 검색으로 사람 찾기라면 박수 치며 풍선껌 씹기보다 쉽다.

"할아버지가 좋아하시면 또 사러 올게요."

"학생이 착하기도 해라."

미지는 인사성 밝은 효손에게 어울리는 상큼한 웃음을 지으며 뒤돌아섰다.

개나리아파트로 돌아가는 지하철, 한 정거장 전에 내렸

다. 새별중학교 근처였다. 배가 고팠다. 개떡은 성질이 개떡 같은 할아버지, 어느 날 딸깍 죽어도 미지와 버찌 말고는 아무도 모를 꺼비 할아버지와 나눠 먹어야 한다. 골목길로 들어가 좀 걸으니 긴 줄이 나왔다. 문옥봉 김밥, 여기가 최고다. 한글은 세종대왕이고 김밥은 문옥봉이다. 줄 끝에 서며 눈짐작을 해보니, 꽤 기다려야 할 듯싶다. 오쌤에게 전화를 걸었다.

"오쌤."

"응."

"저 지금 김밥 먹으러 왔어요. 문옥봉 김밥, 완전 맛있거든요."

꼴깍, 침 삼키는 소리가 들려왔다. 오쌤, 홍쌤과 여기 왔을지도 모르겠는데? 미지는 생각했다. 천둥 같은 직감이었다. 미지는 비전문적인 천재일지도 몰랐다. 한 끗 빗나간 어설픈 탐정일지도 모르고.

"근데 문옥봉 할머니가 죽었단 소문이 있거든요?"

미지가 손으로 전화기를 감싸며 목소리를 낮추었다.

"뻥일걸요, 아마."

"그걸 어떻게 알아?"

"먹어보면 알죠. 옛날 맛 그대론데."

"백 년쯤 산 사람처럼 말하네."

"백 년 살아봤자 똑같은 짓 또 하겠죠, 뭐."

"무슨 짓?"

미지의 얼굴에 어둠이 스쳤다. 미지는 고개를 숙이고 발부리로 아스팔트 바닥을 긁을 뿐 대답하지 않았다. 오쌤은 허 이사가 긴급 소집한 회의에 참석하러 갔고, 미지는 전화를 끊었다. 발을 내려다보며 줄어드는 줄에 따라 몸을 움직인다. 잠에 빠진 채 이마를 긁는 사람처럼 무의식적인 몸짓이다.

"몇 줄 드려요?"

차례가 돌아왔다. 미지는 정신을 차린 듯 고개를 들었다.

"두 줄, 먹고 갈게요. 저기, 할머니는 잘 계시죠?"

"돌아가셨는데요."

"아하. 안부 전해주세요."

아저씨는 말이 없었다.

김밥을 다 먹은 뒤에, 개나리아파트까지 걸어가기로 했다. 추웠지만 걸을 만했다. 배 속에는 문옥봉 김밥이, 주머니 속에는 도로시 개떡이 있는데 추위쯤이야. 목공소가 보이자 미지는 느긋한 나그네처럼 목련나무로 다가갔다. 겨울이지만 가지 끝에 사알짝 변화가 생긴 것도 같았다. 자세히 보면 보인다. 마음을 다하여 보면.

목공소 앞 작업대에서 대패질을 하던 철수 씨도 목련나무를 올려다보았다. 고개를 많이 젖힐 필요는 없었다. 크지 않은 나무다.

"꽃이 언제 필까요?"

미지가 물었다.

철수 씨가 입바람으로 대팻밥을 날리더니 대답했다.

"봄비 내리기도 전에."

11.

2월 14일에 일어난 일

2월, 추위는 누그러들 기미가 뚜렷한데 회사 일은 기세가 등등해졌다. 방학에 나와야 할 책이 있다면, 개학하자마자 짠 나타나야 할 책이 있었다. 사장은 담뱃재 냄새가 나는 커피 한 통을 미니 냉장고 위에 올려두고서는 직원들을 물심양면으로 재촉했다. 영어과는 분지르면 허연 단면이 보이는 가짜 초콜릿까지 하사받으며 편애를 당했다.

"갑자기 일정을 당기면 어쩌라는 거야. 피부 클리닉 이 주짜리 끊어놨는데, 진짜."

준미는 탁상 달력의 2월 28일(사장이 앞당긴 마감일이었다)에 몇 겹으로 동그라미를 쳤다. 악의적으로 붉은 색이었다.

"이 주씩이나, 꿈도 크다. 우리가 언제 안 바쁜 적이 있었다고."

세화가 왼손으로 턱을 괸 채 오른손으로 마우스를 움직이며 말했다.

"덜 바쁜 적이야 있었다고도 전해져 내려오죠."

영오가 말했다. 교정지에서 눈을 떼지 않은 채 입만 움직인다. 점심시간이었다.

휴대폰이 울렸지만 영오는 까다로운, 솔직히 말하자면 쑥개떡 같은 문장을 손보느라 전화 받을 정신이 없었다. 덕지덕지 발린 수정 테이프 위에 마침표를 찍고 다음 장으로 넘어가는데 전화가 다시 왔다. 문옥봉 할머니. 회의실로 갔다. 초록색 전화기 모양을 터치하며 습관처럼 창밖을 바라보았다. 잔디는 싯누렇고 나팔꽃은 무소식이다.

"왜 안 오는고?"

증조할머니 같은 말투였다. 손주 주려고 벽장 안에 숨겨둔 꿀 항아리를 묵히기만 해서 심통이 난 할머니.

"죄송해요. 너무 바빠서 못 갔어요."

강주는 날마다 문자메시지를 보내왔다. 옥봉 할머니 댁에 안 갑니까? 영오는 코웃음을 쳤다. 가면 뭐? 자기를 데려갈까 봐? 김밥이라도 사다 줄까 봐?

"젊으니까 바쁘겠지만 아무리 젊어도 그렇지 뭘 그렇게 바빠."

"회사 일이 좀 많아서요."

옥봉이 혀를 찼다.

"죽어라 일만 하다가 나보다 먼저 죽을 일 있어?"

영오는 웃었다. 얼마 전까지만 해도 죽어라 일만 하며 살아온 옥봉의 인생 내력을 들었기에. 그 세월 거쳐 옥봉은 늙었고, 고된 일에서도 한 발짝 물러섰다. 밤마다 두꺼운 보료에 몸을 누일 때면 뼈마디에서 아이고 소리가 흘러나올 것이다. 오지 않겠다 투정 부리는 잠을 이리 오라 부르는 자장가처럼.

"짬 좀 내봐. 보고 싶어서 그래."

나팔꽃이라고는 흔적 없는 잔디밭을 내다보는 영오, 보고 싶다는 말에 코끝이 찡해진다. 모르던 사이인데, 한 번 보았을 뿐인데.

"네, 며칠 안으로 갈게요."

"꼭 와?"

네, 하고 영오는 대답했다. 네, 갈게요.

다음 날 7시, 영오는 보조 가방으로 쓰는 에코백에 교정지 한 뭉치를 넣고 퇴근했다. 지하철, 노약자석 근처에 선 채로 가방에서 서류 봉투를 꺼낸다. 그 안에는 얇은 책 한 권과 만년필 한 자루, 잉크 한 병. 책은 바르고 예쁜 한글 쓰기를 가르쳐준다는 교본이었다. 옥봉을 만난 다음 날 주문

167

했는데 오늘에서야 가져간다. 만년필과 잉크는 책상 서랍에서 찾았다. 일 년 전쯤에 새로운 도구라도 쓰면 일이 재미있어질까 싶어서 샀다. 이면지에 선만 몇 개 그어보고는 모셔둔 신문물이다. 만년필촉과 컨버터에 엉긴 채 굳은 파란색 잉크를 씻느라 고생했다.

김밥집에 도착했더니 영업은 끝났다. 준비한 재료가 동나면 문을 닫는데, 그 시간이 언제인지는 대중없는 가게였다. 문 닫았다는 표시로 셔터를 조금 내린 가게 앞을 기웃거리려니 덕배가 나왔다. 영오가 오면 안내해주라는 얘기를 들었는지, 건물 출입구를 가리킨다.

"3층이에요. 제일 안쪽 집."

영오는 건물 안으로 들어가 계단을 올랐다. 초인종을 누르려는데 문이 열렸다.

"목 빠지기 전에 왔네."

옥봉이었다. 발소리를 들었나 보다. 영오는 인사하고 집 안으로 들어갔다. 오래된 사람이 오래 산 집이었지만 살림이 많지 않아 헐렁한 느낌을 주었다.

"작년부터 정리를 좀 했지. 나이 먹으면 언제 갈지 모르니까 조금씩 해둬야 돼."

슬쩍 둘러보는 영오를 눈치 채고 옥봉이 말했다.

안방에는 개켜진 자주색 보료, 장롱과 구식 텔레비전, 자개 문갑, 낮은 탁자와 방석. 두 사람은 탁자를 사이에 둔 채

방석 위에 앉았다. 영오가 가방에서 서류 봉투를 꺼내려는데 옥봉이 내 정신 좀 보게, 일어나 방을 나갔다. 잠시 뒤에 쟁반에 잔 두 개를 받쳐서 들어온다.

"매실차야. 내가 담갔어."

따뜻하고 달콤하고 새콤했다. 목구멍을 타고 넘어간 차가 몸을 데웠다. 옥봉은 돋보기를 쓰더니 봉투를 열었다.

"별걸 다 챙겨 왔네."

글씨 교본과 만년필, 잉크를 만지고 살피며 초등학교 입학을 앞둔 어린아이처럼 눈을 빛낸다. 어깨를 움츠리고 손으로 입을 가리며 킥킥 웃기까지. 미지도 저렇게 웃을 거야, 영오는 생각했다.

"만년필은 잉크 채워놨어요."

옥봉이 책을 펼치더니 자음부터 쓰게 되어 있는 첫 장 첫 칸에 만년필촉을 댔다. 처음에는 손이 떨렸지만 안정을 찾는다. 옅은 선을 따라 기역, 니은을 쓴다기보다는 그린다. 손등에 검버섯이 피었고 손마디가 굵다.

"덕배 그놈, 글씨가 내 얼굴만치 예뻐져야 타박을 안 하려나. 늙어 쭈그러졌어도 내가 인물은 봐줄 만하지?"

"그럼요."

귀여우세요, 하려다가 말았다. 주머니에서 나온 사랑의 부채로 쓰다듬을 받을 것 같아서.

"자네도 고와. 알아볼 눈은 알아볼 텐데, 그 총각은 어떨까 모르겠네."

그 총각, 강주? 영오의 웃음이 어색해졌다. 아버지가 옥봉 할머니에게 강주에 대해 말한 적이 있을까? 어떤 사람이라고 했을까. 묻기 전에는 모를 일이지만 묻지 않겠다. 고개를 숙이고 매실차나 마신다. 잔 손잡이에 손가락을 넣는데 손끝이 거칠거칠한 안쪽 면에 닿는다. 각질이 일어난 가파른 턱선, 강주다. 면도하고 척척 바르는 스킨으로는 해결 안 되는 건조함. 꽃밭에 돋아난 잡초를 뽑듯 그 건조함을 없애고 싶었다. 그럼 그 사람이 꽃밭이란 말이야? 말도 안 된다. 똥거름 뿌린 꽃밭이라면 모를까. 매실차를 한 모금 마시고 또 고쳐 생각하기를, 똥거름이라니 좀 심하잖아. 별달리 잘못한 것도 없는데. 오는 말이죠, 냉동실 백설기 같아요. 강주가 한 말이 떠올랐다.

"둘 다 같은 자리에 흉이 있데? 시간 가면 지워지긴 하겠더만."

영오는 옥봉을 바라보았다.

"시간 많을 거 같지? 안 많더라."

영오의 손가락이 이마 귀퉁이에서 서성거렸다.

옥봉은 만년필로 눌러가며 디귿을 거쳐 리을로 나아갔다. 저렇게 힘을 주면 촉이 망가지겠지만 영오는 옥봉을 말리지 않았다. 망가지도록 마음껏 쓰시라, 말씀하신 바와 같이 시간이 많지 않으니. 만년필을 조심스럽게 쓰다가는 촉이 무려지기도 전에 다들 숨이 넘어갈 것이다. 인생은 시간 그 자체이자 시간을 태우며 타오르는 불꽃이었다. 불꽃은 모든 것을 집어삼킨다. 금속 촉마저.

"상처 없는 사람 없어. 여기 다치고, 저기 파이고, 죽을 때까지 죄다 흉터야. 같은 데 다쳤다고 한 곡절에 한마음이냐, 그건 또 아닌지만서도 같은 자리 아파본 사람끼리는 아 하면 아 하지 어 하진 않아."

옥봉이 채워야 할 칸은 많기도 많고, 영오는 입 안에서 매실 맛을 느끼며 장롱에 기대어 까무룩 잠이 들었다. 시간이 흘렀다. 밖에서 들려오는 경적 소리에 눈을 뜨니, 옥봉은 몸을 구부린 채 만년필로 무엇인가 쓰는 중이다. 영오가 가방에 넣어 다니는 아버지의 수첩에다 말이다.

"아이, 깼어? 내가 가방 좀 뒤졌어."

옥봉이 키득거렸다. 그러더니 문갑 서랍에서 물풀을 꺼냈다. 수첩 중간 즈음의 페이지 가장자리에 풀을 발라 그 앞장과 붙인다. 종이 두 장을 합쳐 봉인한 셈이다. 풀이 마를 때까지 기다리더니 영오에게 수첩을 돌려주었다.

"김밥 가르쳐줬댔지? 나 죽으면 뜯어봐. 그 전엔 안 돼!"

영오는 테두리에 풀이 발린 종이를 바라보았다. 옥봉이 죽는다고? 당연한 얘기였다. 언젠가는 죽는다. 그래도 그렇지 저렇게 눈이 총명하고 이가 튼튼한데. 봉인된 페이지는 만수무강용 천년짜리 어음이 될 듯싶었다.

2월 14일.

옥봉이 들려주는 매실액 단지를 들고 다음 주에 또 올게요, 물러났지만 그 말은 부도 수표가 되었다. 마른 걸레를 쥐어짜 떨어지는 먼지가 물방울이 아니듯, 야근과 밤샘 사이에 나는 시간은 짬도 틈도 아니었다. 생존이었다. 일과 일 사이, 밥 먹고 화장실 가고 잠도 자야 했다. 책상과 회의실과 인쇄소를 종종거리며 오가느라 미지의 전화도 못 받을 때가 많았다. 강주는 이제 명보라 차례라며 채근했다. 철없고 한가한 홍쌤, 답하기도 번거로웠다. 옥봉은 약속한 날짜가 지났지만 아무런 재촉도 하지 않았다.

여자 직원 한 명이 초콜릿을 돌렸다. 카카오 함량이 높은 초콜릿이었다. 영오는 고마워요, 반기며 초콜릿을 입에 넣었다. 의자에 몸을 파묻고 눈을 감은 채 피로의 진액처럼 쓴 초콜릿을 씹었다. 그래, 이런 게 진짜지. 준미가 손을 들더니 혜연 씨 나 하나 더 주라, 했다. 밸런타인데이, 여자가 남자에게 초콜릿을 주는 날. 강주가 생각났다. 영오는 입을 다문 채 혀로 이를 훑어 초콜릿 자국을 없앴다.

"오늘 무슨 날이던가?"

영오가 초콜릿을 하나 더 얻은 준미에게 물었다.

"밸런타인데이잖아."

"아니, 그거 말고. 뭔가 또 있었던 거 같은데."

"나 짜증 나서 숨넘어가는 날? 내가 진짜 기가 막혀서, 정말. 28일에서 최대한 더 당기라잖아. 2월 31일이 있는 세상으로 이민 가고 싶은 심정인데 아주 불에 기름을 부어요."

준미가 사장을 규탄하기 시작했다. 2월 31일이 있어봤자 사흘 더 일하기밖에 더 하겠나 영오가 생각하는데, 휴대폰이 울렸다. 옥봉이었다. 회의실까지 갈 기력도 없어서 작은 목소리로 전화를 받았다.

"할머니, 죄송해요. 제가……."

"접니다, 덕배."

덕배였다. 덕배가 자기를 덕배라고 하니까 맞는 말인데도 이상했다. 무대 구석에서 군무만 추던 사람이 솔로 자리로 튀어나온 느낌. 조명이 어두워지며 음산한 음악이 깔리고……, 영오는 불길한 예감에 침을 삼켰다. 침이 쓰다. 초콜릿 때문인가.

"아, 네. 할머니는요? 혹시 무슨 일 있나요?"

"돌아가셨어요."

말뜻을 이해하는 데에 3초가 걸렸다. 영오는 무슨 말인가 하려고 입을 벌렸다가 다물었다. 쓰다. 초콜릿 때문이 아니다.

빈소는 김밥집에서 멀지 않은 병원의 장례식장이었다. 영오는 김밥집 근처의 지하철역에서 강주와 만났다. 10시 가까운 시각, 안개가 짙고 미세 먼지가 심했다. 교정지가 든 에코백을 메고 허리를 구부린 채 잔기침을 하는 영오. 공기가 나쁘고 몸도, 마음도 나쁜 날은 그랬다. 날카로운 갈고리로 속을 훑는 기침이 나왔다. 그런 영오를 바라보던 강주, 말도 없이 사라진다. 영오는 이 자리에 죽은 나무처럼 버티고 서서 목구멍과 폐가 닳아 없어질 때까지 기침을 하라면 까짓것 그러지 싶었다. 쿨럭일 때마다 귀퉁이가 깨지거나 옆쪽이 들려 일어난 보도블록 아래로 발이 조금씩 빠져드는 듯했다.

안개와 먼지를 헤치며 강주가 나타나더니 마스크를 내민다. 영오는 기침을 하면서도 손을 휘저었다.

"이런 걸 하고 빈소에 가라구요?"

"콜록콜록 침 튀기는 게 더 실례 아닙니까?"

틀린 말은 아니어서, 마스크를 썼다. 걷다 보니 기침이 멈추었다. 영오는 고맙다고 말하지 않았고 강주는 자기 덕분이라고 주장하지 않았다.

고故 문옥봉, 205호실 ─ 상주 정덕배

장례식장 건물에 들어가자 로비 전광판에 형광 초록색으로 안내 문구가 떠다녔다. 그 각지고 밝은 글자 위로 옥봉이 그리다시피 쓰던 기역, 니은, 디귿, 리을, 미음……, 큼지막하고 정직한 글자가 히읗까지 겹친다. 옥봉은 다음번에 영오가 올 때까지 모음을 다 써놓겠다고 포부를 밝혔었다. 한

글 교본이 세계 제일의 명필 임명장이라도 된다는 듯 꿈에 부풀어서. 옥봉 할머니는 그 꿈을 이루었을까.

"사람이 죽을 땐 얼마나 아플까요. 얼마나 늙어 있을까요."

영오가 전광판에서 눈을 떼지 못한 채 중얼거렸다.

"사실 나도 두려워요, 오."

강주가 말했다.

"언젠가는 우리가 그 답이 될 테니까요."

영오는 고개를 돌려 강주를 보았다. 오늘따라 이 사람, 면도를 열심히 했다. 수염을 정성 들여 깎은 만큼 살갗에는 더 자극이 갔겠지. 한눈에 보기에도 턱이 자갈밭이다. 영오는 마스크를 벗었다. 마스크는 벗으면 그만이지만 저 턱은 어쩐다. 임시방편으로 화장실에 가서 물이라도 바르라고 해주고 싶었다. 그래도 짙은 남색 양복은 그에게 잘 어울렸다. 밤바다 빛깔이었다.

계단을 올라 205호실로 가자 안내석에는 '조의금은 정중히 사양합니다'라는 팻말뿐이었다. 영오와 강주는 준비한 봉투를 꺼내지도 못했다. 방은 자그마하고 조용했다. 여자 서너 명이 안쪽에 앉아 눈물을 찍었다. 가게에서 일하는 사람들인가. 다른 조문객도 보였다. 육개장을 먹고 콜라를 마시고 김치를 밥 위에 올린다. 다들 말도 없이 김밥만 먹던 김밥집 풍경과 다르지 않다. 통곡하는 사람도, 웃는 사람도 없다.

빈소로 향하자 상주 차림을 한 덕배가 자리에서 일어나더니 두 손을 모으고 섰다. 하얀 국화 뒤에 놓인 옥봉의 영정 사진. 영오와 강주는 국화를 영정 앞에 바치고 고개 숙여 묵념한다. 그리고 얼마나 상심이 크십니까, 덕배에게 위로를 전했다. 주무시던 중에 돌아가셨다고, 꿈꾸듯 편한 표정이었다고, 덕배는 말했다. 죽었다고 하렸더니 아예 빈소를 차렸네, 옥봉이 킬킬 웃으며 205호실로 들어설 것 같았다. 그러나 옥봉은 사진 속에 있고, 덕배의 두 눈은 붉고 퀭하다.

"요기라도 해야죠?"

덕배는 두 사람을 옆 칸으로 이끌었다. 영오는 자리에 앉아 육개장에 밥을 말아 한술 떴다. 강주는 떡과 전을 먹었다. 덕배는 두 사람 건너편에 앉아 방울토마토도 밀어주고 종이컵에 사이다도 따라 주고 한다. 영오는 가방 안주머니에 있는 수첩을 떠올렸다. 고대 무덤에서 발굴한 비밀문서처럼 봉해진 페이지. 나 죽으면 뜯어봐, 할 때는 멀 줄로만 알았던 그때가 이렇게나 빨리 올 줄이야. 나중에 보겠다. 지금은 아니다. 마음의 준비가 되면, 그때.

장례식장을 나오자 주머니에서 마스크를 꺼냈지만 그뿐이었다. 이 탁한 세상에서 어떻게든 살아보겠다고 얼굴을 가릴 흥이 나지 않았다. 강주가 마스크를 가져가더니 영오의 얼굴에 씌웠다. 끈을 끼우느라 귓불에 손이 닿았다. 영오

176

는 이 사람이 누구인지 모른다고 생각했다. 엄마를 몰랐고 아버지를 몰랐듯이 이 사람도 모른다. 다만 영오와 강주 사이에는 두 사람 몫의 시간이 있었다. 영오와 엄마, 영오와 아버지, 그 사이에는 영오의 시간만 있을 뿐이다. 영오는 마스크 위에 드러난 눈으로 강주를 바라보았다. 무르고 짧은 시간. 불타오르는 시간.

"나 이제 괜찮아요."

"그래도 하고 있어요. 좀 걸어야 하니까."

"어딜요, 누구 맘대로?"

"어디든요, 우리 맘대로."

'우리'는 걸었다. 차이나타운 앞에서 만났을 때부터 우리 뭘 좀 먹죠, '우리'였던 두 사람. 골목길을 지나 큰길로 나와 정유 공장 앞까지, 밤길을 어슬렁대는 고양이처럼 걸었다. 커다란 불꽃이 어둠을 한 자락씩 지우며 타오른다. 영오는 고개를 외로 꼬아 들고 불꽃을 보았다. 저 불꽃은 언제쯤 꺼질까? 공장이 문을 닫을 때? 그때쯤 나는 어디에서 무엇을 하고 있을까. 또 이 사람은 언제까지 내 옆에 있을까. 걸었다. 지하철역 앞까지, 건물 옆구리에 혹처럼 붙은 철제함 앞까지.

두 사람은 철제함 앞에 멈춰 섰다. 영오는 오늘도 휴대폰 손전등의 도움에 힘입어 철제함 모서리를 살펴본다. 머리카락이 한두 오라기 늘어났는지, 그대로인지, 잘 모르겠다. 뿌연 대기 때문일까.

"홍쌤, 눈 감아봐요."

불빛을 강주에게 옮겼다. 오른쪽 이마에 남은 흉터. 옥봉은 지워질 상처라고 했다. 사람은 죽을 때까지 흉터투성이라고 했다. 손전등을 껐지만 강주는 눈을 뜨지 않았다. 영오는 눈 감은 강주의 턱을 훑는다. 손이 아니라 눈으로. 짧은 순간이었다. 뒤돌아서 택시 잡는 곳까지 걸어갔다. 강주가 따라왔다. 눈 감고 걷는 건 아니겠지. 택시를 잡아타고는 뒷자리 창을 하나씩 차지했다. 목적지를 들은 기사가 말했다.

"거긴 지금 도로 공사 중이라던데. 좀 돌아가야겠는데요."

강주네 집이 아니라 영오의 원룸부터 들르는 경로였다. 돌아갔다지만 평소보다 10분쯤 더 걸렸다. 원룸 건물 근처에 이르자, 영오는 지갑에서 지폐를 꺼내며 강주에게 말했다.

"저 먼저 갈게요."

강주가 영오 손에서 지폐를 빼앗더니 기사에게 건네준다. 영오를 밀치듯이 내리게 하더니 자기도 내린다. 택시가 떠났다.

"홍쌤은 왜 내려요?"

"다 왔으니까 내리죠. 우리도 갑시다."

"어딜 가요? 또 걷자구요?"

"오, 나 급해요."

말뜻을 알아들은 영오, 곱지 않은 눈길로 강주를 살펴본다. 강주는 코트 주머니에 손을 넣고 서서는 급한 기색을 감추지 않았다. 영오는 앞장서서 걸었다. 이 한밤에 들이닥쳐서 화장실을 쓰겠다니, 정중하기 짝이 없는 홍 선생답다. 원룸의 화장실 상태를 점검하느라 머릿속이 분주해졌다. 변기 청소는 언제 했더라. 비누는 물러서 죽이 되었던가, 머리카락은 얼마나 엉겨 붙었던가. 세면대 아래쪽에서 시뻘건 곰팡이를 발견하는 일만큼은 참아주십사.

현관문을 열자 냉기가 어서 오시라, 혼자서 종일토록 차갑게 쓸쓸했노라 반겼다. 발바닥이 냉골 바닥에 들러붙었다. 양말을 파고드는 한기. 강주가 신발을 벗고 집으로 들어서며 눈으로는 화장실을 찾았다. 마음은 화장실로 달려간 사람이 할 말은 다 한다.

"왜 이렇게 추워. 가스 끊겼나? 돈 안 냈어요?"

"무슨, 아니거든요? 보일러가 자꾸 꺼져서 그래요. 전원 버튼 누르면 켜지는데 그것도 잠깐……."

말이 끝나기도 전에 강주가 화장실로 들어갔다. 앗, 잠깐만요, 말릴 틈도 없었다. 비누와 변기만이라도 점검하고 싶었는데. 얼마 지나지 않아 화장실에서 나온 강주, 코를 손에 대고 킁킁거리며 말한다.

"수건 좀 삶아야겠어요. 새로 사든가."

삶지 않고 빨기만 하며 몇 년을 쓴 수건이라 젖으면 냄새가 났다. 아침에 쓰고서 걸어두었으니 퀴퀴한 냄새가 심했을 것이다. 영오의 얼굴에는 낭패의 흔적이 역력한데 강주는 편안하고 상쾌하다는 표정이다. 영오는 뒷북을 치듯 화장실에 들어갔다. 좁은 공간 안에 수건 쉰내가 진동한다. 방금 쓴 흔적이 남은 비누에는 머리카락이 둘도 셋도 아니고 넷. 무른 비누에 파고든 머리카락을 손톱으로 파냈다. 비누로 머리를 감지도 않는데 왜 이렇게. 머리카락에 날개라도 달렸나.

"여기가 보일러실이죠?"

강주가 현관 옆에 붙은 갈색 철문을 열었다. 보일러는 이 겨울에, 이 밤에, 보일러 주제에, 고요했다.

"왜요? 보일러 고치게요?"

"수학과잖아요."

그게 무슨 상관이야. 보일러 수리에 삼각함수와 미적분이라도 필요한가? 영오는 어안이 벙벙했지만 구두를 신고 보일러실로 들어가는 강주를 놔두었다. 시간을 맞추기 어려워 수리 기사도 부르지 못했다. 오락가락하는 보일러를 반신반의하며 지낸 지 보름이다. 반신반의라면 강주에게도 아깝지 않다. 안에서 전원 단추를 눌렀는지 보일러가 위잉 숨을 뱉었다. 화장실에 가서 스물까지 센 다음 수도꼭지를 트니 따뜻한 물이 나왔다. 얼른 손을 씻고 물을 잠갔다. 강주는 한참 뒤에야 보일러실에서 나왔다. 고집쟁이 보일러와 사투라도 벌였는지 얼굴과 목덜미에 땀이 번들거리고 머리카락에는 거미줄 같은 먼지가 매달렸다.

바닥에서 온기가 올라온다. 발바닥이 따뜻해진다. 보일러가 말썽을 부리면 전원을 껐다 켜도 따뜻한 물만 나올 뿐 난방은 시원찮았는데. 영오는 감탄했다.

"웬일이야. 진짜 고쳤나 보네요?"

"고맙죠?"

"…… 네."

"그럼 샤워 좀 할게요. 이러고는 못 가니까."

영오는 거절하지 못했다. 방바닥이 라면 먹으려고 받은 물처럼 끓는데 무슨 염치로. 선반에 빨아놓은 수건이 있으니 꺼내 쓰라고 일렀을 뿐이다. 강주가 씻는 동안 영오는 냉장고에서 매실액 단지를 꺼냈다. 수첩의 봉인된 페이지와 함께 옥봉이 준 선물이다. 머그잔에 매실액을 붓고 뜨거운 물도 부었다. 매실차가 마시기 좋게 식었을 무렵 강주가 나왔다. 젖은 머리, 비누 냄새. 그리고 음……, 수건 냄새. 빨아서 말려도 물만 닿으면 쉰내가 난다. 영오는 타박으로 창피함을 감추었다.

"턱이 그게 뭐예요? 뭐 좀 발라요."

화장대에서 크림을 가져다가 뚜껑을 열어서 내밀었다. 강주는 크림을 덜어서 턱에 발랐다. 각질 잡초가 고개를 수그리더니 숨는다. 아, 그렇다 해도 강주는 여전히 꽃밭이 아니고.

"이거 마셔요. 머리는 말리고 가야죠."

'하하호호' 상을 냉장고와 벽 사이에서 꺼냈다. 영오 혼자서 반찬 한두 가지로 끼니를 때울 때나 펴는 밥상이다. 잔 하나는 하하 위에, 다른 잔 하나는 호호 위에 올린다. 잔을 다 비우기 전에 보일러가 멈추었다. 강주가 아, 이런, 일어서려는데 영오가 옷소매를 잡아당겨서 앉혔다. 그럼 그렇지, 각도기와 컴퍼스라도 있어야 했다.

"어차피 안 돼요. 그냥 둬요."

크림을 내밀었을 때처럼 강주는 영오 말을 들었다. 순한 얼굴과 매끈한 턱으로 매실차만 홀짝인다. 바닥은 천천히 식어가는데 머리 젖은 강주의 재채기는 빠르다. 늦은 시간이라 드라이기도 못 쓰는데. 그러게 왜 시키지도 않은 짓을 해서는. 영오는 옷 무더기 속에서 담요를 찾아 왔다. 새별중학교 근처에서 산 노란색 담요, 이런 용도로 쓰게 되었다. 손으로 먼지를 훑어낸 담요를 강주의 어깨에 둘러준다. 옆으로 물러나려는데 강주가 손목을 잡아 영오를 끌어당기더니 감싸 안았다. 노란색 담요 안은 어둡고 따뜻했다. 입 속 동굴, 젖은 혓바닥처럼.

둘이 누우면 따뜻하지 아니한가.

강주의 숨결 냄새를 맡는 순간, 영오의 머릿속에 떠오른 말이었다. 어디에서 봤더라.

"둘이 누우면 따뜻하지만, 혼자라면 따뜻하지 않다."

영오가 기억을 더듬거리며 말했다.

강주가 웃더니 영오를 바닥에 뉘였다. 매실 냄새, 크림 냄새. 이 사람 웃음소리가 이렇게 낮고 조용했나.

"너는 내 살 중의 살, 뼈 중의 뼈."

강주가 말했다.

그제야 영오는 말의 출처를 깨달았다. 아아, 이런 상황에 거룩하게도 성경이라니. 죄 지은 사람이 자기 죄를 깨달을 때처럼 경건하고도 슬픈 마음이 되었다. 사람은 언제 슬픈가. 누군가를 사랑하게 될 때, 따뜻한 살과 살을 맞대며 이 또한 식으리라 인정할 때. 똑같은 자리에 똑같은 상처를 입고 똑같은 진물을 흘리며 똑같은 슬픔을 몇 번이고 반복하리라 예감할 때. 그때 나와 너의 연약함, 우리의 숙명 앞에서 경건해진다. 엄마. 벽을 보고 울던 엄마, 몰래 담배를 피우던 엄마, 죽음 앞에서 평온해진 엄마. 엄마의 상처에 어떤 고름이 맺혔기에, 무슨 딱지가 앉았기에.

강주는 영오를 안아서 자기 몸 위에 올렸다. 담요가 공중에 뜬 방바닥처럼 영오의 등을 데웠다. 영오는 오른쪽 귀를 강주의 가슴에 댄 채 심장 소리를 들었다. 보일러와 달리 게으름 부리지 않고 열심인 심장. 쿵, 쾅, 쿵, 쾅, 쿵, 쾅. 시간은 째깍째깍 가지 않고 쿵쾅쿵쾅 간다. 하하호호 간다. 핏, 소리를 내더니 형광등마저 꺼졌다. 영오는 웃었다. 강주처럼 나지막한 소리로.

"홍쌤 오니까 다 꺼지네."

"다들 내 앞에선 열도 빛도 잃는 거죠."

형광등의 여운이 가시자 천장에 별이 떴다. 예전에 살던 사람이 붙인 야광 별이다. 유치하고 찬란한 가짜 별. 하나, 둘, 셋, 넷, 강주는 스무 별까지 셌다.

"까막별이란 말 있지 않나?"

강주가 말했다.

"…… 빛을 내지 않는 별."

영오가 대답했다. 문제집에 들어갈 한 쪽짜리 글을 쓰느라 별에 관한 말을 찾을 때 알게 된 낱말이다.

"있구나. 들은 기억이 나요."

"그럼 꼬리별은 뭐게요?"

"유성인가? 별똥별."

"땡! 혜성이에요."

"하나 더 내봐요."

"어둠별."

"생명이 끝난 별, 죽은 별."

"금성이에요."

"꼬리별, 어둠별……. 그건 처음 들어요."

"사라질 말이죠. 아무도 쓰지 않고, 아무도 알지 못하고."

그들은 어둠별과 까막별, 꼬리별과 같이 어느 결에 사라질 자기네 몸과 인생을 생각하였다. 마음은 어찌 될까. 어느 하늘에서 별이 될까. 야광 별의 불빛이 사위어갔다. 깜깜하게 어두워지기 전, 영오가 이야기를 시작했다.

"가끔 흰코가 생각나요. 엄마랑 아버지랑 나랑 셋이서 우리 집에 살 때 키우던 우리 개, 흰코."

영오는 갈라지려는 목소리를 가다듬었다.

"대학 신입생 때였나. 흰코가 자꾸 내 방에 오줌을 쌌어요. 혼내기도 하고 달래기도 하고, 소용이 없더라고요. 어느 날 아르바이트를 끝내고 녹초가 돼서 들어갔는데, 또 오줌을 싸놓은 거예요. 그것도 이불에다가. 그날따라 너무 화가 났어요. 화를 내면 낼수록 더 화가 났어요. 흰코는 무서워서 또 오줌을 싸고. 난 소리쳤어요. 이렇게요."

영오는 강주의 몸에서 미끄러져 내려와 앉았다. 영오가 영오를 응시하는 눈빛, 차갑다. 그 냉기 속에서 십여 년 전의 자신을 흉내 내어 말한다.

"흰코! 봐! 보라고! 못된 짓을 하면 이렇게 혼나는 거야!"

어둠 속에서 영오의 주먹이 작은 산처럼 희끄무레하게 떠올랐다. 영오는 그 흰 산을 획획, 공기를 가르며 휘둘렀다.

"흰코 얼굴을 때렸어요. 세게, 여러 번. 아직도 주먹을 쥐면요, 흰코 털이랑 뼈가 어떤 감촉이었는지 느껴져요. 흰코는 얻어맞으면서도 꼬리를 쳤어요. 오줌을 줄줄 싸면서요."

영오는 바닥에 누워 팔로 눈을 덮었다.

"겁먹은 그 표정, 잊지를 못해요. 그때마다 나도 나한테 얻어맞아요."

강주가 한 팔을 영오의 목 밑으로 넣어 영오를 안았다. 야광 별이 꺼진 방에 멀티탭 버튼의 불빛이 떠올랐다.

"형이 병원에 누워 있을 때 난 슬프기보단 그냥 어리벙벙했거든요? 어느 순간엔 내가 영화 속에 들어와 있는 것 같았어요. 젊고 똑똑한 형이 죽는 슬픈 영화 속의 동생 배역요. 앞으로 형은 어떻게 될까? 얼마나 아파하다가 언제 죽을까? 궁금했어요. 형이 어떻게 되든 영화 속이라면 상관없었죠. 내가 주인공이 아니니까, 내 인생이 아니니까, 그만큼 어렸으니까. 그렇게 버텼어요."

강주는 영오의 머리를 쓰다듬었다. 생명을 다한 머리카락 몇 올이 바닥에 떨어지겠으나 그보다 더 까만 어둠 속에서는 보이지 않겠다.

"가끔 말이죠, 그때로 돌아가서 주인공이 되고 싶어요. 형의 죽음을 스쳐 지나가는 조연이 아니라, 형 옆에서 처음부터 끝까지 마주하는 주인공 말이에요."

강주가 말했다.

졸음이 별똥별처럼 영오 위로 떨어져 내렸다. 강주가 이불을 가져와 담요 위에 덮었다. 잠들려는 찰나, 영오가 중얼거렸다.

"아, 14일……, 미지 졸업식……."

12.

2월의 함박눈처럼, 인생은

"졸업식, 결국 못 갔네. 미안해."

"별로 유쾌하지도 않았는걸요. 안 오시는 게 나았어요."

"왜, 무슨 일 있었어?"

"옷 입는 취향 차이로 엄마랑 좀 시끄러웠어요. 패션은 자유잖아요, 오쌤?"

"장례식장에 웨딩드레스를 입고 가지만 않는다면야."

"웨딩드레스도 흰색인데, 상복이라고 우기면 안 돼요?"

"레이스며 스팽글이며 꽃 장식은 어쩌고."

그나저나 오쌤의 목소리, 예전과는 결이 달라졌다. 미지는 목소리에서 나는 냄새를 맡으려고 귀를 쫑긋거렸다. 홍쌤 때문인가? 짭짤하고 달콤한 냄새가 나지만 캐지 않기로 한다. 졸업식을 치렀더니 피곤하다. 심부름 사업에나 전념하련다. 그때 전화기 너머에서 들려오는 목소리, 오 대리야 딱풀이 어딨더라? 또 허 이사였다. 맨날 뭘 저렇게 찾는지, 다이소라도 차릴 셈인가.

"인주 찾아주고 인쇄소에 가야 할 거 같아."

"인주가 아니라 딱풀요, 오쌤."

"아, 그렇지. 딱풀."

전화를 끊고 나니 발코니에, 조용한 기척. 버찌가 넘어왔나 싶어 문에 쳐진 커튼을 걷었다. 버찌가 아니라 눈이었다. 눈이 내린다. 함박눈, 때는 2월 중순이었다. 미지는 발코니로 나갔다. 발등 부분이 뜯어질락 말락 하는 슬리퍼에 맨발을 넣는다. 발코니 창이 화폭이 되어 눈 내리는 풍경을 담아낸다. 오른쪽 위에서 왼쪽 아래로 빗금을 그으며 쏟아지는 굵은 눈송이. 졸업식 날 눈이 내렸다면 미지와 신 여사 사이를 오가던 말의 불화살이 푸시시 떨어졌을까.

예상과 달리 신 여사는 졸업식에 참석했다. 콩기름과 닭지방이 얼룩진 앞치마 대신 투피스 정장에 코트를 차려입고 왔다. 꽃다발을 든 아빠는 그 자신도 꽃다발이었다. 아내의 눈빛이 닿을 때마다 물이 튄 듯 녹는 비누 꽃.

신 여사는 중학교 교복을 마지막으로 입은 딸을 훑어보았다. 그리고 꽃다발 대신 종이를 내밀었다. 교복 광고였다.

"가자. 교복 사러."

광고지를 흔든다. 받아들지 않으면 구겨서 미지 입에 처넣을 기세였다. 교실에서 사진을 찍는다, 외식 메뉴를 정한다, 번잡스러운 아이들 중 몇몇이 수상한 분위기를 느꼈는지 두 사람을 힐끔거렸다. 미지는 광고지를 받았다. 마지막 날에 애들한테 공짜 쇼를 제공하기는 싫었으니까. 교실을 나가 복도를 지나 운동장을 가로질러 교문을 빠져나가는 세 사람. 미지, 신 여사, 아빠 순서다. 꽃다발은 아빠 품에서 시들어간다. 이글대는 눈빛이 미지의 뒤통수에 꽂혔다.

"왜 그쪽으로 가? 방향 틀어. 이쪽이야."

신 여사가 말했다. 미지는 개나리아파트 쪽 길로 접어들려는 참이었다. 꽃을 파는 행상도, 염색하거나 펌을 한 머리를 묶어서 숨긴 아이들도 보이지 않았다. 미지는 멈춰 서서 광고지를 접었다. 종이비행기다. 휙, 신 여사에게 날려 보낸다. 신 여사는 피하지 않았다. 기체의 뾰족한 끝부분이 어깨와 충돌했다. 쾅!

"난 집에 갈래. 엄마도 집에 가."

미지는 손을 흔들어 보이고, 개나리아파트를 향해 뛰었다. 신 여사도 뛴다. 뛰다니, 얼마 만인지. 굽 5센티미터짜리 구두에 정장 차림인 신 여사에게는 고난이고 대장정이었다.

"너 거기 안 서? 기름에 튀겨버린다! 당장 서!"

기름에 튀긴다는데 누가 서겠나. 기세 좋은 수탉이라도

도망갈 판국인데. 미지는 상체만 돌려 손을 한 번 더 흔들고
는 머리카락을 휘날리며 달려갔다. 볼이 발그레해지고 심장
은 발효한 밀가루 반죽처럼 부풀었다. 신 여사는 개나리아
파트 단지 안으로 들어서자 협박성 고함을 멈추었다. 옛 이
웃과 마주칠지도 모르는데 어엿한 사업주로서 체통과 명성
을 관리해야 했다. 달리기를 멈추고 빨리, 최대한 빨리 걷는
다. 헉헉거리는 숨소리가 앞선 미지의 귀를 쪼았다. 영문도
모르고 두 사람을 뒤따라 달리던 아빠는 어느 순간 뛰기를
포기하고 제발, 제발, 애원하며 걸어왔다.

미지가 702호 문을 따고 들어갔다. 엘리베이터가 내려가
더니 숨이 정수리까지 치받친 신 여사를 싣고 올라왔다. 요
맹랑한 것이 문을 잠갔겠지, 했는데 웬걸 문이 열린다. 코트
를 벗어던지고 블라우스 소매를 걷어붙이는데, 코앞에 컵이
나타났다. 유리컵 겉면에 물방울이 맺히도록 차가운 물 한
잔. 진땀 뺀 달리기 주자에게는 거절 못 할 제안이었다. 신
여사는 미지를 쏘아보고는 컵을 빼앗아 물을 들이켰다. 손
등으로 입도 닦고 트림도 하며 숨을 고르고 나니, 어쩔 수
없이 흥분의 눈금이 낮아졌다. 그래도 전의를 다지며 컵을
식탁에 내던지듯 놓고는

"너어, 공미지!"

하고 시작하려는데, 미지가 말허리를 부드러운 칼로 베었다.

"이제껏 키워줘서 고마워, 엄마."

"뭐?"

전의의 눈금마저 하락. 딸을 너무 얕잡아 봤는지도 모르겠다는 생각이 들었다. 미지는 생글거리며 뒷걸음쳐서 큰방 미닫이문 앞에 섰다. 그래 봤자 두 사람 사이는 가깝다. 이렇게 좁아터진 집구석에서 셋이 어떻게 살았지, 신 여사는 관에 갇힌 듯 머리가 지끈거렸다. 재건축만 아니면 팔아치울 텐데.

"엄마 덕에 좋은 거 많이 누렸어. 특히 『원피스』 아흔 권이랑, 아, 이건 앞으로도 계속 나올 거야. 엑소 앨범도 감명 깊었어. 고마워, 엄마."

신 여사는 쑤시는 뒷목을 손으로 받쳤다. 원피스? 엑스? 쟤는 원피스 같은 건 입지도 않는데. 엑스는 또 뭔가. 원피스든 바지든 가위든 엑스든, 닭 튀겨 판 돈이 베푼 은혜라는 점은 알겠다. 돈 주인이라면 감사 인사를 받아야 하고말고.

"언젠가부턴 그냥 그런 걸로 만족하게 되더라고. 그렇게 마음을 먹으니까 엄마가 고맙더라."

"고마워? 오, 그래. 너 말 한번 잘했다. 널 낳아서 키우고 먹이고 입히고 공부시킨 게 누구냐!"

"엄마다!"

"그걸 아는 년이 은혜를 이딴 식으로 갚아? 고등학굔 안 가? 누굴 개망신시키려고 안 가! 빤스 공장에라도 들어갈래? 니 주제에 연예인이라도 할 거야? 요즘 가수니 뭐니 하는 애들도 다 학벌이 번지르르하더라. 그런데 쥐뿔 예쁘지도 않아, 개뿔 끼도 없어, 니가 뭘 믿고 학교 안 가? 큰 집 살아, 용돈 받아, 아픈 데 없어, 세상에 너처럼 팔자 편한 애가 무슨 바람이 들어서 지랄에 반항이야?"

"아이, 엄마도 참. 나 불만 없어. 반항은 중 2 때 잠깐 하고, 청춘 때 다시 하는 거지. 난 지금 중 2와 청춘 사이 어디쯤이거든. 비교적 온순해."

현관문이 열리더니 아빠가 들어왔다. 넘어지기라도 했는지 꽃다발의 꽃잎이 뭉개졌다. 비누로 만든 아빠도 반쯤 녹았다. 그럴 수밖에, 땀을 뺐으니. 미지가 쥐어뜯길지도 모른다는 위기감에 느린 엘리베이터 안에서 발만 굴렀는데, 이곳은 육탄전이 아니라 설전의 현장이다.

"귀신 씻나락 까먹는 소리 말고 빨리 신발 신어! 교복 사러 가게!"

미지는 발코니 쪽으로 귀를 기울였다. 버찌가 왔을까? 햇볕이 정점에 이를 시간은 아니었다.

"엄만 내가 진짜 아무 걱정 없다고 생각해?"

"니가 걱정 한 가지가 있으면 난 오만 가지가 있어. 쪼끄만 게, 세상 무서운 줄도 모르고 나이만 어린 게. 너한테 근심거리가 있어? 소가 짓고 개가 웃을 일이다, 응!"

미지는 중 2와 청춘 사이의 온순한 눈빛으로 엄마를 바라보았다.

"사람을 안다는 건 참 어려워. 그렇지? 이해한다는 건 더 어렵고. 그 사람이 나든 남이든 말이야."

"얘가 지금 뭐라는 거야?"

신 여사가 현관에서 신발도 벗지 못하고 벌서듯 대기 중인 남편을 돌아보며 말했다. 아빠는 울 듯한 표정으로 그, 글쎄, 입매를 실그러뜨렸다.

"엄마, 사람들이 뭘 알겠어? 아무것도 몰라."

이해 못 할 상황이 답답한 나머지 화가 치솟은 신 여사, 열 손가락을 갈고리처럼 오므린 채 팔을 뻗었다. 머리채를 휘어잡거나 뺨을 할퀴기에 적절한 자세다.

"학교 간다고 해! 안 해? 안 하면 너 죽고 나 죽고 다 죽는 거야."

미지는 달려드는 신 여사를 피했다. 조약돌을 비껴 왕모래 틈으로 스며드는 빗방울처럼 재빨랐다. 큰방으로 들어가 커튼을 걷고 발코니로 나가는 문을 연다. 버찌는 없다. 스타킹 신은 발로 타일 바닥을 밟으며 걸어가 창문을 열었다. 끼익 소리를 내는 창문, 방충망이 없는 쪽이었다. 냉기와 바람이 들어왔다. 미지는 오른팔을 창틀에 걸쳤다. 교복 블라우스가 먼지로 더러워졌다.

"죽으라면 죽을게. 죽는 게 뭐 어렵나? 살아 있는 게 어렵지. 살아 있으면 살아야 하잖아. 살아가야 하잖아."

오른발을 창 아래쪽에 덧댄 쇠 장식에 올린다. 수수깡처럼 길고 가벼운 미지는 창을 뛰어넘어 허공에 착지할 듯 자유롭고도 여유로워 보였다. 신 여사의 얼굴이 시퍼레졌다. 아빠의 다리가 후들거렸다. 부서진 꽃다발.

"난 이제 알지도 못하는 애들하고 일 년씩 이 년씩 묶여 지내지 않을 거야. 친구 없는 걸 불편해하는 척하면서 나하고만 친해지는 짓, 그만둘래. 내 맘에 드는 사람들하고 친해지고 싶어. 난 그 사람들을 네모 말고 동그라미 속에서 찾을 거야. 엄마도 알지? 교실은 네모나고 지구는 둥글다는 거."

바람을 견디느라 목소리가 조금 높아졌다.

"쟤가 지금 무슨 소리를 하는 거야. 쟤 왜 저래? 미쳤나 봐, 저게 미쳤나 봐."

신 여사가 허물어지듯 식탁 의자에 엉덩이 끝을 걸치고 앉았다. 바람이 불어와 미지의 머리카락을 빗고, 신 여사의 뺨에 입 맞추었다. 오늘은 그만, 당신이 졌어요. 자식이란 지독하군요, 평생 가도 모를 영혼이죠.

신 여사는 돌아갔고 미지는 남았다. 아빠는 미지의 어깨를 토닥이더니 창문을 닫았다. 비누 꽃 아빠는 녹고 사람 아빠였다.

이것이 2월 14일, 미지에게 일어난 일이었다.

미지는 졸업식 날 한쪽 팔과 마음 절반을 걸쳤던 창문 너머로 바깥을 내다본다. 눈발이 거세어진다. 내일 아침이면

밟히고 녹아 잿빛으로 더러워지겠지만 차 지붕과 나뭇가지, 아스팔트, 화단 철책에 쌓이는 눈은 지금 이 순간 푸르도록 하얗다. 오늘의 함박눈은 어머 웬일이야, 싶게 돌연하다. 미지는 창문을 긋는 눈의 빗금을 따라 손가락을 움직였다. 인생도 그렇지 않을까, 생각한다. 인생이란 2월의 함박눈처럼 약간은 의외인 그 무엇이 아닐까.

"이러고도 목련나무엔 꽃이 피겠죠?"

미지가 말했다. 칸막이 벽 너머에서 인기척을 느낀 참이었다.

"봄 오기도 전에 목련 걱정은."

없는 척에 실패한 두출이 말한다.

"이 동네에 성질 급한 목련이 한 놈 있긴 혀."

"목공소 앞, 맞죠? 저랑 친해요, 그 나무."

"염병, 목련하고 친구라도 먹은 거여?"

그러더니 목소리가 고즈넉해진다.

"그 꽃 피면 마누라가 좋아했지. 이사 와서 두 번밖에 못 보고 갔네. 복도 없어."

"할머니 대신 할아버지가 보시면 되잖아요. 세 번, 네 번, 열 번, 스무 번."

"열 번은 뭐며 스무 번은 또 뭐여. 끔찍허다. 말했잖어, 이 늙은이가 얼마를 살겠냐고. 곧 죽어."

구시렁대더니 화제를 돌린다.

"옆집 애기는 엄마한테 무슨 말대꾸를 그렇게 따박따박 하는 거여. 그러면 못쓴다."

두출의 귀는 벽 건너 싸움 구경으로 호사를 누렸다. 두출도 변명할 말은 있다. 들으려고 들었나, 들리니 들었지. 옛날 옛적에 지은 개나리아파트는 한 동 전체가 커다란 귀다. 시시콜콜한 소리까지 공유한다.

"어차피 엄마한텐 돈이 효년데요, 뭐. 저 하나 낳고 말기를 잘했대요. 자식이 불효해도 돈은 효도한다고."

"못쓰겠구만, 못쓰겠어!"

격앙하는 두출. 몸에 분노를 지니고 사는바, 그 억하심정과 어깃장과 울화통이 평소에 비바람급이었다면 지금은 태풍급이다.

"돈이 어떻게 자식보다 나아? 못써, 못써!"

지팡이로 바닥을 두드린다.

"자식 이기는 부모 없다지만 부모는 말여, 자식 앞에선 돈을 이겨먹어야 하는 법이여. 자식이야 부모한테 이기고 돈한텐 지겠지만 부모는 그러면 안 돼."

미지는 팔짱을 끼고 흐음, 눈을 가늘게 떴다. 수면 바지 주머니 속에서 수첩의 존재감이 든든하다. 곧 수첩이 필요해질 낌새다.

"꺼비 할아버지, 도로시 아줌마하고 돈 때문에 싸웠죠?"

"도로, 뭐? 그게 뭐여?"

"할아버지 딸인데요? 지하철역에서 청소하는."

"걔가 왜 도로, 뭐, 그거여! 길바닥이여? 찻길이여? 멀쩡한 이름이 있는데."

아차 싶었는지 침묵이 흐르더니,

"난 딸 없어. 마누라는 있어도 딸은 없어. 마누라 먼저 갔으니까 이제 아무도 없어."

기세 좋게 끓다가 우박을 맞고 식은 주전자처럼 맥이 없다. 창밖의 나무, 잔가지 하나가 눈 무게를 이기지 못하고 부러졌다. 갈색 뼈가 하얀 피를 흘리며 떨어진다.

"뭐 어때요. 딸하고 아빠하고 싸우기도 하고 완전 원수 되기도 하고 그러는 거죠. 저도 엄마하고 그러는걸요? 다 들으셨으면서."

"딸 없다니까!"

차바퀴에서 바람 빠지는 소리다. 문손잡이 헛도는 소리다. 답은 확실해진 셈이다. 미지는 수첩을 꺼내어 적었다.

꺼비 할아버지가 다음과 같은 사실을 거의 인정했음.

- 그려, 도로시는 내 딸이여.
- 나는 걔하고 돈 땜에 싸운 거여.
- 그리하야 우린 지금 남 아닌 남이여.
- 가슴에 백기 하나쯤 안 품었다곤 말 못 혀.
- 나는 _____ 하고 싶다아!

197

두출이 간직한 최종적이고 결정적인 내심은 빈칸으로 남겨두었다. 두출이 미지에게 심부름이라는 형태로 대신하게 하는 일들은 그 빈칸을 채우려는 몸짓이 아닐까. 목적지 주변을 맴돌며 바닥에 남기는 발자국, 발자국마다 고이는 한숨, 그런 것.

"하기사 터진 입으로 말은 바로 하자면 나도 옆집 애기엄마를 욕할 주제는 못 되지. 나라고 돈이 안 아까웠나. 돈 앞에서 남몰래 눈이 화등잔만 해졌지. 등잔은 말이여, 남들 눈은 활활 밝히지만 정작 저는 앗 뜨거워라 불꽃 말곤 암것도 안 보여. 돈 보는 내 눈이 그랬지, 뭐."

옆구리 쿡 찔렀을 뿐인데 정보가 흘러나온다. 뚱뚱하고 팽팽한 쌀자루를 쇠꼬챙이로 쿡 찌르면 쌀알이 새듯이. 마음에도 혀와 목소리가 있다. 마음은 자기 안에서 찰랑이며 차오르는 이야기를 혀에 올리고 목소리에 실어서 밖으로 내보내고 싶어 한다. 미지가 알기로, 사람은 그랬다.

"나도 할 만큼은 했어. 줄 만큼은 줬다고. 딸년하고 사위가 아빠 돈, 장인어른 돈, 돈 돈 하면서 곶감 빼 먹듯 빼 먹으려 드는데 곶감이고 뭐고 덜 익은 감까지 내줬단 말여. 그래 놓곤 이건 땡감이다 퉤퉤, 당신 때문이다 퉤퉤, 내 원망을 해? 아, 그만큼 가져갔으면 됐지 어떻게 속옷까지 벗겨 먹으려고 들어. 저희들 부모는 짠지 반찬 하나 없이 손가락만 빨다가 죽으란 얘긴가."

두출이 쏟아내는 이야기는 검불과 가랑잎으로 덮여 버석
거렸다. 그 곁가지를 헤치고 들어가면 물기와 생기를 잃고
쪼그라들어가는 열매가 있을 것이다.

"사위 놈이 사업 벌였다가 말아먹은 게 내 잘못이여? 부
서질 거 뻔한 수레에다가 돈 자루 안 실어준 게 죄여? 그놈
이 정신 안 차리면 누가 고생인가. 딸년 고생이지. 아, 그 못
난 놈이 일 망치고는 시름시름 앓다가 꺾일 줄 누가 알았나.
정신을 차리기는커녕 감나무에서 감 떨어지듯이 가버릴 줄
누가 알았냐고."

꺼비 할아버지 - 좁쌀밭 할머니(사망)

↓

딸 도로시 - 사위(사망)

↓

아들(가출)

"그래서 할아버지, 지금 먹고살 만은 하신 거죠?"

이 시점에서 필요한 질문이었다. 두출이 이야기의 숲에
들어가게 해주었으니 미지의 의무는 그 안에서 열매를 찾는
일. 희끄무레한 안개를 지나 선명한 햇살 속으로 사건의 전
말을 꺼내야 한다.

"먹고살 만큼이야 있지. 먹고, 살고, 딱 그만큼. 남들이 들으면 믿겠어? 땅 보상금이 몇 억은 나왔는데 오 년이나 지났을까, 다리 시원찮은 늙은이 하나 먹여 살릴 만큼만 남았다니. 딸년도 생각해보면 불쌍해. 살려고 발버둥을 치다 보니 옆 사람 정강이도 차고, 그래, 내가 안다. 알아. 차여도 내가 차였으니 그나마 다행이지. 다른 사람 찼어봐. 쇠고랑 차고 잡혀 들어가고도 남았지. 사위 놈도 본바탕이 못돼먹진 않았어. 누울 자리 아닌데 뻗어서 영영 못 일어난 게 죄지. 줄 거 다 주고 뺏길 거 다 뺏기고 목돈 좀 남은 거, 마누라 병 낫게 한다고 다 썼어. 딸년은 나 때문에 지 신랑이 화병 걸려 죽었다는데 누가 할 소리, 마누라야말로 화병을 얻었어. 병원마다 찾아다니고 좋다는 거 물리도록 먹였지만 지푸라기처럼 마르더니 저 방에서 이불 덮고 죽었어. 세상이 무섭다고, 돈이고 뭐고 지긋지긋하다고, 여보 어디론가 갑시다, 해서 기껏 온 데가 여기야. 그래, 나도 안다니까. 지 남편 역성만 드는 그년도 딸이라고 가까운 데서 살고 싶으니까 이 동네로 오자 했겠지. 우리 할망구는 억장이 다 무너져서는 그 억장에 깔려 죽었어."

두출은 하소연을 멈추었다. 눈발이 성겨지기 시작한다. 그치지 않는 눈은 없다.

"꺼비 할아버지, 부자였나 보네요?"

"부자는 얼어 죽을. 보상금 받고는 통장에서 십 원 한 장

못 꺼내 썼어, 처음엔. 큰돈도 너무 큰돈이라 무섭더라. 딱 그 석 달만 부자였지."

"지금도 꺼비 할아버지 정도면 나쁘지 않아요. 자식한테 용돈 안 받고도 먹고살면 괜찮은 수준이거든요. 고양이도 한 마리 키우고, 전담 심부름꾼까지 있잖아요."

신 여사 같은 현실 감각이다. 신 여사는 아빠가 회사 일이 더럽고 치사하다고 말은 못하고 속으로 앓기만 해도 콧방귀를 뀌었다. 못난 남자가 꼭 잘난 마누라 믿고 배부른 투정을 부리지. 엄살떨지 마. 세상 만만찮아.

"세상 다 아는 것처럼 말하네, 어린 애기가."

"세계 일주를 해봐야 세계 지도 그리나요, 뭐. 그리고 저도 요즘 세상 경험 좀 하고 있어요. 심부름센터도 차렸잖아요."

미지는 킥킥거리며 덧붙였다.

"어쩌면 손님이 한 명 더 생길지도 모르겠어요. 이따가 한번 가봐야지."

"누군지 또 불쌍한 인생이 돌팔이한테 걸려들어서 팔자 궂히겠네. 나가는 김에 개떡이나 사 오든가."

미지는 개떡이라니요, 모르는 척했다. 두출은 입맛을 다시며 뜸을 들였지만 미지는 가려운 데를 긁어주지 않았다. 본인 다리는 본인 손으로 긁으시기를.

"저번에 그 개떡 말이여. 개떡이 맛도 참 개떡 같더만. 괜찼더라. 몇 개 더 집어 와. 밥맛도 없는데 끼니나 때우게."

"몇 개나요?"

"옆집 애기도 먹고, 내 건 두 개만 남겨."

"애개, 겨우 두 개요?"

"뒀다 먹으면 맛없어."

미지는 소리 없이 웃었다. 그날 만든 개떡을 그날 드시겠다는 분부를 거역할 마음은 없었다. 도로시는 개떡 팔아 좋고 할아버지는 개떡 먹어 좋고 미지는 심부름 값 벌어 좋고, 개떡이 좋은 일 한다.

버찌가 고양이용 세모 구멍으로 몸을 내밀더니 넘어왔다. 미지는 가르랑대는 버찌의 머리를 쓰다듬었다. 버찌야 버찌야, 도로시는 누구 딸일까? 버찌가 턱을 쓰다듬으라며 얼굴을 들었다. 너라면 얼마든지, 미지는 가려운 데를 긁어주었다. 버찌야 버찌야, 꺼비 할아버지는 누구 아버지일까? 버찌가 기지개를 켰다. 문제가 너무 쉽지롱, 고양.

13.
보라, 부스러지고 흩어지고

보라는 잔다. 이틀째 잔다.

영오는 보라의 코 아래에 손가락을 가져다 댔다. 숨, 쉰다. 안 죽었다.

"그 정도면 코마 상태 아닌가?"

전화기 너머에서 강주가 말했다. 그는 2월 14일 이후로 이 방에 오지 못했다. 15일부터 17일까지는 영오가 회사에 머물며 밤을 새다시피 했고, 18일에는 보라가 나타났기 때문이다. 보라는 기내 반입용 트렁크 하나만 끌고서 등장했다. 지금 영오는 화장실에서 통화 중이다. 문이 달리고 벽으로 막힌 곳은 화장실뿐이다. 동거인이 생겼으니 공개하기 싫은 통화는 화장실에서 해야 한다. 죽은 듯이 자는 보라지만 확인했다시피 죽지는 않았으니. 동거인이라, 얼마간은 그랬다. 보라는 이 방에 좀 머물겠다고 선언했다.

"진짜 명보라 씨는 맞는 거죠, 그분?"

"확인했다니까요."

보라는 원룸에 도착하자마자 코트를 벗어던지고 바닥에 쓰러져 잠들었는데, 코트 주머니에서 여권이 빠져나왔다. 영오는 여권을 줍는 김에 이름을 확인했다. 명보라, 명보라였다.

"그러니까 그분이 오의 이모님이라는 거네요."

영오는 자기 얘기인데도 어이가 없다. 이모라니, 명보라 씨가 어디 해장국집 사장님이 아니라 엄마의 동생이라니. '알려지지 않은', '한참이나 어린' 동생 말이다. 여권이 알려주기를, 보라는 만으로 서른아홉이었다. 한국식으로 따지면 마흔, 영오보다 일곱 살 위다. 일곱 살이라면 이모보다는 언니란 말이 어울리는 나이 차이가 아닌가. 그런데 이모란다. 보라는 영오에게 몇 마디 하지도 않았는데 그중 한마디가 이거였다. 아 참, 나 네 이모야. 영오는 턱이 빠져라 입을 벌리고 섰다가, 몰랐다는 한마디만 했다. 보라는 그랬겠지, 하더니 잠들었다.

전화를 끊고 샤워를 마친 다음 밖으로 나갔다. 씻는 동안 보라를 잊어버렸다. 그런데 15분 사이 까맣게 잊은 보라가 냉장고 앞에 서서 물을 마시고 있다. 생수병 주둥이를 얇은 보랏빛 입술로 감싸고서. 누워서 자는 보라를 봤어도 앗 뉘신지요, 놀랐을 판에 소리 소문도 없이 일어나 물을 마시는 보라라니! 영오는 꺅, 내뱉고는 벗은 몸을 수건으로 가리며 화장실로 도망쳤다. 거울에 서린 김이 가시며 얼빠진 여자가 나타난다. 어제부터 저 표정이다.

"얘, 이모 조카 사이에 뭘 그러니."

옷을 입고 나오자 보라가 말했다. 반쯤 남은 물 한 병을 다 마시더니 빈 페트병을 냉장고에 넣는다. 휘적거리며 화장실로 가서 문은 닫는 둥 마는 둥, 변기에 앉는다. 졸졸 졸졸 졸졸졸 소리가 문틈으로 새어나왔다. 그러니까 저게 스물일곱 시간 치다. 영오였다면 버티다 못한 방광이 비명을 지르며 뇌를 흔들어 깨웠을 텐데. 너 코마 상태니? 일어나라고!

화장실에서 나온 보라는 기다란 머리카락 속으로 열 손가락을 넣어 두피를 긁었다. 칠흑처럼 검은 머릿발인데 하늘을 가르며 떨어지는 눈발처럼 새하얀 머리카락이 몇 올 보인다. 얇은 입술과 새치, 엄마도 저랬다.

"으, 간지러. 내일은 씻어야겠다."

"저기요, 진짜 엄마 동생 맞죠? 딸……, 아니죠?"

말하고서 얼굴이 붉어졌다. 이게 무슨 시청률 1위 주말 연속극에나 나올 법한 얘기인가. 벽을 보며 울던 엄마에게 비밀과 사연이 있지 않을까 의심해왔다. 숨겨둔 자식, 버리고 온 자식. 영오의 상상력은 여전히 그 정도가 최대치였다.

"이 세상을 피상적으로 보는 경향이 있나 봐?"

보라가 말했다.

"그런 경향이 있을까 봐 말해두는 건데, 난 보라색 할 때 그 보라가 아니야. 눈보라, 물보라, 그런 보라야."

눈보라와 물보라의 보라? 혼자였다면 국어사전 어플을 켰을 것이다. 영오는 종종 아는 단어도 사전에서 찾아봤다. 직업병이었다. 어떤 단어는 평소에 알던 바와는 다른 결과가 튀어나왔다. 고개만 숙여서 하는 인사를 목례라고 생각했는데 그것은 묵례였고, 목례는 눈인사였다. 한나절은 낮 전체가 아니라 하룻낮의 절반이었다. 익숙한 단어에서 예상치 못한 뜻을 발견할 때마다 영오는 자신이 세상을 잘 이해하지 못하고 있다고 느꼈다. 단어 뜻뿐만 아니라 다른 무엇이든 착각하거나 오해할 여지가 충분했다. 삼십삼 년 만에 나타난 명보라, 이 사람은 어떤 단어일까. 처음 보는 낯선 말? 아니면 아는 단어에 숨겨진 의외의 뜻?

"잘게 부서지는 보라, 가루처럼 흩어지는 보라. 내가 그걸로 정했어."

영오는 화장대 옆으로 가서 벽에 등을 기대고 앉았다. 하나뿐인 방이 넓지도 않아서 갈 데라고는 거기뿐이었다. 이런 방에서 두 사람이 지내게 되었다. 보라가 노란색 담요에 드러누웠다. 감지 않은 머리카락을 팔뚝에 미역처럼 휘감으며 팔베개를 한다. 보일러는 요 며칠, 정신을 차리고 난방의 임무를 다하는 추세다. 올겨울 다 가기 전에 할 일은 해야 하지 않겠어, 그런 느낌으로.

어제, 바쁘면서도 지루한 한낮, 졸음과 피곤함을 떨치려고 충동적으로 통화 화면에 띄운 전화번호의 주인, 그 사람이 명보라였다. 사실은 몇 주나 고민하고 망설이다가 결단한 충동이었지만. 이 전화번호마저 강주의 손으로 누르게 한다면 비겁했다. 어머, 영오야! 너구나? 상대방이 전화를 받더니 외쳤다. 보라의 휴대폰에 영오의 전화번호가 저장되어 있다는 뜻이고, 이제 그쯤 놀랍지도 않았다. 보라는 지금 막 김포공항에 도착했는데 휴대폰을 켜자마자 영오에게서 전화가 왔다고 설명했다. 일본에서 지내다가 돌아온 참이라고 말이다. 마침 너한테 걸어볼까 싶었는데 이게 웬일이야. 애, 너 어디 사니? 보라는 갈 데가 없으니 영오네 집에서 좀 지내야겠다고 했다. 영오는 홀린 듯이 주소를 알려주었다. 억지로 칼퇴근을 하고 가니 보라가 현관문 앞 계단에 앉아 조는 중이었다.

"형부는 잘 계시지?"

"돌아가셨어요. 작년 가을에."

보라가 벌떡 일어나 앉았다. 까맣고 큰 눈에 눈물이 맺혔다. 얇은 입술이 떨린다. 바다 한가운데에서 맨몸으로 커다란 파도를 맞는 사람 같다. 부고를 알리지 않아 죄책감이 들 지경이다. 그때는 보라를 몰랐으니 알릴 방법이 없었다. 아

버지도 보라에게 전화를 걸어 처제, 나 오늘 죽었으니까 빈
소에서 만나자고, 그러지는 못했겠지.

"어쩐지."

중얼거리더니,

"꿈에서 형부를 봤어. 몇 달 전에."

"…… 어땠는데요?"

"몰라, 기억이 안 나. 그냥 형부였어. 작별 인사였구나, 그
게."

"엄마 돌아가신 건 알고 계세요?"

"언니하고는 미리 작별 인사를 했지. 나 죽어도 오지 마,
영오가 모르면 좋겠다, 언니가 그러더라. 난 그 애한테 부끄
러워……."

"부끄럽다니, 뭐가요?"

"언니 자신이었겠지. 그리고 오빠들이랑, 형부까지."

언니는 엄마, 형부는 아버지. 그렇다면 오빠들은 두 외삼
촌일 것이다.

"나 늦둥이야. 그것도 쉰둥이. 내가 태어나니까 언니는 재
미있었다는데 오빠들은 엄청 남사스러워했대. 너한테 외삼
촌 있다는 건 알지?"

"네. 왕래는 전혀 없었어요."

"앞으로도 못 볼 거야. 죽었거든."

"두 분 다요?"

놀라고 나니 머쓱해진다. 막내인 엄마부터 고인인데, 이름도 얼굴도 모르고 성性과 성姓만 아는 두 외삼촌이 죽었다고 해서 뭐가 놀라울까. 그러나 낯선 피붙이의 죽음을 초면의 피붙이에게 전해 듣는 일은, 쓸쓸했다. 생각보다 어두웠다.

"응. 나도 두어 번 본 게 다야. 너희 외할머니랑 외할아버지, 나 태어나고 얼마 안 돼서 돌아가신 것까진 알지? 그때 내가 두 살인가 그랬는데, 오빠들이 날 먼 친척한테 보내버렸어. 뭐, 두 분도 일찍 돌아가셨지만. 말하고 보니까 내 주변엔 어째 죄다 죽은 사람들이네. 어찌어찌 큰오빠 연락처를 알아내서 찾아갔지. 내가 입양아란 건 알고 있었거든. 근데 반가워하지도 않더라. 하긴, 반가워할 거였으면 그렇게 오래 연락 끊고 지내지도 않았겠지. 그런 일 겪고 나니까 웬만한 일은 우습지도 대단치도 않더라. 그래서 결혼도 후딱, 이혼도 금방, 그랬나."

"결혼했어요? 이혼했어요?"

"일본에서 대만 남자랑. 이젠 싱글이야."

다른 사연이 더 나오기를 기대했지만 끝이었다. 후딱과 금방이란 말이 붙은 결혼과 이혼은 한두 문장으로 결산 처리를 끝냈다.

"넌 언니 얘기가 궁금하지? 너희 엄마 말이야."

영오는 다리를 세워 껴안은 채 무릎 사이에 이마를 댔다. 엄마가 생각나지만 엄마를 생각하기 싫다. 딸에게 죽은 엄마란 서글픈 노래다. 평생에 걸쳐 몸 안에 퍼지는 맹독이다. 딸이 그 죽음에 적응하지 못했다면 낯선 독이고 익숙해졌다면 낯익은 독이다. 영오는 자리에서 일어나 냉장고를 열고 매실액 단지를 꺼냈다. 물을 끓여서 매실차 두 잔을 탄 다음 하나를 보라에게 건넸다. 보라는 뜨거운 매실차를 후후 불었다.

"배는 안 고프세요?"

"내일 먹을래. 나, 굶는 거 잘하거든. 먹는 건 더 잘하지만. 그런데 돈이 없어. 조만간 취직할 생각이니까 그 전까진 네가 날 좀 책임져라."

영오는 앙상하게 마르고 입술뿐만 아니라 느낌이며 분위기가 전체적으로 보랏빛인(이름은 그 보라가 아니라지만) 이모를 살펴보았다. 미지를 한 번도 보지는 못했지만, 이 사람은 공미지 청소년의 성인판 같은 느낌이다. 옥봉 할머니는 노인판이었는데. 매실차의 열기를 식히는 척하면서 영오는 후후 웃었다. 다들 미지의 클론인가? 내 환상 속 등장인물이거나. 그렇다면, 강주는? 아직도 회사죠? 퇴근 좀 해요, 과로사하기 전에. 받으시오, 카페라테 기프티콘! 문자질이 극심한 강주가 사막의 신기루라면 어떨까 상상하니, 가슴이 싸해졌다. 외로움이란 시곗바늘이 똑딱거리며 가는 소리와 비슷해서, 안 듣고 못 들으며 잘 지내다가도 한번 의식하면 귀가 트인다. 알게 된다. 느끼게 된다.

"여기, 너무 좁아서 불편할 텐데……. 집이 아니라 방이잖아요."

"방도 집은 집이지. 우리 둘 다 말라깽이라 이만하면 충분해. 내가 있으면 너도 덜 심심할걸?"

영오는 두 손으로 머그잔을 감싸 쥔 보라를 바라보았다. 지금으로선 보라가 타서 녹은 장판처럼 이 방에 눌어붙겠다고 해도 쫓아내고 싶은 마음이 없었다. 왜인지, 어째서인지, 마음이 하는 일을 마음이 어찌 알까. 트렁크 하나 가지고 쳐들어온 사람, 그것도 무려 이모를 내쫓을 열정이나 깜냥도 없고 말이다. 보라는 잔을 비우더니 다시 담요 위에 누웠다. 보일러는 따뜻하고 착실하다. 전화기 켜자마자 전화를 받더니 회심한 보일러까지. 운 좋은 명보라 이모다.

"언니는 나 입양 보내는 거 반대했대."

보라가 말했다.

"자기가 키운다고 했대. 그건 또 형부가 반대했고. 갓난쟁이 처제를 어떤 새신랑이 반기겠어. 언니가 그러더라, 벌 받았는지 한참이나 애가 생기질 않았다고. 생겨도 하나만 생기고 말았다고. 언니는 반대하는 형부가 섭섭했던 모양이야. 싸우기도 하고, 설득해보려고도 하고, 그랬대. 그럼 뭐해, 오빠들이 날 홀라당 보내버렸는데. 언니가 어디로 보냈냐고, 데려오겠다고 난리를 쳐도 꿈쩍 안 했다더라. 언니는 오빠들하고 연락을 끊었어. 형부한테도 더는 내 얘기를 꺼내지 않았고. 그런데 언니가 아프게 되니까, 형부가 큰오빠한테 내 연락처를 물어본 거지. 그제야 큰오빠도 알려줬고. 얘, 난 형부한테 전화 받을 때까지만 해도 언니가 한참 전에 죽은 줄로만 알고 있었어. 오빠들이 그렇게 말했거든. 기가 막혀서. 자기 맘에 안 든다고 그렇게 없는 사람으로 만들어도 되는 거니. 병실에 가서 처음으로 언니를 만났어. 서른 번은 갔을 거야. 너야 몰랐겠지, 너 없을 때만 갔으니까. 이제 다 떠나고 너랑 나 둘만 남은 셈이야. 오빠 쪽 핏줄도 있겠지만 난 어째 거긴 남 같더라? 사진으로만 봤는데도 너는 가끔 생각나고, 어떨 땐 꼭 나 같아서 신기했는데 말이야."

말을 마치더니 보라는 더 질문 있느냐는 듯 담요 위에서 두 팔을 펼쳤다. 영오는 마실수록 잔 바닥에 가라앉은 진액에 도달하며 달아지는 매실차를 홀짝거렸다. 이야기를 정리하려면 몇 가지 질문이 필요하다. 영오가 더 잘 아는 내용과 보라가 더 잘 아는 내용이 톱니바퀴처럼 맞물리려면. 너는 어쩐지 나 같아, 그 말은 다디단 진액처럼 가슴속에 가라앉혔다.

"입양을 안 갔으면 아버지가 결국엔 이모……를 데려오자고 했을까요?"

"내 대답은 '아니'에 가까운 '글쎄'야."

엄마는 33킬로그램의 몸이 되어서야 평온해졌는데, 조그만 몸으로 입양 갔던 동생을 찾았기 때문이었는지. 산산이 흩어지고 부서지는 보라 이모는 엄마 인생이 흐트러뜨린 퍼즐의 한 조각이었다. 나머지 조각들은 무엇일까. 어디에 있을까. 퍼즐은 매캐하고 비밀스러운 담배 연기 속에서 맞춰졌다가, 열린 창문으로 불어 들어오는 바람에 흩어진다. 온전한 모습을 드러내지 않는다. 아버지 때문에 엄마가 암에 걸린 거라구요, 그 비난은 이런 뜻이기도 했다. 아버지 때문에 엄마가 울었어요. 아버지 때문에 엄마가 담배를 배웠어요! 그런가? 정말인가? 지금 이 순간 영오는, '아니'와 '글쎄' 사이 어디쯤에 서서 갈 곳을 잃는다. 원망 들을 아버지와 동정 받을 엄마는 세상에 없다. 질문을 해도 누가 답하겠는가, 영오의 삶 말고는 말이다. 뒤늦게나마 조금이라도 공평하게 굴자면, 영오는 이런 질문도 생각해봐야 한다. 아버지는 왜 담배를 피웠을까? 굽은 어깨를 하고 뻐끔뻐끔, 거실에서 방으로, 방에서 발코니로, 발코니에서 복도로 쫓겨 다니면서, 무엇을 태워 없애려고? 무슨 까닭에 쌀쌀맞기 그지없는 딸 이름을 첫 줄에 적고 그다음에 세 사람을 차례대로 적었을까. 아무도 발견하지 못할지도 모르는 수첩에 말이다. 그리고 아버지는 그 수첩을 엄마가 남긴 압력솥에 넣어 뚜껑을 닫았다. 철컥, 하고 닫았다.

"엄마는 왜 이모…… 얘기를 안 했을까요."

"말했잖니. 부끄러워서 그랬을 거라고."

"그러니까 뭐가, 왜, 부끄럽다는 건지……."

영오는 잠시 생각하다가 고개를 끄덕였다. 이모의 말을, 엄마의 마음을 이해한 것이다.

"하루 살면 하루치만큼 부끄러움이 쌓이는 것 같아."

보랏빛 얇은 입술에 웃음을 띠는 보라. 저 입술도 부서지는 보라, 흩어지는 보라일까.

"너 혹시 뭔가 대단한 사연이나 비밀이라도 기대한 거니?"

"기대는요."

영오는 말했다.

"생각해보면 진실이란 게 워낙 그런 거 같아요. 흔한 관용구처럼 단조로운 거, 그게 진실 같아요."

"되풀이되는 후렴구 같기도 하고 말이지."

두 사람은 매실차의 마지막 한 모금을 마셨다.

마감 폭풍에 휩싸여 회사에 매인 몸이 된 영오는, 보라를 강주에게 맡겼다. 한 명은 봄방학, 한 명은 귀국 방학, 잘 어울리는 한 쌍이었다. 보라는 '이 고장 특산물'을 먹어야겠다고 별렀다. 영오는 이 고장 서울에 무슨 특산물이 있겠어요, 하면서 인천을 떠올렸다. 막다른 골목길에는 이름 없는 중국집이, 학교 뒤에는 간판 없는 김밥집이 있는 곳. 가까운 옆 고장 특산물을 즐기라며 홍강주란 남자를 부르겠다 말하자, 보라는 눈빛을 반짝거렸다.

"남자 친구? 괜찮은 남자로 골랐나 몰라."

영오는 신발을 신고서 현관문을 밀고 나갔다. 보라가 닫히려는 문을 손으로 막으며 문틈으로 얼굴을 내밀었다.

"만나는 김에 어떤 사람인지 좀 볼게. 난 딱 보면 알아."

"아이고, 그러시든가요."

말린다고 들을 사람이겠는가. 그쯤은 며칠 만에 파악했다.

영오는 출근길 버스에서 강주에게 문자메시지를 보내어 사정을 설명했다.

'그렇게 됐으니까 맛있는 것 좀 먹여줘요.'

'애예요? 환자예요? 먹여주게.'

'아이, 참!'

'나 지금 실망이 대단해요. 한동안 계실 거라면서요.'

'그럼 오늘 가서 쫓아내든가요.'

'오, 당신 이모를? 무슨 천벌을 받으려고.'

강주는 천벌은커녕 칭찬을 받고 싶은 모양이었다. 청바지는 여전했지만 셔츠에 코트를 차려입고 영오네 방의 초인종을 눌렀다. 아버지 차까지 빌려 원룸 건물 앞에 세워놓았다. 한 번 더 누르려는데 문이 열렸다. 보라는 머리에 수건을 터번처럼 두르고 푸들처럼 복슬복슬한 목욕 가운을 입은 채였다. 가운을 찾느라 헤집었는지 뚜껑 열린 트렁크가 현관 앞에 나뒹굴었다.

"비밀번호 알면서?"

잠금장치는 하나만 잠겨 있었다. 알긴 제가 뭘 알겠습니까, 강주는 그런 표정으로 웃으면서 허리를 숙였다.

"처음 뵙습니다. 홍강줍니다."

"들어와요. 관광 가이드 면접 보러 온 것처럼 그러지 말고."

강주를 손짓해서 불러들이는 보라. 하인을 심부름 보내고 목욕을 즐기다가 문 따러 나온 마님처럼 거만하다.

"코마에서 깨어나신 걸 축하합니다."

"한잠 늘어지게 잘 잤지."

"이모님, 오늘 관광 코스를 설명드리자면……,"

"이모님? 죽을래요? 누나라고 불러."

"누님으로 쇼부 보죠. 쇼부, 일본어 맞죠? 일본에서 오셨다길래."

"난 입국하는 순간 일본어하곤 사요나라 했어요. 누님, 끈적거리네. 어쩔 수 없죠, 뭐. 옷 갈아입어야 하니까 뒤돌아서요. 화장실은 축축해서 별로야."

강주는 뒤돌아섰다. 그리고 보라가 옷을 갈아입는 동안 눈물이 나도록 두 눈을 질끈 감고도 모자라 두 손에 얼굴을 파묻었다. 흐느껴 우는 사람처럼. 보라는 다 됐다는 얘기도 해주지 않았다. 5분은 지나서야 경계 체제를 해제하니, 누님은 개나리색 니트에 청바지, 초록색 코트 차림이다. 영오의 작은언니쯤으로 보였다. 장갑을 끼고 목도리까지 둘렀건만 외출할 생각만으로도 추운지 진저리를 친다.

"지방이 없어서 추위를 타나. 살 좀 찌우러 갑시다. 여긴 매실차하고 믹스 커피뿐이야."

"살찌는 데는 당보단 탄수화물이죠. 최상의 탄수화물이 있는 곳으로 모실게요."

보라는 차에 타자마자 아버지 차네, 맞혔다. 아저씨 냄새 라도 나, 정신을 집중했지만 강주 코에는 방향제 냄새나 들어왔다. 보라는 차창 밖을 내다보며 몇 년 동안 이 나라는 변한 것도 같은데 가만 보면 그대로야, 소회를 밝혔다.

"그동안 왜 한 번도 연락을 안 하셨어요? 오한테……, 아, 영오 씨한테요."

"오? 영오를 오라고 불러요? 그건 별로 안 끈적거리네. 나 야 내 인생에 정신 팔려서 그랬겠지, 뭐. 영오는 그쪽을 뭐 라고 불러요?"

호기심과 대답과 질문이 뒤섞인다. 강주는 마지막 질문에 먼저 답하기로 한다.

"홍쌤이라고 부르던데요."

"쌤? 아, 선생님?"

"중학교에서 수학을 가르쳐요."

"직업 좋네. 나더러 하라면 절대 안 하겠지만."

"아 참, 기간젭니다. 계약직이죠."

"좋다. 계약직이 좋아. 수틀리면 확 때려치우고 프랑스든 남아공이든 날아버리면 그만이잖아."

"계약직이라고 해서 맘대로는 못 그만둡니다만……."

"자르는 건 맘대로면서 그만두는 건 맘대로 안 된다? 그런 게 어딨어. 홍쌤, 약속해요. 맘에 안 들면 그날로 때려치운다고."

"어, 약속을, 해야 하나요?"

보라가 차창을 한 뼘쯤 열었다. 바람이 불어 들어와 느슨한 머리 타래를 흔들었다.

"이 나라 뜨면서 연락을 전부 끊었는데, 전화는 살려뒀어요. 요금도 내고. 한국 도착하자마자 전화기를 켰는데 그때 딱 영오한테 연락이 온 거죠. 운명 같은 환영 인사 아닌가? 홍쌤한텐 가혹한 운명이겠지만."

"아니, 저야 뭐."

강주는 괜찮다는 말을 하려다가 거짓말 말자 싶어 그만두었다.

인천의 입구를 지났다. 평일 오후, 길은 막히지 않았다. 방학을 맞아 동갑내기 여자 친구의 젊은 이모를 태우고 탄수화물을 먹으러 한산한 도로를 달리는 계약직 수학 교사의 삶, 나쁘지 않다. 이 정도면 훌륭하다. 불편하지도 않던 마음 한구석이 편해졌다.

"난 좀 부끄러웠던가 봐."

보라가 말했다.

"아무한테도 연락 안 한 거. 사람이 말예요, 발가벗었을 때 부끄러울까, 아니면 괴상한 분장을 했을 때 부끄러울까? 난 지난 몇 년 동안 몸은 벌거숭인데 얼굴엔 그림을 치덕치덕 그린, 그런 상태였어요. 자세한 얘긴 안 할래. 영오한테도 안 했거든. 흔한 얘기야."

보라는 팔순 할머니처럼 추억에 잠긴 표정을 지었다.

"그래도 사랑은 좋은 거예요. 목숨까진 오버고 인생 몇 년쯤 걸어볼 만은 해."

차이나타운 근처의 골목길에 차를 세웠다. 강주는 보라를 막다른 골목길에 있는 그 중국집으로 안내했다.

"자, 놀라지 마시라고. 며칠을 굶었으니까."

탕수육과 짜장면이 나오자 젓가락을 손 안에서 비비며 말하는 보라. 그간 먹은 매실차와 믹스 커피, 빵 쪼가리와 컵라면, 삼각 김밥은 1에 근접한 0일 뿐이었다. 보라가 음식을 먹기 시작하자 마술 쇼가 펼쳐졌다. 젓가락질 몇 번에 짜장면이 없어지고 탕수육이 동났다. 걸쭉한 양념도 잘게 썬 건더기도 손으로 반죽한 면발도 종적이 묘연해졌다.

"더 먹어야겠지?"

보라의 말에 강주는 고개를 끄덕였다.

늦은 점심 겸 이른 저녁 2차는 김밥이었다. 문옥봉 김밥. 옥봉은 없다. 정말 없다. 시간이 일러서인지 줄이 평소보다 짧았다. 5분쯤 기다린 뒤에 가게에 들어갔다. 계산대에 선

덕배가 보라를 보더니, 시선을 거두지 못한다. 그러더니 한참 만에야 고개를 숙이고 괜한 장부나 넘겼다.

"형님, 저 왔어요."

강주가 인사하자, 덕배는 장부에 얼굴을 처박으며 알아듣지 못할 말을 웅얼거렸다.

"네 줄만 주세요. 먹고 갈게요."

강주가 말했다.

"거기서 따블이요."

보라가 정정했다. 강주의 눈이 휘둥그레지자 보라도 눈이 커다래진다.

"왜? 따따블로 할까?"

김밥 여덟 줄이 나왔다. 강주는 자리를 잡고 앉자마자 마술 쇼 2탄을 봤다.

"네 줄 더 주세요."

멀리 있지도 않은 덕배에게 손나팔을 만들어 외치는 보라. 사람들이 젓가락질을 멈추고 보라를 봤다. 보라가 벽도 보고 천장도 보더니 말했다.

"일인당 몇 줄씩 뭐 그런 제한 있어요? 아무 말도 없는데?"

둘이서, 어쨌든 둘이서 김밥을 열두 줄 먹어치우고 계산을 하려니, 덕배가 비닐봉지를 보라에게 건네며 말했다.

"서비습니다. 또 오세요."

보라는 봉지를 받아들며 오른손을 오른쪽 귀에 대고 까딱 움직였다. 토끼가 귀를 쫑긋대듯이. 감사 인사인 동시에 또 오겠다는 약속이다. 덤으로 얻은 김밥 봉지를 흔들며 토끼 춤을 추듯 걸어간다.

강주는 자유 공원 쪽으로 차를 몰았다. 보라가 후식을 요구했기 때문이다. 세 번째 밥이 아니라 첫 번째 후식이라니, 다행이었다. 이제 낮도 여분이 얼마 남지 않았다.

"조용한 카페가 하나 있는데, 거기 요거트랑 쿠키가 먹을 만해요."

"요거트랑 쿠키, 사랑하지. 여길 잘 아네요, 홍쌤?"

"고 1 초반까지 이 동네에서 학교를 다녔거든요. 태어난 데는 아니지만 고향이나 마찬가지죠."

형이 죽고 몇 달 지나지 않았을 때였다. 부모님은 이 동네, 이 집에서는 큰아들 얼굴과 그림자가 아른거려 못 살겠다며 이사하기로 결정했다. 학기 중인 강주에게 전학이 좋을 리 없었지만 부모님은 이사를 강행했다. 그것도 인천이 아닌 서울로. 집은 우울했고 학교는 낯설었다. 강주는 성적이 떨어졌고 친구도 잘 사귀지 못했다. 부모님은 괜찮냐고, 다닐 만하냐고 묻지 않았다. 괜찮아요, 다닐 만해요, 대답할 기회는 찾아오지 않았다. 공원 아래쪽 주차장에 차를 댔다. 쓴웃음이 났다. 원망스럽거나 서운해서가 아니었다. 찻잔에 물든 홍차 빛깔처럼 기억이란 끈질기다는 생각이 들어서였다.

요거트에 커피에 쿠키까지 먹고 카페를 나서니 황혼 무렵이었다. 카페는 길고 구불구불한 계단을 걸어 올라가야 하는 높은 지대에 있었다. 저 멀리 저무는 해가 보였다. 보라와 강주는 난간 앞에 서서 석양을 바라보았다. 타오르는 동시에 사라지는 해. 강주는 휴대폰을, 보라는 담배를 꺼냈다. 강주가 바닷가로 떨어지는 해를 찍는 동안, 보라는 난간에 등을 대고 돌아서서 담배를 피웠다. 이번만큼은 강주도 흡연자 앞에서 침묵했다. 보라는 강주가 대적할 상대가 아니니까.

"영오 보여주게요?"

"해가 이렇게 한순간에 지는 걸 보면 신기해할 것 같아서요. 이런 걸 잘 모르더라고요."

보라는 자그마한 휴대용 재떨이에 담뱃재를 떨었다.

"전남편이 준 선물이야. 더럽게 깔끔한 놈이었지."

그러더니 몸을 앞으로 기울여 강주의 얼굴을 빤히 들여다보았다. 강주는 눈알을 굴리고 눈을 깜빡거리면서도 그 시선을 피하지 않았다. 이모가 홍쌤 면접 볼 거라던데요, 하고 영오가 귀띔해준 말이 떠올랐다.

"그래, 우리 영오 어디가 어떻게 얼마나 마음에 드는데?"

면접 시작이다.

"저 지금 대답 잘해야 되는 거죠?"

"성심성의껏 말해봐요. 불합격이면 영오한테 통보할 거니까."

강주는 촬영 중이던 휴대폰을 주머니에 넣는다고 넣었는데 이것 참, 휴대폰은 땅바닥으로 떨어졌다. 영상 속에서 한창 우아하게 지고 있던 태양은 영문도 모르고 급작스럽게 추락했다. 물컹한 바다 속이 아니라 딱딱한 땅 위로 졌다. 강주는 긴장했다. 이게 뭐라고 긴장이 된다. 어, 하고 운을 뗀 다음 몇 번이나 어, 어, 하다가 말했다.

"어, 저랑 오는 같은 걸 두려워하는 것 같아요."

"같은 거 뭐? 갑자기 나타나서 더부살이하는 여자?"

"아이고, 누님."

강주는 웃었다. 그제야 긴장이 풀렸다.

"그냥, 오 옆에서 말해주고 싶어요. 겁먹어도 괜찮다고, 괜찮으니까 웃고 살자고."

보라가 새 담배를 꺼내어 불을 붙였다. 반짝, 작은 빛이 생겼다. 강주는 그 빛에 집중했다. 반짝, 자기한테도 저런 빛이 있다는 생각을 했다. 영오 방의 야광 별. 영오에게 팔베개를 해줄 때 팔뚝에 전해지던 체온. 그때 영오와 강주의 맥박이 더해져 반짝, 반짝, 반짝 뛰었다.

"그럼 저 어떻게, 합격인가요?"

"땡, 불합격이야. 무슨 말인지 알아들을 수가 있어야지. 통보해야겠는걸."

"나쁜 소식이라면 오한테는 꽃노래라도 참아주세요."

두 사람은 웃다가 말다가 하며 계단을 내려왔다.

해가 져서 세상이 어두워졌다. 차 안은 고소한 김밥 냄새가 점령했다. 기온이 내려갔다.

"마지막으로 한 군데 남았어요."

"먹는 거?"

"못 먹어요."

"시시하다."

그러면서도 보라는 강주가 정유 공장 건너편의 갓길에 차를 세우자 이야앗, 좋아했다. 컴컴한 배경 속에서 크고 붉은 불꽃이 타올랐다. 보라는 열린 차창에 팔을 걸치고 그 위에 얼굴을 얹은 채 불을 바라보았다.

"비가 오면 어떻게 될까?"

"타면 타는 대로, 꺼지면 꺼지는 대로, 그렇겠죠."

"불은 매여 있어요. 그런 생각 안 들어요? 어디엔가 발을 붙여야 타오르잖아. 공중을 날아다니는 불은 전쟁 때나 보겠죠. 비는 아무 데서나, 아무 데로나 떨어지는데."

"불은 타오르고, 비는 떨어져 내리니까요."

"비가 좋아요. 자유롭잖아. 난 그대의 오도 그렇게 살면 좋겠단 말이지."

보라가 봉지에서 김밥을 한 줄 꺼내 은박지 윗부분만 벗기더니 한 알씩 떼어 먹었다. 대단하다. 그렇게 먹고 또 먹는 보라가, 그렇게 먹었는데 또 식욕을 일으키는 김밥이.

"지금 결심한 게 있는데, 홍쌤한텐 말해둘게요. 나, 일자리 구해도 영오 방에 좀 더 있을래."

"네……?"

표정 관리가 안 됐다. 보라가 김밥을 우물거리며 농담이 롱, 할 줄 알았는데 아니었다. 보라는 그 나름대로 진지했다.

"영오한테 월세를 내야겠거든요. 그래야 영오 걔, 수틀리면 언제든 회사를 그만두지. 난 영오가 자유롭게 살면 좋겠다니까. 일 년쯤은 영오를 먹여 살릴 마음이 있어요. 내가 네일을 하는데 실력이 제법이란 말이죠. 라면 하나 먹고 배부르다고 하는 거 보니까 걔, 돈 얼마 들지도 않겠더라."

차 안이 어두워서 보라의 손톱은 보이지 않았다. 짧고 깨끗했다는 기억이 났다.

"이런 오지랖은 나 같은 웃어른 몫이잖아. 안 그래요?"

바람이 불자 굴뚝에서 피어오르던 불꽃이 꺼질 듯하다가, 몸을 일으켜 세웠다.

14.
ㅁ의 삶

"이렇게나 가깝다고?"

도로시가 지도를 보며 말했다. 지도에 그려진 두 동그라미 사이는 지하철로 세 정거장이다. 도로시가 일하는 역과 기범수가 일하는 안경점의 거리였다.

"그렇다니까요. 앗, 어서 오세요!"

손님이 왔다. 층계참의 간이매점, 메리는 치과에 간다며 자리를 비웠고 도로시는 휴식 시간이었다. 길쭉한 미지와 통통한 도로시가 앉으니 얇은 쇠붙이로 지은 매점이 장난감 집 같다. 껌이나 사려고 매대를 살피던 중년 남자가 개떡 바구니로 시선을 옮겼다.

"개떡을 다 파시네?"

"간이 심심한 게, 먹을 만해요. 집에서 반죽까지 해서 찐 거예요."

도로시가 부추기자 미지가 거들었다.

"저도 벌써 세 번이나 사 먹었어요."

두 번째로 이곳을 찾아왔을 때는 도로시와 만나지 못했지만 세 번째 방문에서 도로시를 고객으로 확보했다. 그날, 도로시는 미지를 보자 학생 또 왔네 하며 반색했다. 미지는 영업에 나섰다. 찾는 사람 있으시죠? 저한테 맡기세요. 인터넷엔 다 있거든요. 그러자 도로시는 미지를 층계참 구석으로 끌고 갔다. 어른들 얘기 엿듣고 그러면 못써. 눈썹이 곤두서도록 눈알을 부라리더니 말을 잇는다. 암튼 이왕 이렇게 된 거, 우리 아들 좀 찾아줘 봐. 범수야, 기범수. 차라리 아주 모르는 사람한테 맡기는 게 덜 망신스럽지. 의뢰였다. 그것 외에 한 가지 더, 부탁도 있었지만. 오늘이 네 번째 방문, 기범수가 일하는 곳을 알아냈기에 그 결과를 알리러 왔다. 조사 결과, 범수는 대형 안경점에서 일했다.

손님은 개떡을 세 덩이 샀다. 도로시는 떡을 봉지에 담아주며 굳으니까 냉장고에는 넣지 말라고 당부했다. 미지는 또 오세요, 인사하면서 스테이플러로 찍은 종이를 넘겼다. 5층짜리 건물의 사진인데 그중 1층과 2층이 안경점이다. 인터넷 지도에서 찾아 출력했다. 작업복 주머니에서 돋보기를 꺼내 코허리에 걸쳐 쓴 도로시, 두 손으로 종잇장을 붙들고 미간을 찌푸린다.

"나쁜 새끼! 안 죽었네?"

안경점 안에 있는 범수가 보이기라도 하는 듯 손가락 끝
으로 사진을 찌른다.

"이 나쁜 자식이 내 자식이야."

고무줄 늘어난 바지처럼 흘러내리는 돋보기를 벗더니 주
먹을 쥐고 아이고, 가슴을 친다. 손등에 생채기가 자잘하고
손목이 굵다. 짧은 손톱 끝에는 때가 꼈다.

"하기야 내가 누굴 욕해. 나부터가 나쁜 자식에 몹쓸 년
인데. 다 자기 한 대로 받는 거지."

한숨을 내쉬고 온장고를 열더니 빨간 뚜껑 베지밀을 꺼
냈다. 통에 돈을 넣고 베지밀 뚜껑을 따서 미지에게 건넨다.
개떡은 돈을 치르지 않고 준다. 미지는 두유와 개떡을 먹었
다. 성공 수당인가 싶었다.

"옆집 할아버지, 떡은 갖다드렸어?"

도로시가 담담한 척하는 목소리로 물었다.

"그럼요, 드렸죠."

"좋아하셔?"

"개떡 같대요."

도로시가 눈을 끔뻑거리더니 피식 웃었다.

세 번째 방문 때 도로시가 한 부탁은, 703호 할아버지에게
개떡을 전해달라는 것. 내가 개나리아파트에 아는 사람 있

다고 했지? 가만 생각하니까 학생 옆집이더라고. 2동 703호. 어쩜 이런 우연이 다 있어그래? 손을 맞잡아 비틀면서 눈을 어디에 둘지 몰라 굴리는 도로시, 미숙하고 어설픈 연기다. 이 복잡한 세상에서 절묘하도록 우연히 마주친 내가 누구인지는 묻지 말아다오, 말은 못 하고 눈알만 분주하다. 미지는 안 그래도 바로 그 할아버지가 주문한 개떡을 사러 왔노라 말하지 않았다. 그렇게 정보를 누설했다가는 두출이 언젠가 알아차린다. 세계 7대 불가사의만큼이나 비밀스러운 자기 정체를 탄로 냈다며 심부름 계약을 파기하자고 호통칠 빌미를 주게 된다. 도로시는 자기 전화번호가 적힌 쪽지를 미지에게 내밀었다. 옆집 할아버지한테 혹시라도 무슨 일 생기면, 아니지, 그런 낌새가 보이면 연락 좀 줘. 그러더니 중얼거리기를, 누가 죽어도 모르는 게 아파트잖아.

"그 할아버지한테 내 얘긴 안 했지? 비밀이야. 난 없는 사람이니까, 응?"

"아이, 걱정 마세요. 전 아줌마가 누군지도 모르는걸요."

공식적으로는 그렇다. 두출은 딸이 있다고 했지만 도로시가 그 딸이라고는 하지 않았다. 도로시도 자기가 누구이기에 703호 할아버지에게 개떡을 챙겨주는지, 그 영감님이 누구이기에 빈집에서 싸늘한 송장이라도 될까 봐 걱정하는지 밝히지 않았다. 미지는 두 사람 사이를 오가며 신실한 심부름꾼으로서 할 일을 했다. 행동하라, 함구하라. 두출이 하지

말란 말은 하지 않았고, 도로시가 전하지 말란 말은 전하지
않았다. 그 외에는 어떤 말과 행동을 하든 미지의 자유였다.
그것이 공미지 식의 균형 감각이었다.

"내가 누군지는 알 것도 없어. 난 없는 사람이니까. 없는
게 나은 사람이야, 차라리."

도로시는 손톱 거스러미를 쥐어뜯는다.

"여기, 찾아가볼까요?"

미지가 사진을 가리키며 말했다. 도로시가 거스러미를 떼
며 몸을 움찔한다. 따가운가.

"가서 뭐 하게."

"가지 마요? 그럼 여기서 임무 끝? 정산할까요?"

철두철미한 개인 사업자의 면모다. 우리 강산 맑고 푸르
게, 우리 돈 계산 확실하고 깨끗하게. 도로시가 먼 산을 보
며 입술을 달싹거린다. 립스틱이 입꼬리에서 뭉개져 있다.

"가서 뭐, 어떻게 살고 있는지 봐도 뭐, 오만 사람 들락거
리는 데니까 내가 누구다 말할 필요도 없고……."

"오케이! 접수했습니닷!"

새로운 일거리를 받은 미지, 수첩을 꺼낸다. 업무 일지가
적혀 있다.

• 2월 18일(세 번째 방문)
도로시, 사람(기범수)을 찾아달라고 의뢰

—이름, 생년월일, 휴대폰 번호, 출신 학교, 혈액형, 취미, 식성, 친구 관계 등등 확보

—'이름+전화번호+학교' 조합으로 단번에 발견! 졸업한 대학의 구인 게시판(실명 게시판임)에 올린 글 찾음. → 안경점에서 신입 안경사를 구한다는 글. 올린 이 기범수. "저는 여러분 선배입니다…… 개인 번호도 적어놓을 테니까 궁금한 점 있으면 부담 없이 연락 주세요."

휴대폰 번호, 도로시 아줌마가 알려준 번호와 뒤 네 자리가 일치함.

그 밑에 적는다.

• 2월 20일(네 번째 방문)

도로시, 기범수를 만나보라고 의뢰, 다음과 같은 점을 알아봐달라고 함.

—잘 살고 있나? → 상태는 멀쩡한지, 어디 아프지는 않은지, 돈은 잘 버는지 등등일 듯?

—언제쯤 날 찾아올 생각이냐, 이 나쁜 새끼야! → 합리적인 추측임.

　메리가 볼을 싸안고서 계단을 내려온다. 도로시는 개떡을 서너 개 집어 미지의 가방에 넣어준다. 미지가 혼자 먹기에는 많다. 몇 개가 꺼비 할아버지 몫일까. 도로시는 두출이 위기 상황에 빠졌다는 전화라도 받지 않는 한 703호에 가지 않을 것이다. 그 집 초인종은 전선이 끊어졌다. 이 세상 자

식들은 대부분 나쁜 새끼인 걸까, 미지는 생각한다. 의미 없는 단체 문자나 날릴지언정 단축 번호 1번에 저장된 사람에게는 알은척을 하지 않는, 청개구리 자식들.

안경점은 밝고 건조했다. 한낮의 사막 같다. 진열된 안경테에 끼운 가짜 렌즈가 형광등 불빛을 받아 모래알처럼 빛났다. 미지가 들어서자 안경사 예닐곱 명이 어서 오십시오, 외쳤다. 미지는 넓은 실내를 둘러본 다음, 한 곳으로 걸어갔다.

"안녕하세요."

안경사와 미지, 두 사람이 동시에 말했다. 양복 상의에 기범수가 아니라 김범수란 이름표를 단 남자가 미지를 맞는다. 검은색 뿔테 안경을 썼다. 구글에서 기범수를 찾을 때에도 수많은 김범수가 꼬리를 흔들고 지느러미를 파닥거리며 번지수 틀린 명함을 내밀었다.

"어떤 걸 찾으세요? 안경? 렌즈?"

범수가 물었다. 미지는 안경사의 이름표에 시선을 고정한 채 대답했다.

"돋보기요."

"아, 돋보기. 연세는 어느 정도일까요. 연령별로 도수에 차이가 있거든요."

"오십 대 초반? 중반? 그쯤인 거 같아요. 더 설명해볼까요?"

나이를 물었고 나이를 답했는데 뭘 더 설명한다는 말일까. 범수는 직업용 미소를 띠었다. 그의 머릿속은 손님들이 하는 요구와 질문, 손님들에게 해야 할 권유와 칭찬으로 모래 폭풍이 일어 흐리멍덩하다.

"어떤 분이냐면요, 지하철역에서 청소 일 하세요. 담배도 맛있게 잘 피우시고요, 개떡도 맛있게 잘 만드세요."

범수의 얼굴에서 웃음이 사라지더니 입이 벌어진다. 파리가 날아다녔다면 한두 마리쯤 입천장에 자리 잡았겠다. 그는 이마에 배어 나온 땀을 셔츠 소맷자락으로 닦았다. 몸을 숙여 선반을 뒤적거리더니 돋보기 몇 개를 진열장 위에 늘어놓는다.

"이 정도면 될 것 같은데요. 눈에 딱 맞게 맞추기도 하는데 그러려면……."

미지가 말꼬리를 낚아챘다.

"모시고 올까요? 여기서 세 정거장인데."

안경집을 여는 범수, 손이 떨렸다. 꺼내려던 돋보기를 포기한다. 탁, 소리를 내며 닫히는 안경집. 마음이 닫히는 소리도 저렇게 경쾌할까, 미지는 생각했다.

"김범수 팬이세요, 기범수 아저씨?"

그러자 범수가 안경집을 들고 미지 쪽으로 몸을 기울이더니 속삭였다.

"너, 누구니. 어머니가 보냈어?"

미지는 몸을 숙이고 진열장 안을 구경하며 말했다.

"그렇다고 봐야겠죠? 아, 저는 공미지고요."

사막을 가로질러야겠다. 에둘러 가기는 싫다. 해가 저물기 전에 이 사막을 건너자.

범수가 돋보기를 쓸어 모아 선반으로 돌려보냈다. 웃으면서 좀 크다 싶은 목소리로 말한다.

"그럼 손님, 2층에 가서 시력부터 측정할까요?"

"좋죠!"

미지도 명랑한 목소리로 화답하였다.

구석에 난 계단을 올라 2층으로 가자 시력 측정실과 안경테 진열대가 있다. 범수는 미지를 측정실로 데려가 등받이 없는 의자에 앉혔다. 그리고 맞은편으로 가서 바퀴 달린 의자에 앉는다. 기계가 두 사람의 얼굴을 가렸다. 미지는 쌍안경처럼 생긴 도구의 받침대에 턱과 이마를 댔다. 사진이 보인다. 지평선, 풀밭, 하늘, 무지갯빛 열기구.

"저기, 기범수 아저씨."

"내 이름이 진짜 김범수면 어쩌려고?"

"에이, 제가 다 알아봤어요. 아저씨 기범수 맞잖아요."

미지는 범수를 본 순간 도로시의 아드님이군,. 알아봤다. 도로시를 보고 꺼비 할아버지의 따님이로군, 알아차렸듯이. 도로시는 꺼비 할아버지를 닮고 범수는 도로시를 닮았다. 그런데 범수는 꺼비 할아버지를 닮지 않았다. 범수가 도로

시와 비슷한 구석은, 짙은 눈썹뿐이니까. 숯으로 문지른 듯
진하고 굵은 눈썹. 엄마가 나중에 가서야 아들을 닮게 되는
경우도 있다. 거기에는 자연의 법칙이 아니라 그리움이 필
요하다. 도로시가 아들을 생각하며 눈썹 문신을 했다고 우
긴다면 억지겠지만.

"사장이 김범수로 하래. 연예인 이름이라 친근감 있다고.
이제 어쩔 때는 내가 진짜 김범수 같아."

미지는 범수의 자리에서도 공중으로 반쯤 떠오른 이 열기
구가 보일지 궁금했다. 개나리아파트의 702호와 703호처럼
좌우가 뒤바뀐 열기구.

"집은 왜 나왔어요?"

"엄마가 그런 얘기도 해?"

"엿들었죠. 그런데 뻔하잖아요. 찾아달라고 한 거 보면."

범수는 기계에 달린 손잡이를 만지작거렸다.

"엄청 싸웠어. 엄마한테 수전노라고 했거든. 십 원짜리 동
전 하나도 엄마 주머니에만 들어가면 먼지가 되도록 안 나
온다고. 엄마가 걸레짝을 내 얼굴에 냅다 던지더라? 그래서
그냥 걸레 쉰내랑 휴대폰, 지갑만 챙겨서 나왔어. 그러고선
이 년이야."

기계에서 얼굴을 떼고 의자를 굴려 옆으로 나온다. 그리
고 양손으로 얼굴을 문질러 마른세수를 한다. 그의 손은 거
칠지도, 마디가 굵지도, 손톱 밑에 검은 때가 끼지도 않았

다. 양복 차림에 향수까지 뿌리고 보드라운 천으로 안경알을 닦는 지상 근무자다.

미지가 노래를 흥얼거리기 시작했다. 손대면 톡 하고 터질 것만 같은 그대, 봉선화라 부르리. 열기구가 노랫소리에 맞추어 흔들거렸다.

"그 노래를 다 알아? 취향이 올드하네."

"이 정도면 올드가 아니라 클래식이죠. 톡, 건드리면 터지는 봉선화, 다들 그런 꽃봉오리가 있는 것 같아요."

미지는 열기구에서 시선을 떼지 않는다. 열기구는 땅으로 내려앉는 중일지도 몰랐다. 톡 터지고 싶다는 열망으로 무거워진 이야기의 무게를 견디지 못하고서.

"처음엔 엄마한테 화가 났어. 그러다가 나한테 화가 났고. 크고 텅 빈 게 쪼그라들더니 단단해지는 기분이더라. 속이 고름으로 꽉 찬 뾰루지나 종기처럼 말이야. 난 그 종기를 달고 다녀, 요즘도."

"김범수의 미음 받침처럼요?"

"'범'에 붙은 미음은 원래 내 거야."

"'김'에 붙은 건 아저씨 거 아니잖아요."

"그건 그렇지. 그래, 어딘가에서 빌린 미음이네."

미지가 열기구를 보며 눈을 깜빡거렸다. 고개를 끄덕이며 격려하는 일과 같았다. 계속해요, 봉선화 봉오리를 터뜨려요. 우리에겐 그런 순간이 필요하고, 난 그쪽에 재주가 있죠.

언젠가 오쌤도 나에게 홍쌤을 털어놓고야 말 거랍니다.

"엄마가 일하는 역을 지나갈 때마다 고개를 못 들어. 벽에 붙은 역 이름도 못 보겠어. 부끄러워서, 창피해서. 하루하루 미루다 보니까 이 년도 금방이더라. 난 부끄러움을 미음 받침처럼 달고 다녀."

범수는 의자를 굴려 제자리로 돌아갔다. 기계에 눈을 대고 손잡이를 조정한다.

"시력은 재봐야지. 여기까지 왔는데."

이마와 턱에 붉은 자국이 새겨질 만큼 버틴 보람이 있다. 열기구가 커졌다 작아졌다, 또렷해졌다 흐릿해졌다 한다.

"와, 요즘 이런 시력 흔치 않은데."

범수가 말했다.

"넌 스마트폰 안 보니? 만화도 안 봐?"

"반은 맞고 반은 틀렸네요."

범수는 미지에게 얼굴을 떼고 앞을 보라고 하더니 시력 측정판까지 동원했다. 미지는 범수가 가리키는 대로 대답했다. 7, 2, 오른쪽이 뚫린 동그라미, 비행기! 7, 3인가? 잘 모르겠어요. 위가 뚫린 동그라미. 매해 학교에서 시력을 측정했지만 지휘봉 끝이 숫자나 동그라미 말고 다른 것을 가리키는 경우는 없었다. 비행기, 비행기는 처음이었다.

"양쪽 다 1.5! 멋지다."

예쁘고 싱싱한 꽃을 본 꽃집 주인처럼 감탄한다.

"그래도 안경 하나 할래요."

"무슨 소리를. 불가능해."

"돈 낼게요."

"공짜여도 하지 마. 양안 시력 1.5가 안경이라니, 투 플러스 에이 한우에 양념을 끼얹고 말지."

"그럼 테라도 하나 할래요."

"그건 그러든가, 그럼."

미지는 진열대로 가서 안경테를 골랐다. 파란, 세모난, 커다란, 길쭉한. 손에 잡히는 대로 쓰고서 거울을 봤다. 범수도 쓰면 우습겠다 싶은 테만 골라줬다. 배우에게 우스꽝스러운 화장을 해주는 분장사 같다. 지금까지 범수가 상대한 배우들은 조금이라도 마음에 들지 않는 테를 권하면 콧잔등을 구겼다. 그러면 범수도 앗 이런 실수를, 죄스러워하는 안경사를 연기했다. 가짜 김범수가 노래 실력은 꽝인데 연기만 늘었다.

"이건 너무 멀쩡한데……."

범수가 분홍빛이 도는 금색 안경테를 꺼냈다. 안경다리 끝에 성냥 머리처럼 빨갛고 동그란 장식이 달린 테였다. 미지는 웃느라 빨개진 얼굴로 그 테를 썼다. 범수 말대로 멀쩡해 보인다. 열일곱 살짜리 학생 얼굴이다. 이건 재미가 없잖아요, 테를 벗으려는 생각이었는데, 그랬는데, 그러지 못했다. 웃음이 깨진 채 얼어붙은 얼굴로 거울을 바라본다.

아는 얼굴이다. 이런 안경테를 쓰던 얼굴.

넌 내가 죽길 바랐지?

거울 속 얼굴이 말했다. 미지 얼굴이지만 미지가 아니다.

이제 속이 시원해?

범수가 진열대 바깥으로 나오면서 말했다.
"왜 그래, 갑자기? 어디 아파?"
미지는 새하얗다. 시퍼렇다. 푸르뎅뎅하고 허여스름하다.
공포가 미지를 사로잡았다. 삼킨다. 씹는다. 크고 단단한 공포, 작고 텅 빈 공포. 몸이 기울어진다. 범수가 팔을 뻗어 미지를 붙들었다.

아니라고 말해봐. 아니라고 말해보라고! 제발……!

*

ㅁ의 삶

나는 ㅁ과 같은 초등학교에 같은 중학교를 다녔다. 우리는 다섯 번이나 같은 반이었다.

초등학교 오학년 때까지 애들은 ㅁ이 어떤 아이돌 가수의 사촌동생이라고 믿었다. ㅁ이 그렇게 말하고 다녔다. 인기가 장난 아닌 혼성 그룹이었는데, ㅁ은 좀 존재감이 없는 멤버를 자기 사촌언니라고 찍었다.

"언니가 내 재능을 뺏어 갔어. 그래서 언니만 아이돌이 된 거야."

ㅁ이 이렇게 말할 때면 알 길 없는 묘한 분위기가 감돌았고, 한숨을 푸욱 쉬는 애도 있었다. 중학생이 된 뒤 국어 문제집에서 비장미란 단어를 봤는데, 오쌤에게 물어보니 슬픈 느낌을 주는 아름다움이라고 했다. 아하, 그랬군. 비장미였다. ㅁ의 머리 위로 먹구름처럼 떠다니던 묘한 분위기, 애들을 사로잡은 슬픈 느낌. 비장미.

"재능을 어떻게 뺏어? 물건도 아닌데."

어느 날, 내가 물었다. ㅁ이 나를 바라보았다. 아이들이 조용해졌다. 난 정말 궁금해서 물어본 거다. 예전부터 궁금했다. 돈이나 물건이라면 얼마든지 빼앗을 수 있다. 하

240

지만 재능을 어떻게? ㅁ의 눈에서 눈물이 흘러내렸다. 그
애는 화보처럼 깔끔하게 울었다. 애들은 심한 말을 했다
며 나를 비난하고 ㅁ을 위로했다. 놀라웠다. 나만 그런 걸
궁금해한다니, 누구 하나 찍어 왕따는 잘도 시키는 애들
이 ㅁ에게는 그토록 친절하다니. 그 뒤로 애들은 나를 곱
지 않은 눈길로 바라보며 수군댔다.

그러다가 그 그룹이 갑작스레 해체했고, 아이들은 일반
인이 된 전직 아이돌에게 흥미를 잃었다. ㅁ도 자기가 누
구의 사촌동생인지 강조할 필요가 없어졌다고 판단한 듯
했다. 그 일은 그렇게 마무리되었지만 ㅁ은 위기감을 느
꼈을 것이다. 나도 나중에서야 하게 된 생각이다.

오학년 때, 학교 급식실이 공사를 한다며 일주일간 문
을 닫았다. 집에서 도시락을 싸 와야 했다. 나는 예닐곱 명
쯤 되는 애들 틈에 섞여서 밥을 먹었는데, 그중에는 ㅁ도
있었다. 나랑 노는 애가 ㅁ의 친구와 친해서였다. 그때까
지는 나한테도 친구가 한두 명은 있었다.

도시락 뚜껑을 열자 한숨이 나왔다. 또 치킨이었다. 김
치 한 조각 없이 튀긴 닭만 가득. 애들의 젓가락이 내 도
시락으로 달려들었다. 치킨이 사라졌다. 치킨 반찬 때문
에 나를 끼워주는 게 아닐까, 생각했다.

ㅁ도 도시락 뚜껑을 열었다. 오래 기다렸다는 듯이 바
퀴벌레 한 마리가 기어 나왔다. 애들이 으악, 비명을 지르

더니 도망갔다. 크고 통통한 갈색 바퀴벌레는 자기가 더 당황스럽다는 듯 더듬이를 꼼지락대더니 책상 아래로 사라졌다.

나는 도망가지도, 소리를 지르지도 않았다. 지켜봤다. 왁스라도 바른 것처럼 반질거리는 바퀴벌레가 얼마나 빠른지 말이다. 어느 날 가게에 나타나 엄마한테 맞아 죽은 쥐보다도 빨랐다. ㅁ이 고개를 돌려 나를 바라보았다. 나는 나도 모르게 웃고 있었다. 도시락에 갇혀 교실로 배달되다니, 바퀴벌레야 얼마나 당황스럽니. ㅁ과 눈이 마주쳤다. ㅁ은 창백했다. 거기에 없는 사람처럼, 어디에도 존재하고 싶어 하지 않는 사람처럼 창백했다. 나는 놀란 바퀴벌레만큼이나 당황했고, 더는 웃지 않았다. ㅁ은 나를 노려보더니 교실 밖으로 뛰쳐나갔다.

그 뒤부터였다. ㅁ은 무슨 일이 있든지 내 이름을 끌어들였다. 숙제를 안 해서 혼났거나 친구와 싸웠거나 휴대폰이 망가졌을 때, 걔는 눈을 내리깔고 입술을 떨면서 말했다.

"공미지가……."

처음에는 애들도 그게 무슨 소리인지 몰라 서로 눈짓만 교환했다. 하지만 ㅁ이 꾸준히, 멈추지 않고 그 짓을 계속하니까 마침내 다들 인정했다. 공미지가 ㅁ에게 뭔가 나쁜 영향을 끼치고 있다고 말이다. ㅁ에게 나쁜 일이 생기는 이유는 공미지다, 모두 공미지 때문이다! 그렇게들 믿었다. 묻고 따지고 의심하는 쪽보다 그 편이 더 재미있고 극적이며 간단하니까. ㅁ이 아이돌의 사촌동생이라고 다들 간단히 믿어버린 것처럼. ㅁ은 짝이 아끼는 펜을 슬쩍 했을 때에도, 쪽지 시험에서 커닝을 하다가 들켰을 때에도 "공미지가……"라고만 했다. 선생님 앞에선 안 그랬다. 애들한테만 그랬다. 나는 느슨하게 뽑으면 여러 장이 딸려 나오는 티슈처럼, ㅁ에게 붙잡힌 채 나풀대야 했다.

초등학교를 졸업할 무렵이 되니 내 옆에 친구라고는 한 명도 없었다. 나는 뭐든 혼자서 했다. 밥도 혼자 먹고 체육 시간에 운동장에도 혼자 나가고 쉬는 시간이면 책상에 혼자 앉아 종이 울리길 기다렸다. ㅁ과 같은 중학교에 배정되었을 때, 중학교에 가기 싫단 생각을 했다. 이 모든 일을 엄마 아빠에게 말하고 싶었다. 하지만 어떻게 설명해야 할까? ㅁ이 나를 때리지도 않고 나와 싸우지도 않고 다만 "공미지가……"라고만 하는 이 상황을 뭐라고 설명해? 엄마는 바보 같은 소리 말고 공부나 하라며 닭을 튀기러 갈 테고, 아빠는 아빠의 문제만으로도 힘들어서 버둥대는 사람인데. 나는 중학교에서는 ㅁ과 마주칠 일이 드물어지기를 기대하기로 했다. 입학식 날 교실에 들어갔는데 ㅁ이 없어서 기뻤다.

5월쯤 되자 ㅁ은 유명해졌다. 패를 지어서 일진 놀이를 했고 담배를 피웠고 몇 주가 멀다 하고 남친을 갈아치웠다. 전교에서 화장을 가장 잘하는 애였고 몇몇 선생님을 지목하며 내가 유혹해볼까, 볼을 부풀렸다. ㅁ은 화려하고 서슴없었다. 나는 그게 그 애의 진짜 모습 같지 않았다. 거짓말 같았다. 거짓말을 잘하던 애가 이제는 거짓말이 되어버렸다.

내 바람대로, ㅁ은 나에게 관심이 없어진 듯했다. 복도에서 가끔 마주치면 예전보다 더 하얘진 얼굴, 더 까매진 눈동자로 나를 쏘아볼 뿐이었다. 정말이지 그 애는 예뻤다. 일분일초마다 예뻐졌다.

ㅁ에게 질문을 던져 모두의 눈총을 받은 이후로, 나는 다른 애들과 어울리는 일이 힘겨워졌다. 헛도는 볼트와 너트를 끼워 맞추려고 애쓰는 사람이 되었다. 그러던 내가 친구를 한 명 사귀었다. 하나뿐인 그 친구와 이학년 때도 같은 반이 되게 해달라고 기도했다. 하지만 이학년 교실에서 만난 사람은 그 친구가 아니라 ㅁ이었다. ㅁ이 다가오더니 내 어깨에 손을 얹었다. 소름이 끼쳤다.

우리 반에서는 자꾸 물건이 없어졌다. 아이들은 범인이 ㅁ이라고 생각했지만 증거가 없었다. 감쪽같았다. 바깥에서 어른처럼 화장하고 차려입은 ㅁ이 없어진 물건을 가지고 다니더란 목격담이 떠돌았다. 담임은 교실에 CCTV를 달려고 했지만 학부모들의 반대로 포기했다.

한번은 담임에게 연락이 왔다. 경찰서에서 나를 불러

달라고 했다면서. 아빠와 함께 경찰서로 갔다. ㅁ이 도둑질을 하다가 걸렸는데 내 이름을 댔다는 것이다. "공미지가……" 하고 말이다. ㅁ이 화장품을 훔치던 시간, 나는 학원에 있었고 CCTV가 그 사실을 증명해주었다. 엄마는 이 일을 모른다. 엄마에게 알리지 않기로 아빠와 말없이 약속했다.

이튿날 등교했더니 분위기가 이상했다. 소문이 퍼진 것이다. 나는 아무 짓도 하지 않았고 경찰도 그렇게 결론을 내렸지만 소문 속에서 ㅁ과 나는 한패였다. 참고 견뎠다. 시간이란 멈추지 않고 흐르니까, 사람들은 뭔가를 자꾸 잊어버리고 새것을 기웃거리니까. 이제는 아무도 ㅁ이 아이돌의 사촌동생이라고 생각하지 않는다. 그 애는 예쁜 도둑이었다.

그렇게 시간이 흘러 삼학년 2학기, 추석이 얼마 남지 않았을 때였다. 두 해 연속으로 같은 반이 된 ㅁ이 며칠이나 학교에 나오지 않았다. 또 도둑질을 하다가 잡혔다는 소문이 돌았다. 이번에는 비싼 물건인 데다가 야구방망이로 유리창까지 깼고, 주인이 합의를 안 해주겠다고 했다는 것이다. 소년원에 갈 거라던데, 애들이 속닥거렸다. 나를 힐끔거리는 시선. 쟤도 관련이 있지 않을까, 하는 눈빛.

추석 연휴 전날이었다. ㅁ이 학교 끝나면 역 앞 맥도날드로 나오라는 문자메시지를 보냈다. 경찰서에 있는 게 아니었나? 내 번호를 안다니 의외였다. 사실은 나도 걔 번호를 저장해놨지만. 하굣길에 맥도날드로 갔다. 그래, 보고 싶었다. 궁지에 몰린 ㅁ이 어떤 꼴인지 보고 싶었다. 물에 빠진 생쥐 같을까? 아니, 염소야말로 물에 빠지는 걸 두려워한다던데.

2층 구석 자리, ㅁ의 얼굴은 화장기 없이 창백했다. 그래서 눈은 더 까맣고 입술은 더 붉었다. 학교에도 안 오면서 교복을 입었는데 운동화가 더러웠다. 그리고 안경. 분홍색이 감도는 금색 테. 안경은 중학생이 되면서부터 안 썼는데, 그날은 렌즈를 낄 여유가 없었나 보다. 나는 감시하는 경찰이 없는지 주변을 둘러보았다. 내 또래 애들뿐이었다. ㅁ의 맞은편에 앉았다.

"나, 소년원에 가게 될까?"

ㅁ이 물었다.

"그럴지도 모르지. 보호 관찰을 받게 될 수도 있고."

내가 대답했다.

ㅁ은 왜 나를 불렀을까. 나는 왜 왔을까. 묻는 ㅁ도 대답하는 나도, 우리가 나누는 대화를 이상하게 여기지 않았다. 수학 시간에 숫자를 쓰는 일만큼이나 자연스러웠다.

"보호 관찰?"

"감시받으면서 학교 다니는 거야, 쉽게 말하면. 소년원에 가게 되면 퇴학당할 확률이 높고."

인터넷에서 조사한 내용이었다. ㅁ의 운명이 궁금했으니까.

"소년원에 가도 검정고시는 볼 수 있다더라."

ㅁ이 손으로 얼굴을 감쌌다. 매니큐어가 벗겨져 손톱이 지저분했다.

"너, 내가 감옥에 갔으면 좋겠구나?"

입을 가린 채 하는 말이라 깊은 동굴에서 울리는 목소리 같았다.

"그렇지? 내가 망했으면 좋겠지?"

ㅁ이 손을 떼고 나를 노려보았다. 눈물이 글썽거렸다.

구 년, 우리가 참 오래 알고 지냈다는 생각이 들었다. 그런데도 친구가 아니었다. 처음에는 내가 얘의 적이었고, 지금은 얘도 내 적이다. ㅁ이 나한테 왜 그랬는지, 왜 이러는지는 불분명했지만 내가 ㅁ을 싫어하는 이유는 분명했다. 그래서 나는 내가 옳다고 생각했다.

"아니라는 말은 못 하겠네."

침착하고 낮은 목소리였다. 오, 괜찮은데? 내가 나를 칭찬하기는 오랜만이었다. 일 년에 키가 8센티미터씩 클 때에도, 시험에서 일등을 할 때에도 나는 나에게 잘했다고 말하지 않았다. 키나 성적, 그런 것은 중요하지 않았으니까. 그럼 무엇이 중요했을까? 평화, 평화를 원했다. 하지만 ㅁ이 내 주변에 있는 한 나는 평화롭지 못했다.

"너 때문이야, 너 때문에 내가 이렇게 된 거라고!"

ㅁ이 주먹으로 테이블을 치면서 외쳤다.

"너 때문이야, 공미지! 네가 다 빼앗아 갔어!"

이번에도 경찰서에서 내 이름을 댔겠지. 날 부르지 않은 것을 보니, 경찰도 그새 좀 똑똑해졌거나 더 바빠진 모양이다. 걔가 몸을 일으키더니 내 얼굴 앞에 자기 얼굴을 들이댔다. 담배 냄새가 났다.

"넌, 내가 죽었으면 좋겠지?"

내 대답은 같았다.

"아니라는 말은 못 하겠다."

ㅁ이 나를 바라보았다. 처음에는 노려보았는데 눈빛이 변했다. 일 년씩 시계가 뒤로 가더니 꼭 그때처럼 되었다. 우리가 처음으로 같은 반이 된, 초등학교 일학년 때 말이다. 여덟 살 ㅁ은 나에게 초코파이를 줬다. 손바닥이 작아서 초코파이가 커 보였다. 내가 그걸 받았나? 먹었나? 기억이 안 난다.

"아니라고 말해봐, 아니라고 말해보라고……."

애원하는 말투였다. 한순간이지만 마음이 흔들렸다. 하지만 곧 마음을 다잡았다. 얘가 누구인가? ㅁ이다. 나는 누구인가? 공미지다. 우리는, 이런 얘기를 할 사이가 아니다. 우리는, 우리가 아니다.

"안 되겠는걸. 난 너 같은 거짓말쟁이가 아니거든."

ㅁ이 나를 바라보았다. 걔 눈빛은 전과 달랐다. 조금 전과도 달랐고 오래전과도 달랐다. 어떻게 달랐는지는 설명 못 하겠다. 그냥 달랐다.

그 애는 나를 지나더니 계단을 내려갔다. 나는 창가로 갔다. ㅁ이 길을 건너 어디론가 사라지는 뒷모습을 지켜보았다.

그것이 마지막이었다.

추석 연휴가 끝나고 학교에 가니, ㅁ이 죽었다는 소식이 전해졌다. 선생님들은 아무 말도 안 했지만 다들 알았다. 높은 건물에서 뛰어내렸다고 했다. 감옥 가기 싫어서 그랬겠지. 애들이 웅성댔다. 수학 쌤이 복도에 서서 창밖을 내다봤다. 담배 피우는 ㅁ을 끌고 와 세워두었던 자리였다.

자, 여기까지다.

ㅁ은 거짓말쟁이 도둑이었다. 예뻤다. 나에게 초코파이를 나눠준 적이 있고, 화장과 담배를 좋아했고, 죽기 전에 나를 찾아왔다. 이것이 내가 아는 ㅁ의 삶이다.

*

범수는 종이를 내려놓았다.

맥도날드 2층, 창가에 붙은 기다란 탁자였다. 바깥은 밤이었다. 옆에는 미지가 있다.

범수는 기절한 미지를 직원 휴게실로 옮겼던 일을 떠올렸다. 미지는 4분 58초 만에 깨어났다. 3초만 늦었더라도 119는 신고 전화를 받았을 것이다. 이제 정신이 드느냐고 물었더니 대답은 이랬다. 나, 기절했던 거? 와아! 범수는 미지에게 미지근한 물을 가져다주었다. 말해봐, 무슨 일인지. 그 말이 미지의 꽃봉오리를 톡, 건드렸다. 미지는 안경을 벗어서 탁자에 올려놓았다. 맥도날드에서 기다릴게요. 남의 이야기를 듣고 싶어 하는 사람이라면 언젠가는 자기 이야기도 내놓을 줄 알아야 한다. 그래야 공정하다. 미지의 꽃은 봉선화가 아니었다. 파리를 잡아먹는 파리지옥이고 파리를 잡아끄는 라플레시아였다. 그 꽃은 공포를 잡아먹고 저 스스로 공포가 되었다. 점점 더 커지고, 점점 더 깊어졌다.

범수가 퇴근하기를 기다리는 동안, 미지는 글을 썼다. 쟁반에 깔린 광고지 뒷면에 썼다. 여백이 부족해서 글씨는 뒤로 갈수록 작아지더니 마지막에는 콕콕 찍은 점 수준이 되었다. 범수는 안경을 벗고 눈을 깜빡거렸다. 작은 글씨를 읽으려고 힘을 줬더니 눈알이 시렸다.

글을 다 읽고도 범수는 아무 말도 하지 않았다. 가방에서 안경테를 꺼내 건넸을 뿐이다. 분홍빛이 도는 금테. 미지

는 쓰러지는 순간에 쓰고 있던 그 안경을 코에 걸쳤다. 유리
창에 비치는 얼굴, 태연하다. 공포는 어디로 갔는가. 영악하
여라, 만반의 준비를 한 자에게는 오지 않는구나. 옷 솔기에
숨은 개미가 예상치 못한 순간에 살갗을 깨물듯이 방심했을
때에 들이닥치는구나.

맥도날드 안을 둘러본다. 알 없는 안경인데도 세상이 달
라 보인다. 안다, 세상은 달라지지 않았다. 하지만 정말 달
라지지 않았다고 확신하는가? 전혀 달라지지 않았다고, 완
벽하게 동일하다고? 미지는 자신도 그러리라고 생각했다.
물이 가득한 통에 잉크 한 방울이 떨어진 만큼, 그만큼. 겉
보기에 물 색깔은 변함없겠지만 물은 전과 똑같지 않을 것
이다.

"아줌마한텐 언제 가실 거예요?"

대답 대신 범수는 안경테를 하나 더 꺼내서 보여준다. 돋
보기용 테다. 알은 없다. 범수가 도로시에게 딱 맞는 도수로
알을 맞추어주어야 한다.

"안경테 값으로 이거 드릴게요."

개떡이다. 개떡이 든 봉지를 보던 범수, 손등으로 눈을 가
린다. 안경을 벗어두길 잘했다.

한참 뒤에, 미지가 통유리 바깥을 가리켰다. 달이 밝다.
사막을 지나자 해가 지고 달이 떴다. 하늘은 먹빛이고 달은
달빛이다.

"어!"

두 사람이 외쳤다.

비행기였다. 달을 지나가는 비행기. 시력 측정판에 있던 작고 까만 비행기. 비행기는 천천히 다가오더니 달의 한가운데에서 멈췄다. 시간이 멈추었는지도 모른다. 분홍빛 금테 안경을 쓴 다음 아주 살짝 세상이 바뀌었듯 아주 잠깐, 시간이 멈추고,

비행기가 달을 벗어났다.

다시 시간이 흐르고,

범수는 개떡을 한 입 베어 물었다.

15.
우리에게는 죽은 사람들이 있다

보라는 영오에게 문제를 해결하는 동시에 휴가까지 얻는 방법을 알려주었다. 안 주고는 못 배길걸, 호언장담했다. 영오 귀에는 '안 주고는'이란 말이 '안 죽고는'으로 들렸다. 자판 위에서 손가락이 삐끗해서 치명적인 오타를 내듯이. 또는 절벽 위에서 발을 삐끗해서 떨어지듯이.

"이번 일에 책임을 지고, 그만두겠습니다."

부장에게 말할 때, 목소리가 떨렸다. 덜 식은 커피를 한입에 들이켠 부장, 눈을 부릅뜬다. 영오는 마른 입술을 깨물었다. 계속 근무도 반갑지 않고 당장 사직도 대책 없고. 죽느냐, 죽지 못해 사느냐. 오타냐, 절벽이냐.

"오 대리, 미쳤어? 팥죽 때문에 사표를 낸다고?"

첫 번째 관문을 통과했다. 부장이 침통한 표정으로 팔짱부터 꼈다면 실패다. 꼼짝없이 사표를 써야 했겠지. 그랬다면 보라는 울고 싶은데 뺨 맞았다 치고 때려치우라니까, 내가 일 년은 용돈 준다잖아, 했을 테고.

"사장님이 책임을 지라고 하시니까요."

"그거 그냥 하는 소리야. 알면서 왜 이래. 이 노릇 하루이틀 하는 것도 아니면서."

'이 노릇'이란 사장의 변덕과 참견에 놀아나는 일을 뜻했다. 며칠 전, 사장이 영오를 불렀다. 지금 만드는 문제집은 문제 밑에 들어가는 교사용 답과 해설의 색깔을 팥죽색으로 하라고 했다. 영오는 사무실로 돌아와 세화와 논의했다.

"선배, 팥죽색이 정확히 무슨 색이에요? 교사용을 그런 색으로도 하나?"

"이런 색 아닐까?"

세화가 파일을 열더니 파란색으로 설정된 교사용 글자의 색을 검은 기운이 도는 붉은색으로 바꾸었다. 팥죽과 비슷하다. 맛있어 뵈지는 않지만.

"근데 이걸 이제 와서 바꿔도 돼? 이러다 사고 나는 거 아닌가."

"그럼 어떡해요. 바꾸라는데."

영오는 세화가 뽑아준 샘플을 들고 사장실 문을 두드렸다. 이 팥죽이 원하시는 팥죽이 맞는지요, 확인해주십사. 사장은 안색이 그야말로 팥죽색이 되어 통화에 열을 올리는 중이었다. 조판소나 인쇄소에서 돈 달라고 한 모양이다. 한쪽 콩팥이나 간 반쪽을 내놓으란 소리라도 들은 얼굴이다. 한참을 기다린 다음에야 샘플을 내밀었지만 사장은 힐끗 보고서는 손을 내저었다. 오 대리가 알아서 해. 내가 간이 영수증 써주는 구멍가게 주인도 아니고 뭘 그런 것까지 시시콜콜. 그리하여 팥죽색 교사용 글자를 담은 책은 인쇄에 들어갔다. 부장과 영오가 회의실 탁자에 마주 보고 앉은 이 시각, 제본 작업이 한창이다. 어제 사장이 국어과를 뒤집어놓지만 않았다면 영오는 홀가분하면서도 조마조마한 기분으로 완성본이 오기만을 기다리는 중이었을 것이다.

"오 대리도 그래. 이 색이 맞습니까, 확인을 했어야지."

"보여야 드렸죠. 그런데 알아서 하라고 하셔서."

"그럴수록 끈덕지게 매달려서 확답을 받아야 하는 거야. 사람이 참, 아직도 순진해."

사장은 어제, 가제본된 상태로 몇 부 미리 받은 책을 흔들며 달려왔다. 그것도 인쇄가 반 넘게 진행된 다음에서야. 교사용 색이 왜 이 모양이냐고, 불그죽죽한 게 동짓날 팥죽 먹고 숨넘어가는 귀신 입술이나 이런 색이겠다고 날뛰었다. 불똥은 영오에게 튀었다. 책임 편집자 오 대리, 신입도 아니고 간부도 아니어서 만만한 오 대리. 책을 이 지경으로 망치다니 이 무슨 짓인가. 오 대리가 책임져!

"전 이렇게라도 책임지겠습니다. 다른 방법이 떠오르질 않네요. 인쇄한 걸 몽땅 버리고 다시 찍을 수도 없고."

"오 대리가 참아."

"부장님, 전 이런 마음으론 회사 못 다녀요."

영오가 손을 탁자에 올리고 팔로 내리누르며 말했다. 보라가 이런 세세한 동작까지 지도하지는 않았지만 어느 고비를 넘기자 연기에 급성 관록이 붙었다. 연기가 아니라 진심일지도 모르고. '보관 서류' 폴더에 암호 건 사직서 파일을 숨겨놓은 지 얼마인가. 암호는 * 모양으로 감추어야 할 상욕이었다. 까짓 거, 책임지라면 책임지지 뭐. 팥죽색이 그렇게나 중요하다면 말이다. 영오는 나쁜 것과 더 나쁜 것의 갈림길에서 느낀 초조함을 잊고 호기로워진다.

퇴근 시간 직전에 사흘짜리 휴가가 떨어졌다. 학생으로 치면 정학이니 집에서 며칠 근신하라는 잔소리가 첨부되었지만 그야 사탕에 뿌린 쓴 가루일 뿐이었다. 가루를 불어 날리면 오 대리님이여 그만두지 말아주오 팥죽색은 내 잘못했소, 달콤한 승리가 드러났다. 여름 휴가철에도 며칠씩 야근을 거듭해 일을 매듭짓고도 눈치를 보며 휴가원을 내야 하는 회사였다. 그런데 3월 개학을 앞두고 사흘 휴가라니. 주말까지 합하면 닷새를 쉰다. 준미는 물론 세화까지 입을 쩍 벌리고 영오를 우러러보았다.

"휴가 말고 퇴직이면 더 좋았을 텐데. 아무튼 그럼 내일

출발이다?"

집에 가서 결과를 알리자 보라가 말했다.

"난 짐 다 꾸려놨어. 너도 저기다가 옷이나 좀 챙겨."

현관 옆에 세워놓은 보라색 트렁크, 짐을 푼 지 얼마 되지도 않았는데 다시 빵빵해졌다.

전화가 울렸다. 강주였다. 휴가 소식을 듣더니 브라보, 내일 아침 일찍 원룸 앞으로 오겠단다. 아버지한테 차도 빌려 났단다. 며칠 뒤부터 강주는 새별중학교로, 보라는 네일숍으로 출근한다. 강주는 수학 교사의 삶을 일 년 더 이어가기로 했고, 보라는 그 이름도 화려한 네일 아티스트의 삶을 재개하기로 했다.

"근데 진짜 무덤 여행을 가자는 거예요?"

"무덤 여행?"

보라가 믹스 커피를 마시며 되물었다. 커피 반 상자가 며칠 만에 동나서 강주가 한 상자 더 사다 바쳤다.

"제목 괜찮은데? 납골당도 무덤은 무덤이니까."

영오의 외조부모는 선산의 봉분 높은 무덤에, 아버지와 엄마는 납골당의 봉분 없는 무덤에 잠들었다. 보라는 그 무덤들을 돌아보자고 제안했다.

화장실로 들어가 뜨겁도록 따뜻한 물줄기 아래 서서 여행 경로를 짰다. 납골당이 있는 부산을 거쳐 선산이 있다는 제주도까지다. 아버지는 영오에게 묻지도 않고 엄마 유해를 부산에 안치하기로 결정했다. 아버지가 태어나 자란 곳, 엄마가 학창 시절을 보낸 곳이었다. 끝까지 이기적이구나, 자주 들여다보지도 못하게 멀기도 먼 데다가. 영오는 불만스러웠지만 유골 단지를 껴안고 싸우기는 싫어서 가만있었다. 그때까지 엄마를 어디에 묻을지도 의논하지 않은 부녀였다. 부산으로 가는 버스 안에서 두 사람은 저 앞과 저 뒤에 떨어져 앉았다. 몇 년이 지나 아버지마저 뼛가루가 되었을 때, 영오는 누가 우기지도 않았건만 유골 단지를 들고서 그 멀다던 부산으로 갔다. 엄마를 찾아간 적은 한 번밖에 없다. 그 지척에 아버지가 잠든 뒤에는 한 번도 가지 않았다. 거긴 엄마도 아버지도 없어. 영오는 머리카락을 비벼 샴푸 거품을 냈다. 뼛가루나 있지. 거품이 눈에 들어가 매웠다.

수건으로 물기를 닦는데 바깥에서 익숙한 소리가 들려왔다. 쇡, 쇡, 쇡, 칙, 쇡, 쇡, 칙, 칙, 치, 치, 치— 영오는 몸에 젖은 수건을 두른 채 문을 열고 나갔다. 화장실에서 밀려 나온 수증기가 가스레인지에서 피어오르는 김에 섞였다. 압력솥이 치, 치, 치— 뜨거운 콧김을 뱉으며 추를 돌렸다.

"고구마 먹자. 내 아까 몸소 사 왔지."

귀에 익은 목소리가 수증기를 걷어냈다. 얼굴이 드러난다. 얇은 입술, 새치가 눈송이의 궤적처럼 매달린 머리. 엄마와 비슷한 얼굴, 이모다. 보라 이모. 영오는 몇 걸음 걸어가 노란색 담요 위에 앉았다. 머리카락 끝에서 물방울이 치,

치, 떨어져 화학 섬유에 맺혔다. 젖은 수건을 바닥에 던지고 담요로 몸을 휘감았다. 그럼 엄마라도 찾아왔을 줄 알았나. 정말 엄마였다면 귀, 귀신이닷 소스라칠 담력이면서. 어쩐지 맥이 빠지는데, 허탈하기보다는 나른하다. 이제 영오는 현관문을 열 때 엄마나 아버지가 아니라 이모를 기대한다. 그리고 보라 이모는 그 기대를 저버리지 않는다.

보라는 고구마를 포크로 찍어 압력솥에서 꺼내더니 그릇에 담는다. 쪽접시 두 장에 포크도 하나 더 챙기고 냉장고에서 김치를 꺼낸다. 찌그러진 압력솥. 아버지의 컴컴한 방에 있던 고물. 이 방으로 가져와 싱크대 깊숙한 곳에 처박아뒀는데 어떻게 찾아냈는지. 보라는 하하호호 상을 펴더니 그 위에 고구마와 김치, 생수뿐인 저녁을 차렸다. 아 뜨거워, 뜨거워, 하면서도 고구마 껍질을 벗겨서 영오 앞에 놔준다.

"얘, 고구마는 역시 압력솥 아니니?"

영오는 고구마를 껍질째 먹는 취향이었지만, 그 말에는 동의했다. 압력솥에 쪄 먹는 고구마는 달콤하고 부드럽고 뜨겁다. 포크로 고구마를 찍어 두 동강 냈다. 김이 올라왔다. 한 번씩 더 자른다. 고구마가 식듯 습관 같은 그리움도 식겠지. 그렇겠지.

"저 솥, 내 거다."

"네? 왜요? 저거 제 건데요."

보라는 고구마 위에 김치를 올리더니 입에 넣었다. 앞니에 빨간 국물이 먹음직스럽게 번졌다. 영오는 그 모습을 보며 다행이라고 생각했다. 지금 이 방에 혼자가 아니라 둘이어서, 다행이었다.

"언니가 나 가지라고 했어."

"엄마가 이모한테, 저걸요?"

보라가 엄지손가락을 든다. 영오 말이 맞는다는 뜻이고, 고구마가 맛있다는 뜻이다. 영오도 고구마에 김치를 얹었다. 활화산 꼭대기에서 부글대다가 굳은 붉은색 용암 같다.

"진짜라니까? 모양에 크기까지 설명해주면서 그거 너 가져라, 했다니까? 그걸 내가 지금까지 까먹고 있었네."

"아니, 뭐 저런 걸 굳이······."

하는데 보라가 휴대폰을 들더니 사진을 찍었다.

"너 지금 되게 웃겨. 홍쌤한테 보내야겠다."

젖은 산발을 하고서 담요를 두른 채 고구마에 김치를 척척 얹어 먹는 여자. 영오였다. 으악, 안 돼요! 영오는 놀랍도록 날렵한 동작으로 휴대폰을 잡아채서 사진을 지웠다. 그리고 결심했다. 하나를 빼앗았으니 하나는 빼앗기리라. 빼앗은 것은 흉한 사진, 빼앗긴 것은 낡은 압력솥이다.

저녁밥을 다 먹은 다음 영오는 옷을 입고 머리에 수건을 감쌌다. 빈 그릇을 싱크대로 가져가고 상도 접었다.

"영오야. 이 수첩 왜 이래? 페이지가 붙어 있어."

보라의 말에, 영오는 뒤를 돌아보았다. 보라 손에 아버지의 수첩이 들려 있다. 안 돼요! 그러나 '안'을 발음하기도 전에, 붙은 종잇장이 분리됐다.

"덕배한테 물어봐?"

보라는 봉인 풀린 내용을 읽었다. 아아, 늦었다. 언젠가 결심이 섰을 때 보려고 했는데. 아아, 이르다.

"그게 다예요?"

"응. 덕배한테 물어보라네? 덕배가 누구더라. 아, 그 김밥집 아저씨? 맞지? 이거 누가 써놓은 거야?"

뭐라고 대답해야 하나 곤란할 뿐인데 보라는 벌써 다음 질문으로 넘어갔다.

"우리, 덕배상한테 물어볼까?"

"무, 물어보긴 뭘 물어봐요."

"그러게, 뭘 물어보지? 무덤 여행 같이 갈 거냐고 물어볼까? 그 사람도 얼마 전에 상 당했다면서. 말 나온 김에 당장 물어봐야겠다."

"이모!"

어색하기만 하던 이모라는 말이 고구마 껍질처럼 입천장에 달라붙게 된 영오였다. 지금과 같이 이모오옷, 온 힘을 다해 외쳐야 하는 순간이 잦기 때문이다.

"얘, 너랑 나랑 홍쌤이랑 덕배상이랑, 공통점이 있어. 뭘까?"

보라는 대답을 기다리지도 않고 말했다.

"우리한텐 죽은 사람들이 있단 거지."

"그거는요, 지구촌 온 인류의 공통점이에요."

"그렇겠지, 지구는 둥그니까. 우리는 자꾸자꾸 걸어가서 덕배상을 만나야 하는 거야."

보라가 전화를 건다. 통화음이 가더니 김밥집입니다, 덕배의 목소리가 새어 나왔다. 언제 김밥집 전화번호까지 저장해두었을까? 대체 왜? 영오는 포기하고서 한숨을 내쉬었다. 설거지나 시작한다. 물소리에 보라의 목소리가 끼어들었다.

"덕배상? 저 그때 홍쌤이랑 가서 김밥 먹고 온 사람인데요. 네, 맞아요, 열두 줄."

두 사람은 제법 대화를 나눈다. 세제 거품 속에서 그릇이 하얘진다. 그나저나 덕배한테 물어보라고? 영오의 입이 씰룩거리다가 핏, 웃음이 나온다. 핏핏 웃는다. 아, 할머니 할머니, 옥봉 할머니. 다음 순간, 영오의 표정이 잔잔해졌다. 덕배한테 물어봐. 수첩에 그 한 문장을 만년필로 한 획씩 그리고 종이 테두리를 풀칠할 때, 옥봉의 표정도 이랬을 것이다. 옥봉은 자기 죽음 뒤에 의붓아들에게 찾아올 외로움을 염려했을 테니까.

강주는 운전석에, 영오는 조수석에, 보라와 덕배는 뒷좌석에 앉았다. 보라와 덕배 사이에는 3단 찬합이 자리 잡았다. 보라는 덕배에게 물어보지도 않고 찬합 뚜껑을 열었다. 같은 각도와 두께로 썬 김밥이 빼곡하다. 2층과 1층에도 같은 입주민들. 역시 묻지도 않고 한 번에 두 알씩 집어 먹는다. 차 안에 퍼지는 김밥 냄새가 고소함을 넘어 달콤하기까지 하다.

"비법이 뭐예요?"

김밥을 자꾸자꾸 먹으며 보라가 물었다.

"네?"

덕배는 보라를 봤다가 다시 고개를 돌려 앞을 본다. 군인 뺨치는 부동자세다.

"김밥요, 김밥. 뭐든지 덕배상한테 물어보라던데?"

영오는 김밥은커녕 밥풀 한 알 안 먹었으면서 자기 침에 사레가 들리고, 덕배는 헛기침을 했다. 두 사람은 옥봉이 수첩에 써놓은 말, 유언이 된 말의 의미를 안다. 옥봉이 양쪽에 언질을 해두었으니. 비밀은 아니지만 소문 낼 일도 아니었는데 보라는 단번에 알아맞혔다. 소가 뒷걸음질 치다가 쥐 잡는 격으로, 어쩌다 보니 제대로 된 번지수를 찾았을 뿐이겠지만.

"이모는, '뭐든지'란 말이 어디 있었다고."

"없었나?"

"없었죠."

"없었군. 덕배상, 영오한테 전수하는 거 어때요. 뭐든지 알려주라는 어머님 분부도 있고 하니."

보라가 참기름과 밥풀이 묻은 손으로 덕배의 어깨를 잡았다가 놓았다. 손을 닦는 방법일까. 덕배마저 사레가 들린 듯 헛기침이 진짜 기침이 된다. 자꾸자꾸 기침을 한다.

"재도 먹고살아야죠. 나는 쟤, 일 년 넘어가면 힘드니까."

"그 '재'가 저 맞다면요, 저도 회사란 데를 다니고 있거든요?"

영오가 발끈한다.

"너 그 회사 얼른 관둬. 거기, 내가 보니까 영 안 되겠어."

"이모가 이번에 들어간 네일숍, 올해까지 채우면요."

"얘 좀 봐. 나더러 거길 그렇게 오래 다니라고? 반년에 한 번은 옮겨야 지루할 틈이 없거든!"

그러더니 덕배 쪽으로 몸을 기울이고 속살거린다.

"못됐다니까."

덕배는 비 오는 날의 달팽이처럼 문과 유리창에 달라붙었다. 3층의 입주민을 먹어치운 보라는 스위치를 내려 불을 끄듯 잠에 빠졌다. 머리가 흔들거리더니 덕배의 어깨에 닿는다. 덕배는 울기라도 하듯 얼굴 옆선이 울룩불룩해졌다. 보라가 한잠 자고 일어나니 부평의 납골당이었다. 옥봉이 잠든 곳. 덕배가 무덤 여행에 합류하면서 추가된 경유지였다.

덕배는 옥봉의 유골이 있는 방으로 사람들을 안내했다. 얇은 햇살이 스며드는 곳, 작은 유리문 너머로 옥봉의 사진이 보인다. 가방에서 뭔가를 꺼내는 덕배. 김밥? 김밥은 김밥인데 먹는 김밥이 아니라, 김밥 모양의 필통이다. 검은색 원통형에 가지런히 썬 자국마다 하얀 쌀밥이 드러나고 위에는 볶은 참깨까지. 양쪽 끝에는 달걀지단과 당근, 시금치, 단무지가 그려져 있다.

"어쩐지 좋아하실 것 같아서……."

덕배가 말했다. 보라가 필통을 채서 열어본다. 만년필 한 자루. 영오가 옥봉에게 준 만년필이다. 영오는 눈물을 보이지 않으려고 고개를 돌렸다. 강주가 영오의 팔을 토닥였다.

유리문이 열리고, 사진 옆에 필통이 놓인다. 열린 필통 안으로 보이는 만년필. 촉에는 파란 잉크가 묻었겠지. 네 사람은 옥봉을 추억했다. 옥봉을 본 적 없는 보라는 차 뒷좌석에 있는 김밥을 떠올렸다. 그렇게 맛있는 김밥을 이 세상에 존재하게 한 분이라니. 옥봉 할머니를 존경하는 마음이 샘솟았다. 꼭 덕배상이 영오를 제자 삼아 비법을 전수하게 하리라! 그것이야말로 옥봉을 향한 찬탄을 잊지 않는 방법이고, 영오를 야근 지옥에서 빼내는 해결책이고, 나이 든 조카를 딱 일 년만 책임지고 마는 묘수였다.

차로 돌아온 네 사람은 김밥 찬합을 두 명당 한 층씩 나눠 갖고서 아점을 먹는다. 덕배는 보리차를 담은 커다란 보온병에 종이컵까지 준비해 왔다. 보라는 팔을 뻗어 보리차를 앞좌석으로 배달했다. 차 안이 김밥 향기와 보리차 온기로 자욱해졌다.

"이제 부산인가?"

보라가 말했다.

"예상 소요 시간, 다섯 시간입니다."

강주가 대답했다.

"운전, 힘들지 않겠어요? 기차나 버스로 갈걸 그랬나."

영오가 걱정했다.

"교대로 하면 되지."

보라는 태평했다.

"나 면허 없어요, 이모."

"나도 없는데?"

하며 덕배를 보는 보라.

"저도 없습니다만……."

목소리가 기어들어가는 덕배.

"아, 괜찮습니다, 이 정도는. 어차피 운전자 보험도 저만
돼 있는 차고."

"영오 넌 옆에서 졸지 말고 홍쌤하고 놀아줘라."

말을 끝내자마자 잠든 보라. 차가 출발하자 코까지 곤다.
옆으로 쓰러져 덕배에게 기대고, 덕배는 다시 비에 젖은 달
팽이. 30분쯤 달렸을까, 차 안이 조용해졌다. 덕배도 차창에
얼굴을 댄 채 잠들었다. 영오가 하품을 하자 강주가 오른손
을 뻗어 영오의 어깨를 주물렀다.

"자면 안 돼. 나까지 졸려요."

"그랬다간 저세상에서 깨어나겠네."

"이 조합으로 가면 재미는 있겠어요."

영오는 의자에 몸을 묻었다. 유리창을 지나 무릎에 떨어지는 한낮의 햇살, 따뜻하고 노곤하다. 햇볕의 영역에 네 사람이 있다. 오영오와 홍강주, 명보라와 정덕배. 몇 달 전만해도 이들은 서로 알지도 못하거나, 알아도 이름이나 알았다. 그런데 지금은 털털거리는 소나타에 몸을 싣고 부산으로 달려간다.

"홍쌤, 그거 알아요? 수첩에 적힌 사람들, 지금 여기 다 있는 거."

영오는 뒤를 돌아보았다. 해 좋아하는 식물처럼 햇빛이 드는 방향으로 기운 덕배와 보라. 베어낸 파 줄기에서 움파가 자라듯, 옥봉은 잘린 삶의 단면에 덕배를 맺어놓고 갔다. 그러니까 덕배는, 옥봉이다. 그리고 또 덕배는, 덕배 자신이다.

"아저씨는 왜 우리들 이름을 적어놓으셨을까요?"

"글쎄요……."

대답은 아버지를 보고서, 뼛가루라도 만나고서 궁리해야 하지 않을까.

"그런데 오. 혹시 별명이 쩜오, 아니었어요?"

"에? 쩜오?"

"영오란 이름이 말이죠, 다분히 수학적이거든요. 0과 5.

그래서 쩜오."

영오는 엄지손가락을 아래로 내리고 야유라도 보내고 싶었으나 무덤 여행을 나선 처지에 점잖지 못한 행동이었다.

"아저씨는 나머지 0.5를 찾아주고 싶으셨던 게 아닐까요?"

"홍쌤을요?"

"내 지분을 그렇게까지 쳐준다면 영광이구요."

아차, 아차차. 저 능글맞은 웃음이라니. 오 대리는 홍 선생의 수작에 말려들지 않으리라 다짐하며 허리를 세웠다.

"나를 포함해서, 옥봉 할머니에 덕배 형님, 보라 누님까지."

"그렇게 넷이 합쳐 겨우 0.5라구요?"

"오까지 다섯을 합하면 1이 되잖아요. 0.5 더하기 0.5는 1."

"다섯이 모였는데 10도 아니고 100도 아니고 1이라니."

"오, 그렇게나 계산적이었어요? 이건……."

"네, 압니다. 비유라는 거. 그렇지만 전 뭐 시인 될 마음은 없어서요."

"수학자도 못 되겠어요. 0.5와 1의 가치를 모르는 척하다니."

그러다가 어느 순간, 영오는 잠들었다. 이상한 느낌이 들어 눈을 뜨니, 강주와 덕배와 보라가 차 밖에서 창문으로 영오를 본다. 영오는 차에서 나와 눈을 비빈 다음 하늘을 올려다보았다. 바람이 부는데 머리카락이 흩날리지 않았다. 꿈일까. 걸어가며 슬며시 강주의 팔에 어깨를 붙였다. 몸과 몸이 스치는 감촉, 꿈이 아니었다.

147B, 엄마 무덤의 비석. 유리문이 아니어서 안은 보이지 않았다. 고리에 건 화환의 향기가 싱싱하다. 영오는 조화를 사자고 했지만 보라가 생화를 고집했다. 시들면 추해요, 영오가 말하자 보라가 대답했다. 시들지 않는 게 추한 거야. 영오는 옆 칸을 곁눈질했다. 언제 놔두고 갔는지 조화에 먼지가 뽀얗다. 입바람을 불어도 자국이 남겠지. 영오와 보라는 앞에, 강주와 덕배는 뒤에 서 있다.

"언니, 오랜만이야. 그새 많이 야위었네."

보라가 말하더니 영오에게 속삭인다.

"내가 또 언니 뼈는 처음이잖니."

문에 가려 보이지도 않는 뼈다. 영오는 열쇠로 이 사물함 같은 무덤을 열어 유골 단지를 꺼내고 싶은 충동을 느꼈다. 바람 잘 부는 곳으로 달려가 단지 뚜껑을 열자. 뼛가루를 훌훌 날리자. 엄마의 마지막 몸이 먼지처럼 사라지고 후, 불면 손바닥에는 하얀 자국조차 남지 않겠지. 몇십 년을 살다 간 사람, 그 한 사람의 흔적이 먼지보다 흐릿하다니. 엄마는 여기에 없다.

"여긴 말이지, 언니가 여기 말고 어딘가에 있다는 표지판이야."

보라가 말한다. 화환의 꽃송이에 맺힌 물방울, 어디에서 왔을까? 비도 내리지 않았고 운 사람도 없는데. 물은 꽃잎에 흔적만 남기고 몸을 숨겼다. 엄마도 그런 것일까, 영오는 생각했다. 이렇게 좁은 데다가 야윈 뼛가루만 남기고, 이곳에서_____ 하시오, 표지판만 세워놓고 어디론가 가버린 것일까. 우회전? 좌회전? 직진? 유턴? 빈칸에 들어갈 말이 무엇인지 모르겠다. 언젠가는 나도 이런 표지판 하나 세워두고 길을 떠나리라, 그것만 알겠다.

앞으로 자주 오겠단 빈말은 못하겠네, 엄마.

영오는 마음속으로 엄마에게 말을 건넸다.

사는 게 너무 바빠. 숨과 숨 사이가 서울에서 부산보다 멀어. 엄마는 여기 없으니까, 이건 그냥 표지판이니까, 괜찮죠? 내가 누군가의 흔적이라는 걸 잊지 않을게. 엄마가 나라는 표지판을 이 세상에 세우고 갔다는 걸 잊지 않을게.

영오는 147B 앞을 빠져나와 543C로 갔다. 좁은 통로를 지나 오른쪽으로 꺾어 들어가며 숨을 들이마신다. 아버지의 뼛가루에까지 배었을 담배 냄새라도 맡으려는지.

543C, 영오 혼자였다. 강주도, 보라도, 덕배도 없다. 흐물흐물한 해초가 목구멍을 틀어막는 듯했다. 공포, 공포일까? 아버지가 컴컴하고 낮은 방에서 혼자 죽었다는, 이제야 전

화를 건다 해도 받지 못한다는 공포. 영오는 아버지의 전화 번호가 기억나지 않았다. 유골 단지 안에 비집고 들어가 웅 크리고 싶었다. 가루처럼 부서지고 흩어졌으면, 심장이 딱 딱한 뼈였으면. 아버지에게는 전화를 걸듯 목소리를 내어 말하고 싶었다.

"저기……."

입술을 달싹였다. 침을 삼켰다. 해초가 몸을 틀더니 말이 나갈 틈을 내준다.

"어, 어떻게든……."

누군가 흐느끼는 소리가 들려왔다. 352A거나 787C거나, 어딘가에서.

"살게요. 그냥 살게요. 오늘 하루, 내일 하루, 운 좋게 모 레가 오면 또 하루 더……."

해초가 쪼그라들더니 가루처럼 말라 부서지고 흩어졌다. 공포가 사라졌다. 영오는 인기척이 느껴지는 통로를 향해 말했다.

"괜찮아요, 와도 돼요."

밤 비행기를 타러 김해 공항에 왔다. 발권은 했고 부칠 짐 도 없으니 탑승하기까지 20분쯤 말미가 났다. 보라는 20분 도 짬은 짬이라며 면세점 구경을 하겠단다. 덕배까지 끌고 간다.

영오와 강주는 탑승구 앞 의자에 앉아 탑승 수속이 시작
되기를, 보라와 덕배가 돌아오기를 기다렸다. 공항 안은 활
기가 넘치는데 영오는 고즈넉한 마음이 된다. 시간을 생각
한다. 집과 회사 사이로만 흐르던 영오의 시간은 강주를 만
났을 때, 다른 방향에 샛골목을 내었다. 그리고 옥봉이 세상
을 떠나자 골목길 담벼락에서 돌덩이가 떨어지며 땅바닥이
파였다. 비가 내렸고, 파인 곳은 웅덩이가 되어 물이 고였
다. 영오는 물에 얼굴을 비추어 본다. 그 얼굴 뒤에 강주가
보인다. 보라가 보인다. 그리고 미지도.

"아버지 말이에요. 수첩에 이름 적어놓은 거."

영오가 말했다.

"아버지도 나만큼이나 혼자였던 거예요."

강주는 영오의 머리를 끌어당기더니 숨이 막히도록 꽉,
껴안았다.

보라와 덕배가 나타났다. 둘 다 빈손이다. 덕배는 빨리 걷
고 싶다, 저 줄에 서고 싶다, 얼굴에 쓰여 있는데도 보라와
보조를 맞추어 걷는다.

영오의 휴대폰이 울렸다.

어리둥절 님의 블로그는 현재 휴면 상태입니다. 잠자는 블로그를 깨
우는 포스팅, 어떠세요?

영오는 블로그에 들어가서 글쓰기 탭을 터치했다.

인생에는 답이 없다. 그 대신 사람들이 있다. 나의 0.5, 내 절반의 사람들이.

글이 올라갔다.

활주로에 들어선 비행기가 속도를 높였다. 이륙 직전, 날개 달린 쇳덩이는 자기 온 존재를 다해 달린다. 바퀴와 길이 부딪히면서 서로를 밀어내는 소리, 치열하다. 속도의 정점에 이르자 쇠 몸뚱이가 떠올랐다. 그 순간, 영오는 정수리와 어깨를 내리누르는 삶의 압력을 느꼈다. 덤벼봐! 귀가 먹먹해지도록 소리를 질렀다. 영오에게만 들리는 목소리였다. 그 순간이 지나자 두통 끝에 찾아온 진통처럼 평온해졌다.

짧은 비행의 종반부, 제주도 앞바다. 목적지가 가까워지자 비행기는 고도를 낮추었다.

불빛을 보았다.

밤바다 수면에 구슬처럼 떠다니는 빛의 동그라미들. 점점이 빛난다. 저게 뭘까. 영오는 창문에 이마를 붙였다. 아아, 탄성. 고기잡이배였다. 휘황한 불빛을 밝힌 배. 저 배들끼리는 서로 보일까. 높은 곳에서 새의 시선처럼 내려다보지 않아도 말이다. 보지 못한다 해도 알겠지. 이 깜깜하고 드넓은 바다에서 내 불빛 홀로인 듯해도 사실은 멀지 않은 곳에 다른 불빛이 있다는 사실을.

제주도에 도착했다.

공항 바깥으로 나가자 세상은 밤이었다. 차를 빌리기에는 늦었다.

"아차! 어쩌죠!"

강주가 외쳤다.

"왜 그래요?"

영오가 물었다.

"숙소 예약!"

"비수기라 방 넘쳐. 걱정 마."

보라가 웃어른답게 무리를 안심시키더니 트렁크를 끌며 걸음도 당당하게 나아갔다.

"이모! 아는 호텔 있어요?"

"아는 바다는 있다!"

보라는 택시 한 대를 붙잡고서 어서 오라며 일행에게 손짓한다. 영오와 강주, 덕배는 믿어볼까요, 하는 시선을 교환하고서 발걸음을 옮겼다.

조수석에 탄 보라가 말했다.

"제일 가까운 바다로 가주세요."

영오가 앞좌석을 붙잡고서 보라의 귀에 대고 말했다.

"아는 바다 있다면서요?"

"그럼, 알지. 제주도는 어디나 바다라는 거."

5분이나 지났을까, 기사가 차를 세우더니 미터기를 눌렀다. 택시는 어둡고 넓은 데다가 외지인을 놔두고 떠났다. 제주도라면 넷 다 초행이었다.

보라는 주차장을 지나 모래톱에 들어서자 트렁크 손잡이를 놓았다. 보라색 트렁크가 모래밭에 쓰러졌다. 나머지 세 사람은 줄에 묶인 강아지처럼 보라를 따라 걸었다. 춥다. 3월이 코앞이라지만, 남쪽 섬이라지만, 공식적으로는 겨울이었다. 모래톱 뒤편 건물에서 흘러나오는 불빛 말고는 어둡기만 한 밤바다. 하늘은 먹구름 없이도 먹빛이고 바다는 거기에 바다조차 없다는 듯 새까맸다. 바람이 불어와 사람과 바다를 핥으면 사람의 뺨에는 소름이, 바다의 뺨에는 파도가 돋았다.

보라가 파도치는 바다로 달려갔다. 머리카락을 휘날리며, 두 팔을 휘두르며, 소리친다.

"나, 여기 있다!"

사람일까, 파도일까. 보라일까, 검정일까.

"나도 이제 웃을 거야! 웃고 살 거야!"

영오가 소리쳤다. 그리고 하늘을 올려다보았다. 저기에도 엄마는 없으리라. 아버지도 없으리라. 표지판이 비밀스럽게 일러주는 그곳을 향해 외쳐 물어보고 싶었다.

여기, 우리가, 보이느냐고, 들리느냐고.

16.
이 벽을 뚫고 넘어가시오

오쌤은 사흘간 휴가랬다. 아빠는 치킨 쉰 마리 주문이 들어왔다면서 끙끙거리며 출근했다. 미지는 개나리아파트 702호에서, 혼자다. 발코니로 나갔다. 창밖을 본다. 나무, 하늘, 새, 아파트, 사람들.

똑똑, 똑.

칸막이를 두드린다.

응답 없다. 버찌도, 꺼비 할아버지도.

"할아버지?"

사람용 세모 구멍에 대고.

"버찌야?"

고양이용 세모 구멍을 향해.

어제도, 그제도 두출은 미지에게 말을 걸지 않았다. 버찌도 702호로 넘어오지 않았다. 이런 적은 처음이다. 미지는 사람용 세모 구멍에 얼굴을 붙이고 703호를 훔쳐봤다. 이런 적도 처음이다. 703호의 발코니는 잠잠하고, 방으로 들어가는 유리문은 닫힌 채다. 집 바깥으로 나가 703호의 현관문 앞으로 갔다.

똑똑, 똑.

묵묵부답.

옆집에서 누가 죽어도 모를 세상이야⋯⋯.

도로시 아줌마에게 전화해야 할까? 아니면 경찰? 경찰은 질문이 많다. 개하고 친하니? 그때 넌 어디서 뭘 했는데? 네 말을 증명해줄 친구 이름을 대봐. 미지는 달팽이관이 고장난 달팽이처럼 제자리에서 맴돌았다. 몸은 도는데 머리는 안 돈다. 아니, 돌아버릴 지경이다. 이 심술궂은 옆집 할아버지, 대체 무슨 일이죠!

나, 오래 못 살 것 같아⋯⋯.

702호로 돌아와 두 집 사이의 칸막이에 기대섰다. 얄따란 벽이다. 밀어본다. 무너뜨리려면 좀 더 큰 힘이 필요하다. 두출이 쓰러져 경련을 일으키고 있다면? 팔다리가 꼬인 채 침을 흘리며 심장 박동이 느려지고⋯⋯ 화장실에서 자빠져서 수도꼭지에 머리를⋯⋯ 뇌출혈, 심근경색, 천식, 뇌졸중. 도로시가 오는 동안, 경찰이 캐묻는 동안 심술쟁이가 죽어버린다면? 아, 묻지도 따지지도 않는 119가 있었지. 결심했다. 703호에 들어가서 진상을 확인하기로, 119를 불러도 그 다음에 부르기로. 양치기 소녀가 되기는 싫으니까.

바퀴 달린 수납장을 옆으로 밀었다. 빨래 건조대도 접었다. 그리고 발코니 저쪽 끝, 창고 문까지 뒷걸음질 쳤다. 힘만 세다면 발로 차도 뚫릴 만큼 빈약한 벽이지만 미지의 준비 자세는 의욕 넘친다. 두 눈을 부릅뜨고, 두 주먹을 움켜쥐고, 두 다리에 힘을 주고, 달릴 준비 끝. 다른 방법도 있겠지만 이 방법을 선택했다. 다른 세상 아닌 이 세상에서, 다른 사람 아닌 공미지로 살아가는 미지니까.

입술을 앙다물고 팔을 휘저으며 칸막이로 돌진한다. 비상시 이 벽을 뚫고 넘어가시오. 스티커에 적힌 글자가 확대경을 들이댄 듯 가까워진다. 스티커 속의 사람이 앗, 진심입니까, 깜짝 놀란다. 네, 진심입니다! 미지는 코뿔소처럼 머리와 몸을 숙였다. 넌, 내가 죽었으면 좋겠지? 벽과 몸이 충돌하는 순간, 왜 그 말이 생각났을까. 아니라는 말은 못 하겠네.

벽이 뚫렸다.

벽 너머, 703호였다.

다행히 발코니 유리문은 잠겨 있지 않았다. 집 안으로 들어가 할아버지를 찾기 시작했다. 큰방, 두출은 없다. 버찌도 없다. 세탁실과 부엌, 화장실에도 없다. 잠시 망설이다가, 작은방 문을 열었다. 할머니가 숨을 거두었다는 곳이다. 바닥에 쓰러져 버둥대는 두출, 천장에 매달려 축 늘어진 두출. 죽어가는 두출과 죽어버린 두출, 둘 중에서 누가 더 별로일까. 방은 곱고 다정한 할머니가 지금도 사는 듯 정갈했다. 은은히 감도는 향기 속에도, 개킨 이부자리 틈새에도, 윤이 나는 자개 문갑의 서랍 안에도, 두출은 없다. 버찌도 없다.

찾아봐라, 내가 나오나. 문갑 위 사진 속에서 두출이 웃는다. 할아버지와 팔짱을 끼고 선 할머니도 웃는다. 부부는 모든 면을 고루 써서 동그래진 지우개처럼 웃는다. 꺼비 할아버지가 웃을 줄 아는 사람이었다니, 그것도 갓 쪄서 혀에 올린 백설기 같은 표정으로. 미지는 그토록 희귀한 꺼비 할아버지가 담긴 사진을 휴대폰 카메라로 찍었다.

부엌으로 가서 냉장고 문을 열었다. 깨끗하다. 위생 면이 아니라 여백 면에서. 텅 비었다. 반찬 통 두어 개와 물병이 전부. 집을 오래 비우는 사람은 냉장고 청소를 한다지? 아예 안 올 사람도…….

도로시에게 전화를 걸었지만 받지 않아서 문자메시지를 남겼다.

'비상! 할아버지 가출!'

답만 기다리고 있기는 싫었다. 행동하고 싶었다. 움직이고 싶었다. 부서진 칸막이 앞으로 갔다. 엉망진창이다. 미지는 온몸에 앉은 먼지를 털고, 이제는 세모난 구멍이 아니라 커다란 문이 된 허공을 지나 702호로 돌아왔다. 그리고 점퍼를 걸친 다음 다시 현관문을 지나 바깥으로 나갔다.

목적지는 목공소, 발걸음이 미지를 그리로 데려간다. 2월도 오늘이 마지막이네. 지나가는 사람이 동행에게 말한다. 내일은 3월 1일, 개나리아파트에 신 여사가 들이닥치겠다. 3월 2일에는 다들 입학식을 하니까. 최후의 결전을 포기할 리 없는 신 여사다.

—할아버지를 찾는구나?

목련나무의 목소리. 새순 같은, 꽃봉오리 같은. 가느다란 가지 끝마다 도톰하고 봉긋한 새순의 예고편이 돋아났다. 웃음을 터트리기 직전의 입술 같다. 미지는 나무의 몸통에 손을 얹었다. 뿌리에서부터 새순까지 물을 빨아올리는 소리.

철수 씨가 목공소 문을 열고 나왔다. 미지는 휴대폰 속 사진을 철수 씨에게 보여주었다.

"이 두 분, 혹시 아세요?"

철수 씨가 사진 한 번, 미지 한 번 보더니 대답했다.

"알지. 목련 피면 손 붙들고 매일 꽃 나들이 나오셨는데. 마나님은 못 본 지 꽤 됐어. 근데 학생, 혹시 이분들 손녀야?"

"아뇨, 옆집 이웃이에요. 요즘 할아버지 보신 적 있으세요?"

"열흘 전엔가, 약봉지 이만한 거 들고 저 건너편으로 가시던데? 어째 이쪽으론 얼씬도 안 하시네. 톱밥 알레르기라도 생겼나."

그때 전화가 왔다. 도로시였다.

"아버지가 왜! 아버지가 뭐!"

703호 할아버지가 우리 아버지라고 말한 적도 없으면서, 다짜고짜, 급하기는. 한집도 아니고 옆집에 살면서 그 집 사정을 어떻게 그리 잘 아느냐고 따져 물을 정신도 없는가 보다.

"그 중뿔난 양반, 대체 어딜 간 거야. 이 엄동설한에."

도로시가 울먹인다. 내일이면 3월, 다음 비는 봄비일 텐데 엄동설한이라니. 미지는 얇은 점퍼 차림이었다. 행인들 옷 차림도 가볍다.

"짐작 가는 데가 한 군데 있긴 있어."

도로시가 말했다.

"근데 내가 지금 자리를 못 비워. 절대 안 된대. 학생이 나 대신 아버지 좀 찾으러 가줄래? 가서 잘 계시나 좀 봐줘."

이제는 딸이 미지에게 자기 대신 아버지를 보고 오란다.

"범수랑 같이 가, 응? 내가 말해놓을게."

도로시와 범수가 어느새, 벌써? 미지가 두출의 부재를 어떻게 알아차렸는지 자세한 설명을 생략했듯, 도로시도 범수와 어떻게 재회했는지 밝히지 않았다. 도로시의 가방에는 돋보기가 있을 것이다. 목련 새순처럼 돋아났을 것이다. 테뿐일까, 알도 있을까.

"범수만 보내면 아버지가 고집부릴지도 모르거든. 어깃장 놓는 데는 선수라. 학생, 부탁해. 내가 심부름 값 줄 테니까, 응?"

"갈게요. 갈 건데, 심부름 값은 안 주셔도 돼요."

꺼비 할아버지에게 받아내고 말 테니까. 할아버지가 어떻게 됐을까 봐 불안해하느라 입은 정신적 피해에 대한 보상과 벽을 맨몸으로 뚫은 노동력 착취에 대한 보상까지 받겠다. 뻔뻔함 영역에서는 선수 치는 사람이 승자다. 먼저 세게 나가지 않으면 두줄이 칸막이 재건과 발코니 청소에 드는 비용을 물릴 뿐만 아니라 가택을 무단으로 침입한 죄까지 묻겠노라 나올지도 몰랐다. 할아버지가 무사해야 돈도 좀 챙길 텐데.

"암튼 그 얘긴 나중에 다시 하고, 범수한테 학생 번호 알려줄게. 그럼 부탁해!"

미지는 철수 씨에게 목련을 보러 또 오겠다는 인사를 남기고, 전철역으로 걸어갔다. 그 애를 만났던 맥도날드. 콜라를 산 다음 그때 그 자리로 가서 앉았다. 범수에게 전화가 왔다. 어디에 있는지 말했더니 한 시간 안으로 오겠다고 한다. 마침 휴무라면서.

유리창 바깥을 보았다. 뿌연 대기 속에서 해가 달무리처럼 흐릿하다. 빨대로 콜라를 빨아들였다. 너, 여길 왔구나. 식도가 따끔거린다. 난 죽었는데. 콜라가 다디단 눈물처럼 혓바닥

위에서 기포를 터뜨린다. 빨대를 뽑고 잔째로 콜라를 들이
켠다. 난 목련하고도 고양이하고도 친구가 되었지만 너하고
는 아니었지. 넌 나쁜 애였어. 아니라는 말은 못 하겠네. 그렇다
고 죽을 것까지는 없었잖아. 미세 먼지가 점령한 하늘처럼
미지의 마음도 희뿌예졌다.

  범수는 파란색 모닝을 끌고 왔다. 돈 주고 빌린 차였다.
약속한 시간보다 10분은 빨리 왔는데도 오래 기다리게 했다
며 미안해했다.
  "우리, 어디로 가는 거예요?"
  미지는 차의 조수석에 앉아 안전띠를 매며 물었다.
  "무덤."
  "그건 아직 오버고요."
  "할머니 무덤."
  "아. 어딘데요?"
  "강화도. 40분쯤 걸릴 거야."
  범수는 왁스를 바르지 않아 뜬 머리에 옷도 편하게 입었
다. 쉬는 날이라 그런지 제복과도 같은 안경은 벗었다. 시력
이 안경을 쓰지 않고 운전할 정도는 되었다. 양쪽 1.5 수준
이야 턱도 없지만.
  "그러니까 너랑 할아버지가 이웃사촌이란 거지."
  범수가 내비게이션에 주소를 입력하면서 중얼거렸다. 미

지는 고개를 끄덕였다. 범수는 어떻게 된 사정인지 묻지 않았다. 누구든 누군가의 옆집에 살 수 있으니까. 허허벌판이나 사막이나 산속 외딴집이 아닌 다음에야.

"무덤에 없으면요?"

"그땐 신고해야지."

시내를 빠져나가 국도로 접어들 때까지 두 사람은 조용했다.

누런 풀로 뒤덮이고 군데군데 얼음이 남은 논, 마른 갈대가 바람에 건들거렸다. 20분 전까지만 해도 자동차와 매연이 득시글대는 도시였는데 세상은 표정을 바꾸듯 시골 풍경이 되었다. 비니를 쓴 여자가 목줄을 맨 래브라도레트리버를 데리고 논두렁을 걸어간다. 아, 로미오의 친구도 래브라도레트리버였는데. 미지는 인터넷에서 본 이야기를 떠올렸다.

"아저씨, 로미오란 늑대 아세요?"

"로미오가 딱히 호감형은 아니지만 늑대라고 하기엔 또좀 그렇지 않나?"

"줄리엣 남친 말고요. 진짜 늑대요."

알래스카에 사는 어떤 사람이 개(그 녀석이 래브라도레트리버였다)를 데리고 산책을 나갔다가, 늑대를 만났다. 덩치 큰 검은색 늑대였다. 그런데 개가 겁을 내기는커녕 늑대에게 다가갔다. 겨울철에 고드름이 녹는 속도처럼 천천히. 주인은 기겁했지만 놀랍게도 늑대는 개를 공격하지 않았다.

두 개과 짐승은 코끝을 대며 인사를 나누기에 이른다. 늑대는 몇 번이나 숲으로 뛰어 들어갔다가 나왔다. 나랑 놀자, 나랑 놀자, 하듯이. 늑대는 로미오란 이름을 얻었고, 마을의 유명인사가 되었다. 처음에는 늑대에게 공격당할까 봐 무서워하던 사람들도 다른 존재와 싸울 생각이라고는 없는 로미오에게 마음을 열었다. 자기 집 개를 데리고 나와 로미오와 놀게 했다. 숲에서 혼자 사는 로미오는 개를 볼 때마다 기뻐서 어쩔 줄 몰라 했다. 한 번도 다른 사람이나 동물과 싸우지 않은 로미오. 몇 년 뒤 그 늑대는 죽었다. 어떻게 그런 일이 있었는지, 지금 생각하면 꿈만 같아요. 마을 주민이 한 말이었다.

"로미오는 늑대들하고 어울릴 사교성이 없어서 혼자 지냈을 거래요. 뭐, 사람들 추측이지만. 늑대 로미오는 어떤 마음으로 개 친구들을 기다렸을까요? 난 가끔 그걸 생각해요."

포장이 매끄럽지 못한 길로 들어섰는지 차가 덜컹거렸다. 미지는 언젠가 오쌤에게 늑대 로미오의 이야기를 들려줘야겠다고 생각했다. 그러고 나서 물어보고 싶었다. 오쌤도 내 전화를 기다리느냐고, 그런 적이 있느냐고.

내비게이션이 목적지 근처에 도착했다고 알렸다.

두 사람은 차에서 내렸다. 주변은 야트막하고 조그마한 산이다. 잦은 발걸음이 다진 오솔길을 따라 산속으로 들어갔다. 새순이 꼼지락대는 나뭇가지 사이로 햇빛이 들이쳤다. 이곳 햇빛의 절정은 지금인가. 나뭇잎이 바스락거리고 어디선가 도랑물도 흐른다. 심장이 기분 좋게 뛸 만큼은 걸었을까. 우람한 밤나무 너머로 볕바른 평지가 보인다. 봉분이 봉긋봉긋하다. 죽은 김씨 집안 사람들의 집인가 보다. 괴이한 새 울음소리가 들리기 시작한 지점도 그쯤이었다.

미지가 발걸음을 멈추었다. 범수도 멈춰 섰다.

울음소리에 잠시 더 귀를 기울이다가, 뛰기 시작한다. 처음에는 미지가, 그 뒤를 이어서 범수가. 발밑에서 나뭇가지와 잎사귀가 와그작작 부서졌다. 커다란 밤나무를 지나자 묘지다. 고고오오야앙, 고오오오오야앙, 새가 운다. 무덤 뒤쪽, 중간 키 밤나무의 우듬지에 매달린 새.

"버찌야!"

버찌새였다.

고양! 고양! 고양! 고양! 저를 알아보는 사람이 나타나자 더 크게 운다. 미지는 나무 아래에 까치발을 딛고 서서 팔을 뻗었지만 버찌는 겁을 먹어 옴짝달싹하지 못했다.

"쟤, 아는 고양이야?"

"알죠. 할아버지 고양인데. 할아버지 여기 있나 보네요."

할아버지도 참, 언제 또 고양이를. 범수는 한숨을 내쉬고서 점퍼를 벗어 땅에 놓았다. 모르는 고양이라면 몰라도 할아버지 고양이라는데 어쩌겠는가. 모시러 올라가야지. 간단

한 체조로 몸을 풀고서 나무를 오른다. 중학생 때까지만 해도 추석마다 오던 산이다. 사촌들과 나무를 타고 새알을 찾으며 놀았다. 쌀쌀한 봄인 3월이면 질퍽한 진흙에 발이 빠져 진흙 운동화가 한 켤레 생겼고, 운동화를 개울물에 담갔다 빼면 흙 물감이 얼룩덜룩한 운동화 한 켤레가 또 생겼다. 미지는 고개를 쳐들고서 범수의 발만 쳐다보았다. 범수는 나무의 몸통을 붙들었다. 그렇게 높은 나무도 아니었다. 명색이 고양이인데 눈 한번 꽉 감고 뛰어내려도 별 탈 없을 높이였다. 누구 고양이 아니랄까 봐 별나기는. 한 손을 뻗어 고양이를 낚아챘다. 버찌도 내 살 길은 이 방법뿐이다 싶었는지 순순했다. 고양, 울더니 몸에서 힘을 뺐다. 범수는 점퍼를 담요처럼 펼쳐 든 미지를 겨냥해 버찌를 슬쩍 던졌다. 미지가 버찌를 받았다. 범수는 나무에서 내려왔다. 외할머니 무덤 앞에 과일과 어포, 청주가 가지런하다.

"저건 뭐예요?"

미지가 산기슭에 있는 컨테이너 박스를 가리켰다. 성묘 오면 다리쉼도 하고 숨도 돌리고 물건도 보관하는 장소였다. 범수가 그쪽으로 걸어가자 버찌를 안은 미지도 뒤따랐다. 컨테이너 박스의 창문은 닫힌 채다. 차가운 문손잡이가 범수의 손바닥에 쩍 달라붙는다. 사람 둘과 고양이 하나가 눈빛을 교환했다. 문을 연다.

"할아버지!"

사람 둘이 외쳤다.

고양이 하나, 두출에게 달려간다. 몸을 녹이듯, 온기를 나누듯 두출의 몸에 온몸을 비빈다.

"왔냐?"

두출이 누구에게랄 것도 없이 말했다. 여긴 어쩐 일이여, 하지도 않고 너희가 웬일이여, 이 말도 않는다. 외손자 기범수와 옆집 소녀 공미지가 서로 어떻게 알게 되었는지는 모르겠으나 어찌어찌하여 이 묘지에 찾아왔다면 그것이야말로 세상 부끄러울 바 없이 당연하고도 떳떳하다는 식이다. 담요를 두르고 석유난로(이 건조한 산속에서!) 앞에 앉아 몸도 마음도 쉬어 가는 묘지 옆 쉼터. 물 부은 컵라면에 생수에 침낭에, 없을 것 없다.

"안 그래도 옆집 애기가 아쉽던 참이여."

"저는 왜 또요."

"아, 버찌 이것이 까친지 까마귄지 잡는다고 나무를 타더니만 당최 내려오질 못하잖어. 무서워 죽는다고 소리만 고래고래, 어이구. 그렇다고 늙어빠진 내가 올라가겠어, 저길? 안 그래도 곧 죽을 텐데 명 재촉해서 지금 당장 죽을 일 있나. 어림없지."

"그럼 전 나무 타다가 죽어도 되고요? 와, 진짜. 그런 심부름은 사절이거든요?"

"그래서 탔냐? 탔어? 범수 저놈이 탔을 거 아녀!"

아무리 꺼비 할아버지래도 그렇지, 저렇게 얄미운 할아버지가 어디 있을까, 세상에? 밖의 소란과 난리를 알고도 모르는 척, 버찌 구출 작전이 끝나기만 기다렸군요, 요 꺼비 할아버지!

"제가 너무 오랜만이죠, 할아버지."

범수가 끼어들어 두출에게 인사했다. 손자의 말에 두출은 버찌를 쓰다듬을 뿐이다. 컵라면은 밤새 운 얼굴처럼 면발이 퉁퉁 부었다.

"여긴 왜 오신 거예요, 갑자기?"

미지가 따지고 들었다.

"너 종알대는 거 귀 시끄러워서 도망 왔다, 왜?"

"전 할아버지 손과 발이 되어 이상한 심부름도 깔끔하게 처리해드리는 명랑하고도 친절한 소녀거든요?"

"기가 막혀서 콧물이 다 나온다."

두출이 손등으로 코 닦는 시늉까지 한다. 든 자리는 몰라도 난 자리는 안다더니 내가 없으니까 알아차리긴 했군, 우쭐해하는 표정까지 닦지는 못했지만.

"내가 내 마누라 무덤에 내 마누라 보러 내 발로 온다는데, 왜! 그게 어때서! 구청에 신고하고 와야 혀? 아, 다음엔 동네방네 소문이라도 내고 행차해야 쓰겄네."

"다행이네요. 여기 계셔서."

범수가 말하더니 바닥에 앉았다. 다음 동작, 드러눕는다.

나무에서 내려왔을 때 긴장이 절반 풀렸다면 멀쩡한 할아버지를 보는 순간 나머지 긴장도 풀렸다. 눈을 감고, 숨소리가나고, 가슴이 오르락내리락한다.

"저놈 저거, 자빠져 자네."

혀를 차면서도 두출은 손자의 다리에 담요를 덮어주었다.

"누가 여기 온 게 문제래요? 말도 없이 오니까 그런 거지."

미지가 옥신각신의 불씨를 되살렸다.

"내가 뭐, 목이라도 매달았을까 봐?"

"에이, 설마요. 쓰레기 버리는 것도 귀찮아하는 분이 그런걸로 여기까지, 귀찮게."

"잘 아는 애기가 우리 손주까지 대동하고 여긴 어떻게 왔나 몰라."

미지는 눈을 가늘게 뜨고 두출을 바라보다가 대답했다.

"할아버지를 혼자 두긴 싫었나 봐요."

"뭐여?"

"벽을 뛰어넘은 우정이라고 해두죠. 나이의 벽, 사고방식의 벽, 살아온 역사의 벽, 집과 집 사이의 벽, 등등."

"곧 죽을 늙은이한테 솜털 보송보송한 애기가 우정이 뭐?역사가 뭐, 어째? 세상 말세야, 말세."

두출은 머리를 내저었지만 말세라고 확신하는 얼굴은 아니었다. 미지는 '벽을 뛰어넘은'이라는 말에 그 나름대로 복선을 깔았다고 자평하고 흡족한 기분이 되었다. 그래, 부서진 벽, 그건 고귀한 우정이 마땅히 치러야 할 대가야. 꺼비 할아버지가 알아서 수리하겠지. 어떻게 된 일인지 설명쯤은 해줄 작정이었다. 집에 도둑이 들었다며 112에 신고라도 하면 성가셔지니까. 딱 거기까지가 자기 책임이라고 계산을 마쳤다.

"할아버지도 말해보세요. 여긴 진짜 왜 오신 거예요?"

두출은 컵라면을 집어 툭툭 끊어지는 면발을 몇 젓가락 건져 먹었다. 머리는 까치집이고 눈은 붉다. 울기라도 했는지.

"집구석에 우두커니 앉았는데 춥더라. 목덜미도 스산하고."

"보일러를 벌써 끄셨어요? 우리 집은 21도로 맞춰났는데."

두출은 내가 저거하고 말을 섞으니 흙에 거름이나 섞지, 그런 표정으로 면발을 몇 가닥 더 먹었다. 애기도 한 젓가락 할 테냐, 권하는 일이란 없다. 그런다고 입맛이나 다시고 있을 미지가 아니다. 상자에서 컵라면을 찾아내더니 난로에 올린 주전자를 기울여 용기에 물을 붓는다. 3분이 지나 뚜껑을 열자 김이 솟아올랐다.

"김치 없어요?"

"여기가 무슨 식당인 줄 알어!"

하더니 김치 그릇을 밀어준다.

미지가 김치를 곁들여 라면을 다 먹어갈 즈음, 두출이 말했다.

"방구석에서 이불 둘러쓰고 앉았으니까, 우리 마누라는 산속 깊은 데서 얼마나 추울까 싶은 거여. 이 엄동설한에."

춘삼월 하루 전인데 엄동설한이 바쁘다. 그 딸에 그 아버지다.

"춥고 쓸쓸한 우리 마누라 보러 버찌 데리고 온 거여. 그게 다여."

"할머니가 여기 계실까요? 그럼 너무 시시한데."

"죽으면 땡이라는 둥 영혼은 개뿔이라는 둥 김 빼는 소리 할 거면 그거 먹고 입 닦고 가라. 가! 여기 없으면, 응? 어딨다는 거여."

쏘아붙이는 기세야 등등했지만 눈빛은 점점 어린애같이 되었다. 사람은 마음속에 사랑을 품었을 때 무섭도록 강해지고, 처연하도록 약해진다.

"아시면서."

"몰러!"

"기억 속에 있는 거 아닐까요. 할아버지 기억 속에요."

"이 몸뚱이 죽고 나면?"

"할아버지 딸, 손자, 증손자……, 점점 흐려지겠죠?"

"그러다가?"

"아아, 욕심쟁이. 좋아요. 저도 죽을 때까지 할머니를 기억할게요. 일 년에 한 번씩은 생각할게요."

범수는 꿈속에서 미지가 하는 말을 들었다. 먼 우주에서 송출하는 방송에 미지가 나와 말했다. 제가 죽고 나면 누가 절 기억하겠어요? 범수는 다짐했다. 죽는 날까지 너를 잊지 않으리라. 꿈속 세상에서 범수는 오래오래 살았다. 미지보다도 오래오래.

　"나 말이여, 실은 말이여, 오래 살 거 같어. 죽도록 오래 살 거 같어……."

　두출이 어깨를 늘어뜨리더니 휘파람을 불듯이 운다. 버찌가 잠에서 깨어나 두출을 바라보았다. 왜 또 그래요, 나의 늙고 외로운 친구여.

　"할아버지, 제가 요즘 친하게 지내는 비둘기가 있거든요? 걔랑 어떻게 친해졌냐면요, 들어보세요."

　두출은 휘파람만 분다.

　"아파트 슈퍼 앞에 횡단보도 있죠? 거길 건너는데 기분이 좀 이상한 거예요. 옆을 봤죠. 비둘기가요, 저랑 같이 뒤뚱뒤뚱 걸어가다가 눈이 딱 마주친 거예요. 아니 무슨 비둘기가 횡단보도로 이족 보행을 해요. 완전 귀여웠던 거죠. 그런데요, 어쩐지 좀 슬프기도 했어요. 마음 한구석이 그랬어요. 할아버지, 신이 있다면요, 신도 우리를 볼 때마다 그런 마음 아닐까요?"

　버찌가 두출의 발목에 이마를 댔다. 하얀 털 한 올이 목덜미에서 빠져 공중으로 날아오르더니 두출과 범수를 지나 미

지의 어깨에 앉았다. 미지는 몰랐지만, 두출도 몰랐지만, 범
수는 잠들었지만, 그랬다.

17.
3월의 스케이트장

미지는 목련나무를 보았다. 목련꽃이 눈높이와 비슷한 자리에서 환하고 하얗다. 몇 발짝 다가가 줄기를 만졌다.

─일요일은 나른해. 느릿느릿해.

목련나무의 깨나른한 목소리가 손가락 끝으로 스며들었다. 미지는 줄기를 쓰다듬으며 목련꽃을 눈에 담았다. 목련꽃 보고 오기, 오늘의 심부름이다. 미지의 눈빛은 두출의 것이 된다. 개나리아파트 2동 703호, 먼지 낀 창문 너머로 목련꽃을 바라보는 두출. 그 시선은 먼저 간 아내의 것도 된다.

목공소의 출입문을 두드렸다. 간유리가 덜컹거린다. 철수 씨가 문을 열었다. 미지는 개떡이 담긴 봉지를 내밀었다.

"이거, 아저씨 드시래요."

며칠 전, 도로시가 개나리아파트 2동 702호로 개떡을 들고 찾아왔다. 미지는 현관문에 달린 외시경으로 도로시의 얼굴을 확인했지만 문을 열지 않고 외쳤다. 여기 아니에요. 옆집이에요! 몇 번이나 초인종이 울렸지만 옆집이라니까요, 반복했다. 도로시는 옆집, 703호의 문손잡이에 개떡이 든 비닐봉지를 걸어놓고 갔다. 한 시간쯤 지나자 703호 문이 열렸다 닫히는 소리가 들렸다. 그리고 잠시 뒤, 버찌용 구멍으로 개떡 두 봉지가 넘어왔다. 콧구멍으로 쑥이 겨나올 때까지 개떡이나 처먹다 죽으란 얘긴가, 뭘 이렇게나 잔뜩! 팔다 못 팔아서 쉬어터진 거 버리고 간 거여, 필시. 구시렁대는 목소리도 넘어왔다. 어머, 이거 다 제 거란 말씀, 했더니 한 봉지는 목공소 갖다주든가 하라는 참견.

"개떡 참 오랜만이네. 이거 색깔이 진짜 쑥 같은데."

철수 씨가 개떡을 받아들며 신기해했다.

"칸막이 세운 건 문제없지?"

702호와 703호 사이 칸막이의 안부도 묻는다. 두출은 집으로 돌아와 걸레짝이 된 벽을 보더니 볶은 콩이 솥에서 튀어나오듯 노발대발했다. 걱정 마세요, 훌륭한 목수가 있다니까요, 미지는 두출을 진정시켰다. 나는 목수라서 그쪽 전문이 아닌데, 하면서도 철수 씨는 석고 보드를 구해다가 경량 칸막이를 설치해줬다. 왜 이런 사족이 필요한지 이해 안 된다는 얼굴로도 중간 즈음에 세모난 구멍을 뚫고, 튼튼한

철망으로 덮었다. 설비 미술이라나 설치 미술이라나, 그런 건가 싶었다. 칸막이 높이를 천장에 딱 맞게 높이자고 했더니, 703호 영감님은 쓸데없는 데 건드리지 말고 놔두라며 골을 냈다. 오통통한 고양이 녀석도 좋알대며 거들었고. 안팎으로 구멍이 두 개나 있어 허술한 칸막이였다. 뭐 불이라도 나면 부수기는 한결 수월하겠네, 철수 씨는 그렇게 생각하고 마음을 정리했다.

"그럼요, 문제없죠!"

미지는 목공소 앞을 떠났다. 한봄으로 가는 중간문과 같은 3월. 가로수 뿌리 근처마다, 담벼락 앞에 꾸민 작은 꽃밭마다, 아기 신발처럼 알록달록한 풀과 꽃이, 골목길 구석구석에는 길고양이 밥그릇과 물그릇이 돋아나 있었다. 꺼비 할아버지가 준 돈으로 길고양이 사료를 사야겠다. 할아버지는 길 가다가 불쌍한 목숨들 만나면 밥이나 먹이라며 색색가지 지폐를 내놓았다. 같이 나가요, 할아버지. 미지가 권하자 두출은 다리 아퍼, 했다. 걸어야 낫죠, 하자 쉬어야 낫지, 한다. 삐걱거리는 다리에 봄은 언제 오는가. 목련꽃 보러 봄나들이 나서는 날에. 서늘한 그 마음에 봄은 언제 오는가. 눈썹 짙고 눈 붉은 딸이 문 두드리는 날에.

땟국물이 흐르는 점퍼를 껴입고 비틀거리며 걸어오는 노숙자. 악취가 진동한다. 최대한 크게 그린 원처럼 노숙자를 피해 지나가는 사람들. 남자는 대낮부터 술에 취해 흐느적

댔다. 미지는 남자에게 다가가 개떡 봉지를 내밀었다. 바나나 우유 두 개도 점퍼 양쪽 주머니에 하나씩 넣어준다. 오쌤과 나눠 먹으려 했지만 이번에는 이 아저씨에게 먼저. 노숙자가 개떡을 입에 넣었다. 손이 흙발처럼 까맣다. 벤치에 걸터앉아 바나나 우유를 마신다.

바람이 미지를, 노숙자를, 길고양이를 스쳤다. 불쌍한 목숨들의 등을 두드리면서 지나갔다.

영오는 벤치에 앉아 스케이트장과 크리스마스트리를 바라보았다. 3월에 스케이트라니, 크리스마스라니. 스케이트장에는 얼음 바닥이, 트리에는 꼬마전구가 여전하다. 바람이 웃옷 자락을 파고들자 싸늘한 기운이 퍼졌다. 몸을 꿈지락대며 옷자락을 여몄다. 스케이트장은 문을 닫은 지 오래라 얼음을 지치는 사람도, 표를 파는 사람도 없었다. 트리에 매달린 전구도 눈을 감은 채 잠잠하다. 해 지는 시간이 점점 느려지는 초봄, 전철역 앞 광장이다.

누군가 다가와 옆자리에 앉았다. 고개를 돌린 영오의 얼굴에 웃음이 떠올랐다.

"안녕하세요?"

미지가 인사했다.

"안녕."

영오가 인사했다.

"안경 썼을 줄은 몰랐네?"

미지도 웃으면서 손가락으로 안경을 추어올렸다. 분홍빛이 도는 금색 테, 알은 없다.

"저도 제가 안경을 쓰게 될 줄은 몰랐답니다."

일 년 넘게 목소리로만 사귀어온 두 사람, 마주 본다. 목소리에 얼굴이 생겼다. 눈과 코와 입이, 웃음과 표정과 눈빛이 생겼다. 살갗 위로 핏줄이 도드라지고 살갗 아래로 피가 흐른다. 나무 속의 물줄기처럼.

영오와 미지는 스케이트장과 크리스마스트리를 바라보았다.

"치우기 귀찮은 걸까요?"

"어쨌든 나쁘지 않네."

"아직은 쌀쌀하니까요."

방금 전 전철이 도착했는지 사람들 한 무리가 역사에서 빠져나와 버스 정류장으로, 횡단보도로, 골목길로 흩어졌다.

"학교는?"

짐작하면서도 물어본다.

"제가 이겼어요. 제가 옳았거든요."

"그래, 그랬구나."

그러고서 영오는 말했다.

"난 말이야, 네가 꼭 나 같아. 이상한 얘기 같겠지만 그런 느낌이 들어."

미지는 고개를 끄덕였다. 지난 몇 달 동안 알게 된 점이 있다. 이 세상에는 이상한 사람도 많고 이상한 일도 많지만 이상하다고 해서 나쁘지만은 않다는 것.

"한 뿌리에서 나온 여러 가지처럼요?"

"그래. 한 가지에 핀 여러 송이 꽃처럼."

둘은 웃었다. 국어 과외 선생과 그 하나뿐인 수제자답다.

"이번에 나온 책이야."

영오가 가방에서 국어 문제집을 꺼내서 내밀었다. 미지는 책을 받았다. 표지에 나무가 그려져 있다. 꽃봉오리가 맺힌 나무. 목련일까? 책을 넘겨 맨 뒷장을 보았다. 편집, 오영오.

"다음엔 미지 이름도 넣어줄까? 독자 모니터 요원으로."

미지는 좋은 생각이라며 좋아했다.

땅거미가 기다란 머리카락을 빗으며 밤나들이 채비를 했다. 영오는 보온병에 담아 온 매실차를 종이컵에 따랐다. 두 사람은 따뜻하고 새콤달콤한 매실차를 마셨다. 아 참, 하더니 영오가 가방 안주머니에서 수첩을 꺼내어 펼친다. 그리고 아버지가 적은 명단 아래에 이어서 적는다. 공미지.

"전화번호 좀."

영오는 미지가 부르는 번호를 이름 옆에 받아썼다.

"어, 아는 이름이 셋이나 있네요?"

미지가 수첩에 적힌 이름을 손가락으로 하나씩 짚으며,

"영오. 이건 오쌤이고. 문옥봉, 김밥집 할머니 아니에요?"

"맞아. 새별중학교 뒤에 있는 김밥집."

"이번엔 진짜 돌아가신 거 같아요. 맛이 변했거든요, 아주 살짝."

대단한 미각이었다. 덕배의 수제자 자리마저 미지가 차지해야 할지도.

"그리고 홍강주. 수학 쌤이죠?"

굵고 부드러운 붓이 재채기처럼 재빠르게 영오의 볼을 스치고 지나갔다. 귓가에 붉은 자국이 남았다.

"수학 집필진, 통과됐대요?"

영오는 벤치 등받이 뒤로 아아, 고개를 젖혔다. 푸른 종이에 잿빛 잉크가 번지듯 하늘 색이 변해간다.

"사실 그거, 거짓말이었어."

"역시."

미지는 팔짱을 꼈다.

"지금 캐묻진 않을게요. 결국 다 고백하게 되실 테니까."

"지금 이 순간만 아니라면!"

영오는 수첩을 들어 거기에 적힌 이름을 본다.

영오에게

홍강주

문옥봉

명보라

공미지

몇 달 동안 영오의 인생에 새겨진 이 이름을, 어디부터 어디까지 털어놓아야 할까. 홍강주부터 명보라까지? 아니면 영오부터 공미지까지? 이 다섯 사람은 어디가 시작이고 어디가 끝인지 모를 동그라미. 이들은 점으로 시작해 선으로 이어졌다. 점은 선이 된다. 선은 점을 포함한다.

영오는 미지에게 전화를 걸었다. 미지가 전화를 받더니 말했다.

"회사, 그만두시게요?"

"그 말 안 잊었네?"

전화를 끊었다. 미지의 휴대폰에 영오의 번호가 남았다.

회사야 당장 그만둘 마음은 없지만 언제든 사직서를 던져도 파격이나 파행은 아니겠다. 보라가 주는 용돈 겸 월세가 믿는 구석이 되었는지. 보라는 잘 어지르고 잘 자고 잘 먹었다. 바닥에 이불을 깔고 누우면 1분도 지나지 않아 고른 숨소리를 냈다. 영오는 그 소리를 들으며 야광 별을 올려다봤다. 별빛이 사라지기 전에 잠드는 날이 흔했다.

"오쌤, 고양이 좋아하세요?"

"고양이?"

영오는 고양이를 잘 몰랐다. 고양이 키우는 친구를 사귄 적도 없다.

"뚱뚱하고 수다스러운 삼색이에요. 솜사탕 먹는 뭉게구름

같은 애죠. 보러 가실래요?"

여기는 개나리아파트가 있는 곳, 2동 702호와 703호가 있는 곳, 버찌와 꺼비 할아버지가 있는 곳.

"고양이랑 놀다가 짜장면이랑 탕수육 먹어요."

"짜장면이랑 탕수육을 내가 산다면."

그리고 맛있는 짜장면과 탕수육이 있는 곳.

"디저트도 사신다면요."

또한 홍쌤이 아이들에게 수학과 금연을 가르치는 곳. 디저트를 먹을 때쯤이면 강주와 해둔 약속 시간이 될 것이다. 약속을 미룰지, 강주를 불러 미지와 만나게 할지, 고양이부터 보고 고민해야겠다. 이제 영오에게도 고양이와 친한 친구가 생긴 참이었다.

보온병을 가방에 넣으려는데 미지가 짧은 탄성을 질렀다. 영오도 손을 멈칫했다.

크리스마스트리에 불이 들어왔다.

불은 순간적으로 트리를 밝혔다가 사라졌다. 그 돌연한 불빛을 본 사람은 영오와 미지뿐인 듯했다. 사람들은 땅바닥이나 휴대폰만 보며 바쁜 발걸음을 옮겼다. 영오와 미지는 숨을 죽인 채 크리스마스트리를 바라보았다. 이 어스름을 다시찾아올지도 모르는 짧은 불빛을 기대하면서.

3월의 스케이트장이 조금씩 녹아갔다.

0.
외로운 아이

"뭐 하세요?"

호석은 갑자기 날아든 목소리에 놀라 자리에서 일어났다. 의자가 요란한 소리를 내며 뒤로 넘어갔다. 심장마저 쿵쾅거린다. 도둑질이라도 하다 걸린 사람처럼.

옆자리에 앉아(언제 소리도 없이?) 동그란 눈을 동그랗게 뜨고 호석을 올려다보는 아이. 늙은 경비원을 놀라게 해서 미안한 기색이라고는 없다. 교복 재킷에 공미지란 이름표. 삼학년이다. 학년마다 이름표 색깔이 다르다.

"수, 순찰 중이라⋯⋯."

방과 후의 컴퓨터실, 호석은 컴퓨터란 놈을 한 놈 깨우려고 진땀을 빼던 중이다.

"에이, 인터넷이겠죠. 맞죠?"

"…… 거긴 뭐든 있다길래."

"아하, 검색? 제 전문이죠."

미지는 손을 뻗어 의자를 일으켜 세우더니 거기에 호석을 눌러 앉혔다. 호석은 격자무늬 손수건을 꺼내서 이마를 닦았다. 컴퓨터의 전원 버튼을 누르는 미지. 저기였군. 호석은 왜 저 꼭지를 눌러볼 생각을 못 했을까 아쉬웠다. 컴퓨터를 켠다 해도 그다음은 또 깜깜했겠지만. 화면이 환해졌다. 호석은 자세를 고쳐 앉는다, 손수건으로 목덜미를 훔친다, 모니터를 기웃거린다, 조용한 호들갑을 떨고서 말했다.

"우리 딸 사진, 될까?"

아내가 병을 얻고 나서 집을 줄이느라 살림을 버릴 대로 버렸다. 그 와중에도 앨범만큼은 가지고 다녔는데, 지금 사는 방으로 올 때 잃어버렸다.

"이름은요?"

"영오, 오영오."

"학생? 어른?"

"서른 넘었지. 회사 다녀."

"회사 이름은요?"

호석이 회사 이름을 대자 미지가 말했다.

"거기 문제집 만드는 데 아녜요? 뭔가 느낌이 오는데요?"

미지는 호석을 옆으로 밀더니 그 자리를 차지하고 앉아

자판을 두드렸다. 호석은 밖에 누가 지나가기라도 할까 싶어 안절부절못했다. 어이 오 씨, 거기서 뭐 하느라 꾸물대는 거야, 한소리 들으면 어쩌나 싶어서.

십 년 같은 10분이 흘렀을까. 미지가 소리쳤다.

"찾았다!"

회사에서 찍은 단체 사진이다. 영오가 있다.

앞줄 왼쪽에 선 영오는 피곤하고도 어두운 낯빛, 체한 그믐달 같다. 저 아이는 언젠가부터 노상 저런 표정을 짓는다. 어릴 적에는 젊은 아비의 다리 밑에 웅크리고 앉아 여기 내집, 하던 아이인데. 아, 옛날이다. 그때 아이에게 화를 낸 일, 기억한다. 팔팔한 나이였는데도 하루하루가 피곤하고 서러웠다. 사는 일이란 자기 몸에서 뼈를 꺼내어 가루를 날리며 깎듯, 그렇게 말도 못 할 짓이었다.

미지는 사진을 호석의 휴대폰에 저장해주었다. 고물 휴대폰으로 들어온 사진은 작아졌다. 흐려진 영오의 얼굴. 그래도 딸이다. 내 딸이다.

컴퓨터실 문을 단속하고 나왔다. 미지는 경비실까지 따라왔다. 호석은 잠깐만 기다리라는 손짓을 하고서 경비실에 들어가 책을 한 권 가지고 나왔다. 폐지함에서 주운 문제집이다. 이렇게 새 책인데 버리다니. 호석은 자기가 버려진 문제집이라도 된 듯이 서운하다. 매일 폐지함 순찰을 돌아야 겠다.

"이걸로 공부해, 학생. 말짱해."

맨 뒷장을 펼쳤다. 딸의 이름을 손가락으로 짚어 보인다.

"우리 딸이 만든 거야."

미지가 아하, 기쁜 표정을 지어주어서 호석은 기뻤다. 문제집에 적힌 번호로 전화를 건 적이 있다. 국어과 오영옵니다, 하는 목소리만 듣고 전화를 끊었다. 딱 한 번이었다. 딱 한 번만 더 해도 들킬 것 같았다. 영오의 휴대폰 목소리는 그것보다 더 어둡고, 더 무거웠다. 호석은 딸에게 전화를 걸기가 무서웠다. 두려웠다. 받지 않을까 봐, 받아서는 누구시죠, 할까 봐.

"공부하다가 모르는 거 있으면 여기로 전화해서 물어봐. 어릴 적부터 국어를 잘했거든."

말이 술술 나왔다. 전화번호를 들여다보는 아이. 내 딸도 저만할 때가 있었는데. 눈 감으면 손에 잡힐 듯 가까운데 멀리도 가버린 시절이다. 짧고, 빨랐다.

"가끔 전화도 걸고 그래……."

다음 말은 입 모양만으로,

"외로운 애야."

미지는 들었다. 그리고 그건 꼭 미지에게 하는 말 같기도 했다.

작가의 말

당신이었군요. 보고 싶었어요. 우리가 이렇게 만났습니다. 제 마음속에 적힌 이름이었던 당신이 지금은 소설 속에도 있답니다. 이야기의 틈과 곁에 스며든 당신의 목소리와 발자국을 찾아내셨는지요. 당신이란 세계의 표면과 이면을 제가 잘 그렸는지 모르겠어요. 문 두드리는 소리에 귀 기울여 줘서 고마워요.

이야기의 마지막 페이지를 지나 여기 다다른 당신에게 말하고 싶어요. 이제 괜찮다고요. 곧 괜찮아질 거라고요. 당신은 영오이면서 미지니까요. 당신은 결국 우리니까요. 우리는 함께 나아갑니다. 벽을 뚫고 그 너머로 넘어갑니다. 어떤 벽은 와르르 무너지고 어떤 벽은 스르륵 사라져요. 그러니

포기하지 마세요. 우리는 괜찮습니다.

제 첫 책을 읽은 분도 계시겠지요. 이번 소설이 처음인 분도 계실 테고요. 마지막 작품까지 함께해주신다면 더없는 영광이겠습니다만.

우리, 소설의 안팎에서 또 만나요.

2019년 봄,

하유지

눈 깜짝할 사이
서   른   셋

초판 1쇄 발행 2019년 3월 21일
초판 2쇄 발행 2019년 4월 16일

지은이 하유지
펴낸이 김선식

경영총괄 김은영
책임편집 최지인 **크로스교정** 조세현 **디자인** 박수연 **책임마케터** 기명리
콘텐츠개발6팀장 백상웅 **콘텐츠개발6팀** 임경섭, 박수연, 최지인
마케팅본부 이주화, 정명찬, 최혜령, 이고은, 이유진, 박태준, 허윤선, 김은지, 배시영, 박지수, 기명리
저작권팀 이시은
경영관리본부 허대우, 박상민, 윤이경, 김민아, 권송이, 김재경, 최완규, 손영은, 이우철, 이정현
외부스태프 일러스트 이사림
사전독서단 한진실, 주예원, 김소린, 이효진, 이민영, 이종혁, 유혜림, 김예진

펴낸곳 다산북스 출판등록 2005년 12월 23일 제313-2005-00277호
주소 경기도 파주시 회동길 357 3층

전화 02-704-1724
팩스 02-703-2219 **이메일** dasanbooks@dasanbooks.com
홈페이지 www.dasanbooks.com
블로그 blog.naver.com/dasan_books

ⓒ 2019, 하유지

ISBN 979-11-306-2114-2(03810)